A FRATERNIDADE
Jane Austen

Universo dos Livros Editora Ltda.
Avenida Ordem e Progresso, 157 – 8º andar – Conj. 803
CEP 01141-030 – Barra Funda – São Paulo/SP
Telefone/Fax: (11) 3392-3336
www.universodoslivros.com.br
e-mail: editor@universodoslivros.com.br
Siga-nos no Twitter: @univdoslivros

Natalie Jenner

A FRATERNIDADE
Jane Austen

São Paulo
2020

Grupo Editorial
UNIVERSO DOS LIVROS

The Jane Austen Society
Copyright © 2020 by Natalie Jenner. All rights reserved.
©2020 by Universo dos Livros
Todos os direitos reservados e protegidos pela Lei 9.610 de 19/02/1998.
Nenhuma parte deste livro, sem autorização prévia por escrito da editora, poderá ser reproduzida ou transmitida sejam quais forem os meios empregados: eletrônicos, mecânicos, fotográficos, gravação ou quaisquer outros.

Diretor editorial: **Luis Matos**
Gerente editorial: **Marcia Batista**
Assistentes editoriais: **Letícia Nakamura e Raquel F. Abranches**
Tradução: **Jana Bianchi**
Preparação: **Fernanda Castro**
Revisão: **Juliana Gregolin**
Arte: **Valdinei Gomes**
Capa: **Vitor Martins**

Dados Internacionais de Catalogação na Publicação (CIP)
Angélica Ilacqua CRB-8/7057

J52f

    Jenner, Natalie
    A Fraternidade Jane Austen / Natalie Jenner ; tradução de Jana Bianchi. –– São Paulo : Universo dos Livros, 2020.
    352 p.
    ISBN 978-65-5609-032-0
    Título original: *The Jane Austen Society*

    1. Ficção canadense 2. Austen, Jane, 1775-1817 - Ficção
    3. Ficção histórica 4. Guerra Mundial, 1939-1945 - Ficção
    I. Título II. Bianchi, Jana

20-2516   CDD C813

Para o meu esposo.

Quem deve herdar a Inglaterra?
As pessoas importantes que a comandam?
Ou o povo que a entende?

— E. M. FORSTER

Capítulo 1

Chawton, Hampshire
Junho de 1932

Ele se deitou sobre o muro baixo de pedra, com os joelhos para cima, e esticou a coluna rente à superfície rochosa. O cantar dos pássaros pontuava o ar da manhãzinha com trinados agudos que martelavam seu crânio em cheio. Deitado ali, imóvel, com o rosto virado na direção do céu, podia sentir a morte cercá-lo no cemitério da igrejinha. Ele mesmo devia estar parecendo uma estátua, repousando sobre o muro como se entalhado em silêncio permanente, diante de um túmulo igualmente silencioso. Jamais saíra do pequeno vilarejo para conhecer as grandes catedrais do país, mas sabia, pelos livros, que os antigos governantes eram esculpidos exatamente daquele jeito, no topo de santuários elevados, para que, séculos depois, homens inferiores como ele os fitassem com admiração.

Era época da ceifa do feno; ele tinha deixado a carroça na viela, no ponto onde ela desembocava em um quebra-corpo e nos campos de cultivo, na extremidade da velha Gosport Road. Grandes fardos de feno já haviam sido acomodados em uma pilha alta na traseira da carroça, esperando o transporte até as fazendas de cavalos e de produção de leite que pontuavam a vizinhança mais externa do vilarejo, estendendo-se em uma linha reta que ia de Alton a East Tisted. Deitado ali, ele podia sentir úmidas de suor as costas da camisa, muito embora o sol estivesse apagado e débil; eram apenas nove da manhã, e ele já trabalhara duro nos campos por várias horas.

A profusão de tentilhões, pintarroxos e chapins se aquietou de súbito, como se sob as ordens de alguém, e ele fechou os olhos. Seu cão estivera de guarda até aquele momento, observando por cima do muro de pedra limosa as ovelhas que pintalgavam os campos lá embaixo, pouco depois da cova de lobo que marcava o perímetro da propriedade. Mas, quando a respiração ofegante do fazendeiro ficou profunda e rítmica, marcando seu sono, o cão aproveitou a deixa e deitou-se sob o mestre na terra fresca do cemitério.

– Com licença.

Ele acordou sobressaltado pela voz que vinha de um ponto acima dele. A voz de uma moça. Uma voz americana.

Sentou-se e agitou as pernas para descer do muro, caindo de pé diante dela. Mirou rapidamente o rosto da mulher, depois o resto, e, com a mesma rapidez, desviou os olhos.

Ela aparentava ser bem jovem, com não mais do que vinte e tantos anos. Usava um chapéu de palha de abas largas, adornado com um laço de fita azul-índigo que combinava com o tom profundo do vestido de alfaiataria. Parecia bem alta, quase da mesma altura que ele, até notar que a moça usava sapatos com os saltos mais altos que ele já vira na vida. Em uma mão, ela tinha um pequeno panfleto, na outra, uma bolsa preta a tiracolo – e, ao redor do pescoço, um pequeno crucifixo em uma corrente de prata.

– Lamento perturbar o senhor, mas foi a primeira pessoa com a qual encontrei a manhã inteira. E estou consideravelmente perdida, entende?

Como alguém nascido e criado em Chawton – população: 377 habitantes –, o homem não estava surpreso com a informação. Ele era sempre um dos primeiros moradores a acordar de manhã, logo depois do entregador de leite, do doutor Gray nos dias de agenda mais cheia e do carteiro que buscava as entregas matutinas na agência local.

– Entende? – repetiu ela, começando a se acostumar com a reticência natural do rapaz. – Vim de Londres para passar o dia. Peguei o trem de Winchester até aqui para visitar a casa da escritora Jane Austen. Mas não consigo encontrá-la; vi essa pequena igrejinha de paróquia lá da estrada e decidi procurar nos arredores. Para encontrar qualquer possível traço dela.

O homem olhou por sobre o ombro direito na direção da igreja, a mesma igreja que ele frequentara durante toda a vida, feita de pedra e arenito vermelho extraídos da região e protegida por faias e olmos. Fora reconstruída algumas gerações antes – não restara nada digno de nota no que dizia respeito a Jane Austen ou sua família próxima.

Ele se virou e olhou de novo por sobre o ombro, dessa vez o esquerdo, na direção da escadinha nos fundos da igreja, embora fosse possível vislumbrar apenas a cerca-viva de teixos podados em forma de cone. Desde criança, ele achava que as árvores lembravam moedores gigantes de sal e pimenta. A cerca-viva rodeava todo o jardim do terraço sul de uma imponente casa elisabetana construída em declive, com um telhado de gablete, paredes de tijolinhos vermelhos e um pórtico de três andares ao estilo Tudor coberto de heras.

– A casa principal fica lá trás – disse ele, de modo abrupto. – Logo depois da igreja. Chamam de "o Casarão". Onde a família Knight mora. A lápide da mãe e das irmãs da senhorita Austen ficam lá... Está vendo, senhorita, rente ao muro da igreja?

O rosto dela se iluminou de gratidão, tanto pela informação quanto pela cordialidade crescente da conversa.

– Ai, Deus, eu não fazia ideia...

Os olhos dela começaram a marejar. Ela era o ser humano mais fascinante que ele já conhecera; parecia uma modelo das propagandas de produtos para cabelo ou de sabonetes, que saíam nos jornais. Quando as lágrimas começaram a cair, a cor dos olhos dela se transfigurou em algo que ele jamais vira antes, uma matiz de azul quase violeta, as lágrimas alcançando fileiras de cílios pretos como nanquim, ainda mais escuros que seu cabelo.

Ele desviou os olhos e tentou dar a volta na moça com cautela enquanto Rider, o cão, mordiscava suas botinas enlameadas. Caminhou até se aproximar de duas placas de pedra que se erguiam do chão. Ela foi atrás dele, com os saltos dos sapatos pretos afundando um pouco na terra do cemitério, e ele a assistiu mexer os lábios em silêncio enquanto lia as palavras gravadas nas lápides gêmeas.

Recuou e complicou-se todo até conseguir tirar a boina do bolso. Puxou para trás a madeixa de cabelo loiro-claro que teimava em cair sobre os olhos enquanto ele trabalhava, e a prendeu embaixo da aba da boina, que puxou para frente e depois para baixo. A vontade era de se afastar da mulher, das emoções esquisitas avivadas dentro dela pelos túmulos sem enfeites de mulheres simples que haviam morrido mais de cem anos antes.

Ele caminhou para longe, para esperar com Rider ao lado do portãozinho de madeira adornado que dava no adro. Depois de vários minutos, ela enfim apareceu além da igreja, dessa vez parando para ler as inscrições em cada lápide pela qual passava, como se esperando descobrir mais almas penadas dignas de nota. Cambaleava aqui e ali quando um dos saltos pegava na borda de uma pedra, sorrindo de leve com a própria falta de jeito. Mas os olhos dela nunca deixavam as lápides.

Ela parou no portãozinho ao lado dele e olhou para baixo, suspirando com satisfação. Sorria agora, e estava mais controlada – tão controlada que ele enfim identificou a marca da riqueza tanto em sua postura quanto em seus modos.

– Peço perdão por isso, simplesmente não estava preparada. Sabe, vim de longe para encontrar a casa onde ela escreveu os livros. A escrivaninha, a porta que rangia – acrescentou ela, mas ele não demonstrou reação. – Não consegui descobrir muito sobre isso lá de Londres... Muito obrigada por me contar.

Ele segurou o portãozinho aberto para ela, e os dois começaram a caminhar lado a lado em direção à estrada principal.

– Posso levar a senhorita até a casa dela, se quiser. Dá menos de dois quilômetros pela estradinha. Já terminei a ceifa de feno da manhã, antes que ficasse calor demais, então tenho um tempinho livre.

Ela sorriu, um enorme sorriso brilhante de vitória, o tipo de sorriso que ele só imaginaria vindo de uma pessoa da América.

– Isso é absurdamente gentil da sua parte, obrigada. E, sabe, imaginava que as pessoas viessem para cá toda hora, como agora, como eu... Elas vêm?

Ele deu de ombros, caminhando devagar para acompanhar o passo lento dela enquanto cobriam os cerca de oitocentos metros do caminho de cascalho que ligava a estradinha ao Casarão.

– Com frequência suficiente, acho eu. Mas não tem muito para ver, na verdade. A casa agora é só um alojamento para trabalhadores... Há hóspedes em todos os quartos e tal.

Ele se virou e viu a expressão dela murchar com a decepção. Tentando animá-la, perguntou sobre os livros, sem entender o que tinha dado nele.

– Nem sei se sou capaz de responder – disse a moça enquanto ele apontava para trás na direção da estradinha, no sentido oposto de onde estava a carroça com a carga temporariamente esquecida. – Eu só sinto. Quando leio ou releio algo dela, coisa que faço mais do que com qualquer outro autor, é como se ela entrasse na minha cabeça. É como música. Meu pai começou lendo os livros para mim quando eu era mocinha. Ele morreu quando eu tinha doze anos, e também escuto a voz dele quando leio algo dela. Nada fazia o homem rir em voz alta, nada mesmo, do jeito que aqueles livros faziam.

Ele ouviu o devaneio, depois balançou a cabeça como se não acreditasse.

– O senhor nunca leu nada de Austen, então? – perguntou a mulher, e a descrença nos olhos dela equiparou-se àquela nos dele.

– Não é como se eu tivesse muito interesse. Prefiro os livros do Haggard e coisa do gênero. Histórias de aventura, sabe? Pode ir em frente e me julgar por isso.

– Eu nunca julgaria nenhuma pessoa pelo que ela lê. – Ela percebeu o olhar de ironia no rosto dele e acrescentou, com outro sorriso amplo: – Embora admita que tenha acabado de fazer exatamente isso.

– Eu também. Nunca entendi como um monte de livros sobre moças procurando maridos pode estar à altura das obras de grandes escritores. Como Tolstói e afins.

Ela o mirou com um interesse renovado.

– O senhor já leu Tolstói?

– Eu costumava ler. Estava me preparando para ir estudar, durante a guerra, mas aí meus irmãos foram convocados a servir. Fiquei por aqui, para dar uma mão.

– Vocês todos trabalham juntos na fazenda, então?

Ele desviou os olhos.

– Não, senhorita. Os dois morreram. Na guerra.

Ele gostava de falar aquilo daquele jeito, como um golpe de misericórdia: afiado, profundo e definitivo. Como se tentasse inibir mais conversas sobre o assunto. Mas ele tinha a impressão de que, com ela, a abordagem apenas abriria espaço para mais perguntas, então continuou de imediato:

– Aliás, vê aquelas duas estradas, o ponto em que elas se encontram? Então, a senhorita veio de Winchester, da esquerda, certo? Pois se continuar pela direita, que é a estrada que leva diretamente para Londres, a senhorita vai chegar em Chawton propriamente dita. Bem, veja, a casa já fica logo adiante.

– Ah, isso é absurdamente gentil da sua parte. Obrigada. Mas o senhor deveria ler os livros. Deveria mesmo. Digo, o senhor vive aqui... Como poderia não os ler?

Ele não estava acostumado àquele tipo de persuasão emocional – só queria voltar para sua carroça cheia de feno e ir embora.

– Prometa-me, por favor, senhor...?

– Adam. Meu nome é Adam.

– Prazer, Mary Anne – respondeu ela, estendendo a mão para se despedir com um aperto na dele. – Comece com *Orgulho e preconceito*, é claro. E depois *Emma*... Ela é minha personagem favorita. Tão audaz, mas ao mesmo tempo tão aérea. Por favor?

Ele deu de ombros novamente, cumprimentou-a com um toque na aba da boina e tomou a estradinha. Ousou olhar para trás uma única vez, logo depois de passar pelo laguinho onde as duas vias se encontravam. Ele a viu ainda parada ali, alta e esguia, vestida em um azul profundo como o da meia-noite, encarando o chalé de tijolinhos vermelhos, a janela bloqueada com tijolos e a porta de entrada branca que dava direto na estrada.

Depois de terminar o restante do trabalho do dia, Adam Berwick deixou a carroça já vazia ao lado do portãozinho da igreja e avançou devagar pela estrada principal até chegar no pequenino chalé que lhe servia de casa havia alguns anos.

A família já fora muito maior – pai, mãe e três filhos, dos quais ele era o mais novo. Tinham uma fazendinha, orgulhosamente mantida ao longo de quatro gerações pela família do pai. O legado exigia que todos os homens da linhagem Berwick se empenhassem no trabalho braçal desde muito cedo. E ele amava aquilo: a repetição, o imutável ciclo das estações, a ida direto para a cama sem tempo de conversar.

Mas Adam também fora um estudante atento e diligente; havia aprendido a ler sozinho aos cinco anos, usando os livros que o pai deixava espalhados pela casa, e depois lera cada mísera coisa que caía em suas mãos.

Ia com a mãe até a cidade maior, Alton, sempre que conseguia. O que ele mais gostava, mais até do que ir às lojas de doces e ganhar um caramelo desses quebra-queixo, era a chance de folhear os livros infantis na biblioteca e encontrar algo novo para pegar emprestado. Pois – e ele ainda não entendia como pessoas como os irmãos não percebiam aquilo – dentro das páginas de cada livro havia um mundo completamente novo.

Ele podia fugir para esses mundos e sumir sempre que precisava – sempre que sentia que o mundo exterior ou as outras pessoas o pressionavam. Era uma pressão vinda de um contrato social e de expectativas que certamente eram comuns a todos, mas que o afetavam com muito mais intensidade, sem explicação. Pelos livros, também tinha a possibilidade de ver as coisas do ponto de vista das outras pessoas, aprender novas lições junto com elas e, o mais importante: descobrir o segredo de uma vida feliz. Ele tinha a sensação de que, fora de sua rústica família de fazendeiros, as pessoas existiam em uma dimensão diferente, com as emoções e desejos telegrafados por linhas sem fim que vibravam até ouvidos ainda desconhecidos, criando pequenos atritos e diminutas faíscas. A vida dele era cheia de pequenos atritos, mas pouquíssimas faíscas.

Ganhar a bolsa de estudos para a faculdade tinha sido um dos momentos mais empolgantes de sua jovem vida, uma realidade logo arrancada de si quando os irmãos foram enviados à guerra. Adam era muito novo para lutar e, segundo a mãe, crescido demais para o que ela chamava de "estudo que não serviria para nada". A guerra mudara tudo, e não só para a família dele – embora todos no vilarejo concordassem que o pior golpe fora nos Berwick, com os dois filhos mortos na batalha do mar Egeu, em 1918, e o falecimento do pai menos de um ano depois, vítima da gripe espanhola. Desde então, havia um cuidado que destinavam à mãe e a ele, uma profunda preocupação da comunidade que, em alguns casos, fora tudo o que os mantivera acima da superfície do mais profundo desespero.

Contudo, por mais que tivessem escapado até o momento, estavam sempre à beira do abismo. Nem ele e nem a mãe, apesar dos temperamentos distintos, pareciam ter energia para mais nada além de sobreviver – a ideia de que deveriam batalhar para escapar daquela sina estava além da capacidade de ambos. Assim, apenas alguns anos depois da guerra, entre as dívidas, o luto e as reclamações incessantes da mãe, ele havia vendido a fazenda de volta para a família Knight com um desconto considerável. Através das gerações, vários Berwick já haviam trabalhado na propriedade dos Knight como empregados domésticos e serventes, incluindo a própria mãe e a avó. Agora Adam se juntava a eles, ceifando feno no verão e depois lavrando os campos antes de plantar trigo, lúpulo e cevada em regime de culturas alternadas.

A certa altura, a família Knight, como tantas outras no vilarejo, começou a sofrer os próprios problemas financeiros. Adam sentia que estavam todos no mesmo barco, totalmente interdependentes, e que a venda da fazenda aos Knight – e o fato de ser empregado deles – era parte de um esforço comunitário de sustento e sobrevivência.

E ele vivia no limite – pelo menos, agia como se estivesse. Mas, dentro dele, em um lugar que apenas os livros eram capazes de alcançar, ele acalentava tanto uma ignorância profunda quanto a dor mais desmedida e mordaz de todas. Adam sabia que certa região de seu cérebro bloqueara parte da dor em um esforço bizarro de protegê-lo. Com a mãe era ainda pior: ela parecia estar tão-somente esperando para morrer, ainda que o alertasse constantemente sobre o quão ruim seriam as coisas sem ela. No meio-tempo, lidava com o papel de mãe de forma automática – preparava as torradas e o chá dele pela manhã e, depois, como naquele momento, esquentava o jantar para o filho no final do dia.

Eles ficavam sentados sozinhos na mesa da cozinha, como estavam fazendo naquele instante, e ele contava como havia sido o trabalho; ela, por sua vez, contava com quem tinha esbarrado no vilarejo, ou em Alton, caso fosse o dia da semana em que ela fazia compras. Eles conversavam sobre toda e qualquer coisa que não fosse o passado.

Naquele dia, porém, ele não contou sobre a moça da América. Ele não sabia muito bem o que queria dizer. Para começar, a mãe estava sempre no seu pé para que encontrasse uma esposa, e aquela forasteira o tinha afetado tanto com sua beleza que ele sentia como se ela fosse quase de outro mundo. A mãe também era uma das moradoras para quem a conexão da cidade com Jane Austen era mais uma irritação do que qualquer outra coisa. Ela reservava as reclamações mais amargas aos turistas e deslumbrados que, com muita frequência, surgiam no vilarejo exigindo informações, exigindo ver alguma coisa, exigindo que a vida ali fosse exatamente como nos livros. Como se a vidinha dos moradores locais fosse algo irreal, e a realidade – a única coisa – que importava, e que jamais importaria, tivesse acontecido mais de cem anos antes.

Ele estava ficando cada vez mais preocupado com o senhor Darcy.

Parecia a Adam que, quando um homem acha que os olhos de uma mulher são belos, tenta entreouvir as conversas dela e fica exageradamente afetado pela opinião negativa dela sobre ele, esse homem está seguindo por um caminho sem mapa, admita ele ou não. Adam não sabia muito sobre mulheres (embora a mãe dissesse o tempo todo que não custava aprender), mas se perguntava se na história da vida, assim como na literatura, algum outro homem ficara obviamente apaixonado tão rápido quanto o senhor Darcy, só para depois não fazer nada sobre isso – exceto, inadvertidamente e com considerável sucesso, ignorar tal paixão.

Mais do que nunca, ele apreciou seu pequeno chalé assobradado com dois cômodos em cada andar, que ficava perto de uma ruazinha que desembocava na estrada principal para Winchester e permitia que ele tivesse o próprio quarto e espaço para ler. No cômodo amplo de teto inclinado ficava a cama simples – metade de um conjunto de duas – na qual ele dormia desde a infância. Um armário único de carvalho e uma penteadeira antiga ocupavam os cantos opostos do quarto. E ele tinha ainda a estante com a biblioteca que um dia pertencera ao pai – romances de aventura, o tesouro de todo garoto, além de livros de grandes autores como Conan Doyle, Alexandre Dumas e H. G. Wells. Mas naquele momento, ao lado da cama, repousava um livro consideravelmente grosso com capa dura e reforçada que ele havia emprestado da biblioteca. A capa mostrava duas mulheres de chapéu, cochichando uma com a outra enquanto um homem ao fundo aguardava de forma imperiosa ao lado de um grande vaso de plantas.

Ele tinha retirado o livro de modo discreto no balcão da biblioteca apenas dois dias antes.

A leitura fluía rápido.

Mas, por mais que o divertisse, o livro também o confundia. Para começo de conversa, ele questionava o personagem do pai; não achava que fazia sentido o senhor Bennet passar todo o tempo livre enfiado no escritório ou divertindo-se com o próprio humor às custas de todas as outras pessoas. A senhora Bennet era mais fácil de entender, mas algo sobre a rotina daquela família ainda não fazia sentido, de uma maneira que ele não lembrava ter visto antes na literatura. Não no caso de uma família grande, pelo menos. Ele havia lido livros sobre órfãos, sobre traição entre amigos e sobre pais presos por serem devedores – mas os enredos mais grandiosos sempre tendiam na direção de um ato de vingança, ou de ganância, ou na direção de uma herança perdida.

Os Bennet, para todos os efeitos, simplesmente não gostavam uns dos outros. Ele não esperava aquilo vindo de uma jovem escritora mulher que prometia finais felizes. Mesmo assim, e infelizmente, a história parecia mais real para ele do que qualquer outra coisa que já tivesse lido.

Ao terminar o capítulo em que Darcy mostra sua propriedade à mulher que antes desdenhara de seu pedido de casamento, Adam finalmente começou a cair no sono. Ele se lembrou da moça que visitara recentemente a cidade, do pequeno crucifixo no pescoço, do sorriso brilhante de vitória: sinais de fé e esperança dos quais sentia uma falta lamentável na própria vida. Ele mal podia conceber a força de vontade de viajar tão longe por algo tão pequeno – ao mesmo tempo, uma felicidade honesta parecia irradiar de dentro da visitante, uma felicidade real, do tipo que ele sempre buscara nos livros.

Ler Jane Austen estava fazendo com que ele se identificasse com Darcy e com o poder retumbante da atração física que contraria o julgamento habitual da pessoa. Estava ajudando-o a entender como alguém, mesmo sem muitos recursos ou poder, devia exigir ser tratado. Como é possível ser feito de trouxa sem que necessariamente as pessoas ao redor o alertem sobre isso.

Ele certamente jamais veria a mulher da América de novo. Mas talvez ler Jane Austen o ajudasse a adquirir mesmo que uma pequena amostra do estado de felicidade dela.

Talvez ler Jane Austen o ajudasse a descobrir o tal segredo para uma vida feliz.

Capítulo 2

CHAWTON, HAMPSHIRE
OUTUBRO DE 1943

Doutor Gray estava sozinho à mesa do escritório, uma salinha pequena separada do cômodo frontal que lhe servia de consultório. Encarava miseravelmente o negativo do exame de raio-X diante dele. Ambas as pernas de Charles Stone haviam sido esmigalhadas de forma tão severa que o bom doutor não conseguia imaginar nenhum grau de funcionalidade que elas pudessem recuperar com o tempo.

Ele ergueu a chapa na direção da luz dourada de outubro que entrava pela janela lateral e apertou os olhos mais uma vez, mesmo sabendo que não havia mais nada para ver – nada que tornaria sequer uma vírgula daquela mensagem mais fácil de transmitir.

Doutor Gray crescera em Chawton, mudara-se para Londres durante a Grande Guerra para estudar medicina e fazer residência, e depois retornara ao vilarejo, em 1930, para assumir os atendimentos do doutor Simpson. Ao longo dos últimos treze anos, ajudara a trazer ao mundo quase tantos pacientes quanto vira partir. Sabia a história e a sina de cada família – aquelas em que a loucura pulava uma geração, ou ainda aquelas em que a asma não perdoava geração alguma. Ele sabia quais pacientes aguentavam a verdade nua e crua – e quais preferiam sequer sabê-la. Charles Stone ficaria melhor se não soubesse de nada, pelo menos por hora. Assim, ficaria longe das beiradas do desespero, até que o passar do tempo e a pobreza crescente prevalecessem sobre o orgulho.

Doutor Gray pousou os dedos nas têmporas e apertou com força. Diante dele, em uma bandejinha manchada, havia uma série de frascos de remédio. Fixou os olhos em um deles de um jeito distraído, e depois se levantou, empurrando de modo resoluto os braços da cadeira giratória. Era meio da tarde, geralmente a hora em que a enfermeira e ajudante levava seu chá. Mas ele precisava de ar fresco, precisava limpar a cabeça e encontrar um respiro para todas as preocupações que haviam se empilhado diante dele ao longo do dia. Ele era o médico das famílias do vilarejo de Chawton, mas também confidente, figura paternal e fantasma residente do local – aquele que sabia mais sobre o futuro e sobre o passado do que qualquer outro morador.

Ele saiu do chalé de colmo coberto de rosas pela porta verde frontal, sempre aberta aos pacientes, e seguiu direto para a rua. Como todos os antigos chalés de trabalhadores, a casa ficava tão perto da estrada que praticamente se inclinava sobre ela. A enfermeira que o ajudava, Harriet Peckham, tentava manter as cortinas de renda da janela panorâmica frontal cerradas o máximo possível durante as consultas dos pacientes, mas os olhinhos ávidos da cidade haviam se provado ainda menores com a disposição de espiar pelo padrão rendado ou através da fresta onde as partes mal e mal se juntavam.

O médico começou a seguir pela estrada e viu o táxi que vinha de Alton chegando no ponto onde a Winchester Road se dividia em duas, onde antes ficava o lago que só recentemente fora drenado. Três patos ainda eram vistos de vez em quando perambulando pelas estradinhas, buscando seu paraíso perdido. Mas, naquele momento, tudo o que doutor Gray via eram três mulheres de meia-idade, que desceram do veículo em uma profusão de chapéus e malas bem diante do velho chalé de Jane Austen.

A guerra já cruzava o Atlântico; no entanto, mulheres de idade considerável ainda achavam adequado viajar até Chawton para ver onde Austen vivera. Doutor Gray sempre se admirava com o espírito feminino que as fazia prestar homenagens à grande escritora. Algo fora liberado de dentro delas durante a guerra; algum temor essencial de que o mundo que as tentara tolher pudesse sucumbir diante de um inimigo ainda maior. O médico se perguntava se, como previa o cinema, o futuro de fato pertenceria àquele tipo de mulher. Mulheres falantes, gregárias, viajantes, cheias de vigor e propósito, indo atrás do que bem entendiam, fosse algo grande ou pequeno. Como Bette Davis em *Jezebel*, ou como Greer Garson em *Na noite do passado*, filme favorito do médico.

Doutor Gray se permitia tirar uma noite por semana para desfrutar da paixão que compartilhava com a falecida esposa: pegava um ônibus até a cidade vizinha de Alton para assistir à última estreia em cartaz. O resto do tempo livre ele gastava tentando se distrair para não pensar em Jennie. Mas, nos últimos tempos, quando as luzes da sala de cinema diminuíam e os casais se aconchegavam ainda mais no calor um do outro, ele se permitia lembrar da bela esposa e das noites em que eles próprios iam juntos ao cinema. Ela sempre queria assistir "dramalhões", aqueles filmes centrados em protagonistas femininas que estrelavam atrizes como Katharine Hepburn e Barbara Stanwyck, e às vezes ele batia o pé e tentava convencê-la a ver um filme de faroeste ou de máfia – mas sempre terminava deleitando-se com as escolhas dela tanto quanto ela mesma. Às vezes, eles até perdiam de propósito o ônibus de volta e faziam o caminho de meia hora até em casa a pé, sob o luar, comentando sobre o filme que tinham acabado de assistir. Ele mal podia esperar para ouvir o que ela tinha a dizer.

Ele sempre a amara sobretudo por sua inteligência – e era esperto o suficiente para saber que ela era muito mais esperta do que ele. Era uma das poucas mulheres na faculdade que ele cursara, e passava tanto tempo na biblioteca quanto no laboratório. A mente matemática aguçada de Jennie provavelmente seria um recurso valioso na força-tarefa da guerra, mas essa era só mais uma das coisas sobre a esposa que ele jamais saberia. Ela morrera quatro anos antes, depois de uma queda boba na escadaria que levava à suíte; batera a cabeça do jeito mais danoso possível, na protuberância do primeiro degrau que ele enrolara para consertar. A hemorragia interna fora rápida e aguda, e ele fora totalmente incapaz de salvá-la.

Um médico incapaz de salvar a própria esposa recebe um infeliz grau de notoriedade que apenas se soma ao luto e à autorrecriminação. Ninguém jamais seria tão duro com ele quanto o próprio doutor, mas o orgulho profissional que tinha o fazia se perguntar se os outros moradores do vilarejo também o culpavam.

Ao passar pelo trio de mulheres matraqueando com empolgação diante do portãozinho branco que levava ao chalé de Austen, tocou o chapéu para cumprimentá-las. Não era um dos moradores locais que considerava aquele tipo de gente um incômodo a ser enxotado. Cada pessoa que considerava o vilarejo como um local de peregrinação mantinha vivo o legado e a aura de Austen; como um eterno fã da autora, o doutor gostava de saber que os habitantes de Chawton eram guardiões involuntários de algo muito maior do que podiam imaginar.

Estava virando na Gosport Road, que levava ao casarão e à propriedade vizinha dos Knight, quando viu um velho membro do conselho da escola local aproximando-se pela mesma direção.

Cumprimentaram-se tocando o chapéu, e o outro homem imediatamente começou:

– Que bom esbarrar contigo, caro Benjamin. Estamos com problemas na escola mais uma vez.

Doutor Gray suspirou.

– Com a nova professora?

O outro homem concordou com a cabeça.

– Exato. Com a senhorita Lewis, como o senhor bem supôs. Ela nutre a garotada com uma dieta restrita de jovens autoras que remontam desde o século XVII. Não consigo fazê-la mudar de ideia. – Fez uma pausa. – Mas talvez ela escute o senhor.

— E por que escutaria?

— Ora, para começo de conversa, sua idade é mais próxima à dela.

— Não tanto.

— Além disso, o senhor parece ter uma boa, digamos, percepção de seus métodos de ensino.

Os olhos do doutor Gray se apertaram de forma quase imperceptível.

— Sou médico aqui há muito anos, e gosto de pensar que tenho uma boa percepção de todos no vilarejo. O que não necessariamente implica em ter alguma influência particular sobre essas pessoas.

— Que tal tentar, hein? Esse sim é um bom camarada.

Doutor Gray não achava que era capaz de persuadir Adeline Lewis de nada. Sabia que os administradores do conselho docente — todos homens, todos em seus cinquenta ou mais — temiam a jovem, que lecionava seu primeiro período após formada. Adeline tinha muita confiança nas ementas que criara, e resistia fortemente a qualquer tentativa de ser gerenciada. Também equiparava a maior parte dos homens em altura — o que não era assim tão difícil, visto que apenas o doutor Gray chegava perto do um metro e oitenta. Mas talvez o mais incômodo fosse o fato de que Adeline Lewis era atraente, de uma forma que os abalava, a ponto de fazê-los esquecer o que tinham ido falar. Ela encarava sem medo os olhos de vários membros do corpo docente, sempre disposta a falar o que lhe passava pela cabeça, sempre pronta para uma discussão, e eles inevitavelmente cediam a seus caprichos. Doutor Gray balançava a cabeça em reprovação sempre que um deles abria a reunião mensal do conselho com mais uma história de rendição.

— Bem — respondeu ele, reticente, olhando ao redor como se desejasse ver alguém ferido na rua para ter de sair e prestar seus serviços médicos —, creio que posso dar um pulo lá agora mesmo.

— Esse sim é um bom camarada. — O outro homem sorriu. — Tem certeza de que não o atrapalho?

Doutor Gray negou com a cabeça.

– Não. Estava apenas dando uma caminhada para limpar a mente.

O outro homem o cumprimentou tocando o chapéu mais uma vez e seguiu seu caminho, acrescentando alegremente:

– Duvido que ter de colocar a senhorita Lewis nos prumos vai ajudar nisso...

Doutor Gray hesitou, virou-se para olhar o colega, mas por fim apertou o passo até chegar à construção vitoriana onde funcionava a escola, bem diante do campo de críquete do vilarejo. Ele imaginava que as aulas estariam terminando mais ou menos naquele horário, perto das três e meia da tarde. De fato, quando entrou na sala de aula das séries superiores, encontrou Adeline Lewis de pé diante do quadro negro, com o giz em mãos, meio escrevendo e meio fazendo gestos na direção de uma jovenzinha sentada à mesa da professora como se seu lugar fosse ali. Doutor Gray notou um livro de Virginia Woolf na mão da aluna.

Nos dois lados do quadro, letras brilhantes diziam *casamento como um contrato social para evitar a pobreza*.

Doutor Gray suspirou de novo; Adeline provavelmente ouviu, pois virou em sua direção.

– O senhor veio para me passar uma reprimenda – disse ela, com um sorriso. Era um sorriso de entendimento, não de rendição, e ele sentiu o maxilar apertar automaticamente.

– Passar uma reprimenda não; vim para entender. Uma dieta restrita de autoras, Adeline, sério? Para uma sala de garotos adolescentes?

Adeline baixou o olhar para a garota sentada na mesa, que fechara o livro de Virginia Woolf e prestava atenção na conversa dos dois adultos com um interesse descarado.

– Não apenas garotos. Doutor Gray, apresento ao senhor a senhorita Stone.

Doutor Gray aquiesceu.

– Como vai, Evie? Como seu pai está?

O pai de Evie era o paciente do raio-X que perturbara doutor Gray mais cedo. Charlie Stone havia se ferido gravemente em um acidente de trator alguns meses antes, e o doutor sabia o quão catastrófico aquilo fora para a família, tanto financeira quanto emocionalmente. Também sabia que o homem jamais voltaria a ser apto para qualquer trabalho físico, embora ainda não tivesse coragem de informar isso ao paciente sem meias palavras. Ficava mais preocupado ainda ao pensar sobre como a grande família com cinco crianças com menos de quinze anos seguiria em frente sem a renda de seu único provedor. Ele ouvira conversas entre os adultos da fazenda sobre tirar Evie, a filha mais velha, da escola, de modo que ela pudesse ajudar com as tarefas de casa, e esse era só um dos vários segredos que ele tinha de manter.

– Ele está lendo bastante – respondeu Evie. – A senhorita Lewis deu a ele uma lista de livros que o iriam animar, e ele está pegando emprestado um por um da biblioteca.

Doutor Gray franziu uma sobrancelha para a senhorita Lewis, como se tivesse se deparado com evidências que ajudavam sua causa.

– Gostaria de ver essa lista algum dia, se possível.

– Creio que não será possível – respondeu Adeline com a mais discreta frieza no tom de voz. – Já sou julgada o bastante por aqui pelas minhas escolhas.

Evie continuou a assistir à interação dos dois adultos, sentindo uma suave mudança de humor entre eles, como se tivessem esquecido que ela estava ali. Doutor Gray costumava ser extremamente cavalheiresco com as damas; junto com o cabelo grisalho, os intensos olhos castanhos e os ombros largos, eram os modos dele, além da própria vocação, que o mantinham como objeto de interesse – e de desejo, suspeitava a jovem Evie – das mulheres do vilarejo. Mas com Adeline ele sempre parecia, como naquele momento, ficar tanto frustrado quanto na defensiva. Ao mesmo tempo, Adeline não demostrava nem um pouco da usual deferência feminina a ele, o que Evie suspeitava irritar o doutor Gray ainda mais.

– Bem, que tal perguntar à senhorita Evie? – dizia Adeline, e Evie despertou de seu devaneio quando os dois adultos se viraram para ela.

Ela não tinha interesse algum de se meter naquilo, porém, dado que concordava totalmente com os métodos de ensino da senhorita Lewis. Em vez de se pronunciar, pegou a bolsa cheia de livros de uma carteira próxima e, com um gesto de cabeça e um adeus, apressou-se pelo velho assoalho de carvalho da sala de aula.

– Ah, que inveja de voltar a ter catorze anos e nenhuma compostura – disse o doutor Gray, dando uma risada depois que Evie se afastou o bastante.

– Ora, a compostura de Evie Stone é perfeitamente adequada. Ela só não gosta de se misturar com gente como o senhor.

Adeline deu a volta na carteira frontal e encostou-se contra ela, os braços cruzados e o pedaço de giz ainda entre os dedos. Usava uma saia marrom de corte reto na altura do joelho, uma blusa cor de creme com alguns botões abertos que acentuava a pele trigueira e os mesmos sapatos Oxford de saltos largos e cadarços que o doutor Gray andava notando no pé das mulheres que trabalhavam fora.

– Veja, estamos fazendo uma análise crítica e temática do texto, doutor Gray. Quer dizer que, se ele tivesse personagens procurando por um tesouro ou espantando piratas, a análise seria mais relevante? Entender costumes sociais através das lentes da literatura é tão importante para rapazes quanto para moças. Ou o senhor acha que isso sequer é importante?

O médico tirou o chapéu; ela ficou em silêncio, com a cabeça levemente tombada para o lado, vendo-o ajeitar o cabelo e depois se sentar em uma das minúsculas carteiras diante dela.

A FRATERNIDADE JANE AUSTEN

– O quê? – ele perguntou ao notar que ela o encarava.

– O senhor parece tão pequeno, sentado aí... Geralmente parece tão alto.

– Não sou muito mais alto que a senhorita, creio.

– Não... Mas *aparenta* ser.

– A senhorita não poderia pelo menos acrescentar algum livro de Trollope, um bom e velho *Doutor Thorne* ou algo do gênero?

– Lá vem o senhor e seu Trollope. – Ela colocou uma perna diante da outra, como se tivesse todo o tempo do mundo para debater com ele, mas sem deixar de admirá-lo com curiosidade. – Veja bem, sabemos que o senhor ama Austen tanto quanto eu. E falo das Guerras Napoleônicas, da abolição e tudo isso.

– Tenho certeza de que sim. – Ele sorriu. – Tenho certeza de que aborda todos esses assuntos. A senhorita é tudo, menos negligente com sua ementa. Mas os outros membros do conselho...

– E o senhor...

– Não, eu concordo apenas em parte. Mas principalmente porque não quero que a senhorita perca o emprego. Quando a contratei para essa vaga, fiquei grato de saber que poderia ficar perto de casa e ajudar com sua mãe. Grato de que uma cria de Chawton, por assim dizer, teria papel na formação de nossas jovens mentes.

– Doutor Gray, por que tanta formalidade? Diga logo o que deseja que eu faça. O senhor sabe que sempre atendo. Em algum momento – acrescentou, com um sorriso brincalhão.

Ele observava Adeline enquanto ela falava, tentando fazer algo com a sensação crescente de que a professora estava zombando dele de alguma forma. Ou, na melhor das hipóteses, desafiando-o. Ele constantemente se sentia daquele jeito perto de Adeline – o que era extremamente irritante.

– Ei, Addy! – ribombou uma voz masculina no corredor das salas de aula.

Doutor Gray se virou na cadeira para ver Samuel Grover, outro jovem habitante do vilarejo, avançando alegremente na direção deles, vestido em um uniforme completo.

– Ei, doutor Gray, como vai o senhor? – O rapazote se aproximou de Adeline, passou o braço ao redor da cintura dela e deu um beijo demorado em sua bochecha.

Como médico do vilarejo, doutor Benjamin Gray cuidara tanto de Samuel quanto de Adeline havia muito anos; ele os vira crescer juntos, ambos com cabelos e olhos castanhos e risada solta, como se fossem o reflexo um do outro. Tinham dado orgulho às suas famílias desde então – Samuel seguindo os passos do pai como advogado, Adeline conseguindo um diploma do magistério. Mas o doutor Gray não fazia a menor ideia de que eles haviam se tornado um casal oficialmente.

Ergueu-se de súbito, agarrando o chapéu.

– Bem, devo ir. Senhorita Lewis, Samuel... digo, Comandante Grover.

Doutor Gray seguiu na direção da saída principal da escola, e Adeline correu atrás dele.

– Com licença, espere, senhor, tenho certeza de que não terminamos – exclamou ela, puxando-o pela manga do paletó para contê-lo.

Ele olhou para a mão dela em sua manga e notou, pela primeira vez, o anel de noivado, um solitário com uma pequena pedra de granada.

– Eu não sabia – disse ele, de repente. – Devia ter parabenizado os dois. Por favor, transmita minhas felicitações a Samuel.

– Doutor Gray, está tudo bem? Eu vou pensar com carinho no que o senhor disse... Acho que fui longe demais ultimamente. Ébria com o poder, é o que dizem. – Ela abriu um sorriso largo e alegre, e também pela primeira vez ele percebeu como ela estava feliz.

– Quando será o casamento? – Ele torceu o chapéu nas mãos.

– Não temos pressa.

– Os dois ainda são muito novos, afinal.

– Não novos demais para que Samuel seja enviado para lutar pelo rei e pelo país. Mas sim, ainda muito novos, como o senhor sempre faz questão de me lembrar. Está tudo bem... Vai ser mais uma razão pela qual viver – disse ela, com um sorriso.

– Tenho certeza de que será, para os dois. Bem, é melhor eu ir. – Ele colocou o chapéu e tomou a estrada na direção do centro.

Como previa, a conversa com Adeline Lewis não serviu em nada para clarear seu pensamento.

Capítulo 3

LONDRES, INGLATERRA
SETEMBRO DE 1945

O salão principal do andar inferior da Sotheby's estava lotado; às cadeiras de estrutura de bambu e assento decorado com bordados intricados tinham sido acrescentadas algumas extras, tiradas dos outros cômodos do pavimento, especialmente para a ocasião. Mesmo assim, ainda havia muitas pessoas de pé, com as costas apoiadas nas paredes revestidas de espelhos que refletiam os frequentadores e os multiplicavam em muitas vezes. Tudo isso apenas contribuía para o ar de empolgação que eletrificou o cômodo quando o diretor da casa de leilões subiu ao púlpito.

– Hoje, temos diante de nós o conteúdo de Godmersham Park, lar ancestral da família Knight, que se localiza no coração de Kent. A lista de moradores e visitantes famosos ao longo dos anos inclui gerações da casa real de Saxe-Coburg, assim como a escritora senhorita Jane Austen, cujo irmão mais velho herdou a propriedade em 1794.

Um burburinho se espalhou pela multidão mais próxima da entrada quando uma mulher espetacular de trinta e tantos anos passou pelas portas espelhadas e analisou discretamente o salão. Encontrou um lugar para se sentar quando vários cavalheiros, reconhecendo-a, cederam o próprio assento.

O diretor assistente de leilão de propriedades da Sotheby's, Yardley Sinclair, observava tudo das coxias próximas ao púlpito. Por dentro, parabenizava a si mesmo por ter garantido a chegada tardia da mulher, de modo que todo o salão a notasse, aumentando ainda mais a empolgação do dia. Ela visitara a casa de leilões várias vezes nos últimos anos para inspecionar diversos objetos relacionados a Austen; tinha, inclusive, adquirido um raro exemplar da primeira edição de *Emma* por um valor estratosférico. Yardley fez questão de garantir que ela estivesse entre as primeiras a saber sobre a venda dos bens de Godmersham. Sabia que ela estaria cheia de compromissos com os estúdios de Hollywood pelos próximos meses e queria que ela tivesse oportunidade de se planejar e voar até Londres para a ocasião.

Ele a viu se inclinar na cadeira até conseguir chamar a atenção de um homem na mesma fileira que ela, mas do outro lado do corredor central. Eles trocaram sinais silenciosos, e o coração de Yardley começou a bater mais rápido quando notou a seriedade da expressão dos dois. O cavalheiro, em particular, parecia disposto a arrematar algo grande naquele dia.

O próprio Yardley tinha sentimentos ambíguos sobre a venda. Godmersham fora uma das casas históricas que havia sobrevivido à Primeira Guerra Mundial, mas que acabara perdendo o resto de estabilidade durante a Segunda. Por muito tempo, os corretores da Sotheby's tinham ficado de olho nos bens imobiliários relacionados a Jane Austen, uma vez que a reputação da autora crescia ano após ano, especialmente no exterior. Americanos de posses aumentavam de forma agressiva o preço de várias edições e cartas, e Yardley já conseguia antever o dia em que o valor de alguns itens iria afastá-los das mãos de colecionadores medianos. Todo o seu time esperava que aquele fosse o dia a marcar essa nova era. Até então, itens que incluíam textos manuscritos pela própria Austen tinham preços razoavelmente altos, e Yardley ainda mantinha o próprio exemplar da primeira edição do compilado de obras de 1833, adquirido em pessoa de um negociador de obras de antiquário em Charing Cross quando Yardley ainda estava na faculdade.

– O lote número dez – anunciou o diretor da Sotheby's – correspon-de a esse precioso colar com um crucifixo. Feito de topázio. Adquirido por Charles Austen, irmão de Jane Austen, com o dinheiro que recebeu como recompensa por capturar uma embarcação inimiga quando servia à Marinha Real. Vem acompanhado de um crucifixo similar, embora não idêntico, também feito de topázio. Ambos incluem correntes de ouro maciço e, segundo uma série de cartas familiares dos Austen-Knight, um deles pertencia a Jane Austen e o outro à sua irmã, Cassandra. Há cópias certificadas de tais cartas no catálogo que têm em mãos.

Yardley sabia que a atriz de cinema famosa, agora sentada na terceira fileira, estava interessada principalmente em três itens do catálogo: um anel simples de ouro com uma turquesa incrustrada que certificadamente pertencera a Austen, os dois colares de topázio e uma pequena escrivani-nha portátil de mogno que havia sido passada de geração em geração pe-los Austen. Embora a Sotheby's não pudesse confirmar se a própria Jane Austen havia ou não escrito na escrivaninha, em casa ou durante viagens, aquela era uma das únicas duas escrivaninhas conhecidas que haviam per-tencido à família mais próxima. A outra estava perdida na mão de algum colecionador particular.

– Lote número dez – repetiu o diretor. – Os lances começam em cem libras, com um valor de venda mínimo de mil libras. Cem libras! Eu ouvi cem libras?

A atriz fez um gesto quase imperceptível com a cabeça.

– Temos cem libras. Quem dá cento e cinquenta? Cento e cinquenta libras?

Outro gesto com a cabeça, dessa vez de uma pessoa algumas fileiras para trás. A atriz olhou por cima do ombro esquerdo, depois fez um sinal discreto para o cavalheiro do outro lado do salão.

A sequência de lances continuou assim por alguns minutos. Quan-do um deles foi de mil para mil e quinhentas libras, o diretor da casa de leilões procurou com o olhar um dos colegas que estava de pé, rente à parede espelhada do lado direito do pódio. Os dois trocaram um aceno de cabeça.

– Duas mil libras – anunciou o diretor, de forma contundente. – Quem dá duas mil libras?

Yardley tinha começado a prestar atenção no cavalheiro que se comunicava silenciosamente com a atriz. Ele mesmo era tão bonito quanto um astro do cinema, e tinha mais de um metro e oitenta, com a cabeça sem chapéu elevada acima da maior parte das pessoas sentadas ao redor. Usava um terno de alfaiataria cinza-escuro e sapatos brogue de um tom escuro de chocolate. Ele não prestava atenção em mais nada – nem no relógio Cartier, nem no catálogo, nem no rosto de qualquer outra pessoa no salão que não fosse a atriz. Não parecia sentir apreensão ou ansiedade. Conforme o ritmo dos lances aumentava, com o preço excedendo já em muitas vezes as estimativas iniciais, a maior parte das pessoas na audiência começava a se inclinar na cadeira, sussurrando de forma empolgada com os vizinhos. Mas o homem continuou calmo, encarando tudo de modo quase casual e erguendo o indicador direito sem hesitar, como se estivesse entediado com o processo.

– Cinco mil libras! – exclamou o diretor, e o público aumentou o volume das aprovações. Todos os rostos no salão agora estavam virados para olhar a famosa atriz de Hollywood e o homem do outro lado do corredor.

– Dou-lhe uma... Dou-lhe duas... Vendido! Dois crucifixos de topázio que pertenceram a Jane Austen e à irmã vendidos por cinco mil libras ao cavalheiro na fileira três.

A atriz saltou da cadeira e correu até o homem, que sorriu ainda sentado enquanto ela o abraçava. Ele ergueu os olhos para ela, mirando aquele rosto inesquecível, e ficou claro para Yardley que tudo o que o homem fazia – tudo o que tentava arrematar naquela noite – seria para servir àquele rosto. As outras pessoas podiam até ver os detalhes do rosto dela projetados em uma tela – mas, naquele instante, o rosto pertencia a ele, tanto quanto os dois crucifixos de topázio.

O anel foi vendido no lote catorze, por um lance exorbitante de sete mil libras, também à atriz e seu parceiro. A escrivaninha foi vendida por quase o dobro desse valor, com o preço apenas ligeiramente reduzido devido à falta de certificação oficial, e um colecionador da América sem filiação conhecida a qualquer órgão deu um lance maior que o do Museu Britânico. Yardley tinha se arrepiado com a venda – acreditava que todos os objetos deveriam permanecer na Inglaterra, ou pelo menos que deveriam ser mantidos o mais perto possível.

Ao fim do leilão, que arrecadou um valor recorde, Yardley e o diretor da Sotheby's convidaram a atriz e seu companheiro para celebrar com champanhe junto à equipe. Quando ergueram as taças de cristal para fazer um brinde pelo sucesso do dia, Yardley perguntou à atriz quais planos ela tinha para a joia.

– Planos? – repetiu. – Não sei. Creio que vou usá-la.

A ideia de que um objeto tão inestimável – e de tanta significância cultural – fosse simplesmente enfiado em uma cômoda ou, pior ainda, perdido no banco de trás de um táxi, começou a causar enxaqueca em Yardley.

– Mas elas são dignas de... – ele começou a dizer.

– Cabe à senhorita Harrison definir para que uso são dignas – interrompeu o homem. – Foi por isso que as comprei para ela.

Quando o homem disse as palavras, Yardley percebeu pela primeira vez algo que era menos que pura euforia no rosto da atriz. Perguntou-se qual seria o grau de intimidade entre eles – perguntou-se se aquela compra tinha sido parte de um acordo maior. Já ouvira rumores sobre atrizes do teatro e do cinema, mas, de qualquer forma, gostaria de dar àquela o benefício da dúvida.

– Na verdade, acabei sendo um pouco loquaz demais – disse ela, de forma apologética. – Parece que ando fazendo isso com muita frequência ultimamente. Creio que a empolgação me subiu à cabeça. Naturalmente, cuidarei para que essas posses de tanto valor recebam o cuidado que merecem.

Ela fitou Yardley de forma apaziguadora, e ele mais uma vez testemunhou os maravilhosos modos adaptáveis dela. Algo muito americano, suspeitava: assim que dava um passo em falso, rapidamente – e com tanto charme quanto possível – recuava, como se não significasse nada.

– O senhor ficou satisfeito com o leilão? – ela perguntou.

Yardley bebericou o champanhe de uma maneira reflexiva antes de baixar a taça.

– Fiquei, sim, satisfeito com o sucesso. Tento dar destino ao que havia na propriedade Godmersham há anos. Ora, sabe como é raro encontrar uma coleção substancial de artefatos relacionados a Austen. Tudo o que falta agora é o que existe na propriedade dos Knight, lá em Hampshire. Mas, ao que parece, é impossível de se lidar com o atual sr. Knight; sua única herdeira, a senhorita Frances Knight, de todas as coisas foi ser justamente uma solteirona agorafóbica.

– Agorafóbica? – perguntou o companheiro da atriz, enfim erguendo os olhos dos documentos diante dele.

Yardley, percebendo o olhar curioso que a mulher direcionava a ele, continuou:

– Sim, fobia de espaços externos. Ela não sai de casa.

– Oh, é uma grande pena – disse a mulher. – Além de incrivelmente gótico.

Yardley sorriu. Pôde perceber que ela mesma vivia com um pé arredado ao passado.

– Só espero que ela se importe o bastante com Austen – ele acrescentou. – Tanto eu quanto a senhorita sabemos como eu amaria que o máximo possível das posses dela permanecesse na Inglaterra.

A FRATERNIDADE JANE AUSTEN

Ela abriu um sorriso irreprimível e dirigiu um olhar ao acompanhante antes de prosseguir:

– Bem, Yardley, então tenho boas notícias para o senhor: elas irão. Pelo menos as minhas. Estou me mudando para a Inglaterra.

– Ora, ora! – exclamou Yardley. – Essas sim são boas notícias. Eu não fazia ideia. Oh, agora tudo faz sentido. Onde a senhorita irá morar?

– Nós... – Ela olhou novamente para o cavalheiro enquanto dizia as palavras. – Vamos morar em Hampshire. Justo lá! O que acha disso?

– Acho que é perfeito, dadas as circunstâncias. – Yardley olhou para baixo, para o dedo da moça que não ostentava nenhum anel de compromisso. – Quer dizer que o anel... – perguntou ele, com um sorriso.

– Sim, o anel. – Ela devolveu o sorriso, e nele havia um pedido ao qual ele seria incapaz de resistir.

Estavam terminando de assinar a documentação da transação, com os dados de uma conta no banco de Nova York. Yardley olhou para o diretor da Sotheby's e, com alguns poucos gestos discretos de cabeça, eles concordaram em retirar o conteúdo do cofre número catorze. Enquanto o diretor saía do cômodo, Yardley deleitou-se com o quanto seu trabalho – inclusive as partes mais importantes dele – parecia ser conduzido sem a necessidade de se trocar sequer uma palavra. Estava constantemente sintonizado às necessidades e demandas das outras pessoas, como se ele mesmo fosse um ator, adaptando-se a elas tanto quanto possível – e tanto quanto necessário para adquirir ou manter uma quantidade essencial de poder consigo.

O diretor voltou para o cômodo minutos depois e murmurou para Yardley que, após endereçar algumas questões levantadas pelo banco de Manhattan, os advogados do comprador tinham autorizado a retirada de outra conta em seu nome, essa em um banco europeu. Isso acelerou consideravelmente o processo, e, portanto, já haviam recebido a liberação final da conta de Zurique confirmada por telegrama. Yardley aquiesceu, indicando aprovação, e depois avançou para entregar o pequeno cofre numerado para o cavalheiro.

– Creio que isso é do senhor. – Yardley estendeu o cofre marcado para o homem, cujo nome ele agora sabia ser Jack Leonard, um empresário de sucesso e produtor emergente de Hollywood.

A mulher se ergueu de súbito, e o salto de seu sapato – o par de sapatos com os saltos mais altos que ele já vira na vida – prendeu de leve na borda do antigo tapete indiano que adornava o assoalho.

– Oh, meu Deus! – ela exclamou, com os dedos estendidos na direção do pequeno cofre enquanto se aprumava. Suas mãos tremiam de um modo perceptível.

Jack se levantou e pegou o cofre das mãos de Yardley; em seguida, segurou-o no alto de forma brincalhona, muito além do alcance dela. Apenas porque Yardley sabia que a mulher era tão fã de Austen quanto ele próprio, enxergou o comportamento do sujeito como algo além de uma brincadeira. Encarou aquilo mais como algo entre uma provocação e uma pequena crueldade.

– Coisas boas acontecem a quem tem paciência – disse Jack à mulher quando ela enfim baixou os braços como se fingisse derrota.

Mas Yardley não tinha certeza se confiava totalmente no magnata de Hollywood que parecia um ídolo de filme de matinê. E ficou se perguntando, enquanto os americanos se despediam e eram acompanhados por seguranças até o crepúsculo do começo de setembro, quem daqueles dois era de fato um ator.

Mimi Harrisson conhecera Jack Leonard seis meses antes, na piscina situada no quintal do produtor de seu último filme. *Esperança e glória* era a história de uma viúva cujos filhos lutavam em batalhas diferentes da guerra, mantidos separados de forma estratégica pelos fuzileiros britânicos para minimizar o potencial de perda da família. Mas os garotos queriam desesperadamente lutar juntos, e isso levava a um fim inevitável e trágico para todos os envolvidos. Mimi ouvira uma história similar àquela anos antes, em uma viagem à Inglaterra, e concordara em assumir o papel principal mesmo antes de ler o roteiro.

Era um "dramalhão" – um filme para mulheres –, exatamente o tipo de filme que transformara Mimi Harrison em uma estrela de Hollywood. Ela tinha o sonho de ser uma grande atriz dramática e, após se formar em história e drama pela Smith, começara na Broadway, atuando em vários papéis secundários nos idos dos anos 1930 e trocando de nome pelo meio do caminho, depois de relutar um pouco, pois Mary Anne era muito sóbrio. Mas seu rosto moreno e exótico fora vislumbrado certa noite por um diretor de elenco sentado na primeira fileira da plateia, e ela fez apenas um teste de elenco de cara limpa, em Nova York, antes de ser enviada de trem para o oeste, com destino a Los Angeles. Lá, fizera outro teste de elenco, dessa vez com maquiagem completa, seguida de uma edição de imagem para reduzir as sardas e de um pequeno procedimento cirúrgico que teria mortificado sua mãe.

– Apenas um procedimento é um recorde por aqui, benzinho – disse a assistente de figurino quando Mimi apontara a cicatriz. A atriz era escrava da verdade e sentia que, se seu corpo não era mais cem por cento Harrisson, o mínimo que podia fazer era não esconder aquele fato.

O primeiro dia de gravações de Mimi fora terrível. O ator principal de uma sequência de comédias de sucesso da época da Depressão começara a dar em cima dela imediatamente; após vários dias de persistência, ela aceitara jantar com ele no Chasen's. Mas concordou tão-somente com isso – fato que o homem tivera dificuldades para aceitar no fim da noite. Ela teria ficado mais desencorajada com o acontecido se já não tivesse um histórico de respeito. Chegava em Hollywood um pouco mais velha do que a média das atrizes, e acreditava que nada daquilo teria aconteci-do caso ela não tivesse algum valor. E, se abrisse mão de qualquer parte daquilo por medo, desembestaria rumo ao fundo do poço. Havia sido o pai, um notável juiz do Terceiro Circuito da Corte de Apelações, que a ensinara aquilo – além do amor por andar a cavalo, pela arte renascentista e por Jane Austen.

Os primeiros meses no novo emprego foram marcados por várias ten-tativas por parte dos homens de seduzi-la por uma noite – às vezes até por menos tempo, se houvesse alguma festinha particular à qual esperavam levá-la. Em todos os casos, ela os cortava na primeira oportunidade, sem ceder nem um pouco. Sabia que precisava agradar apenas uma pessoa, o diretor do estúdio, Monte Cartwright – e ela havia cuidadosa e astuta-mente cultivado sentimentos paternais dentro dele desde o princípio, a ponto de o diretor começar a se gabar sobre ser um homem decente (pelo menos no que dizia respeito a Mimi Harrisson).

A última década em Hollywood, em termos de carreira, fora de um sucesso notável. Ela retinha contratualmente o direito de fazer um fil-me vindo de outro estúdio por ano, e a isso acrescentava uma média de quatro filmes internos, o que a mantinha ocupada demais para uma vida social ou romântica. Com um cachê de em média quarenta mil dólares por filme, era considerada uma das atrizes mais bem pagas do mundo.

Foi apenas uma questão de tempo até encontrar Jack Leonard, alguém que ganhava ainda mais dinheiro que ela.

Ele acompanhara a ascensão da bilheteria dos filmes nos quais ela atuava, através de seu promissor estúdio rival, com um grau de paciência pelo qual não era conhecido. O próprio sucesso dele fora menos linear e muito mais questionável. Tendo por trás um dinheiro que vinha de ge-rações da família na indústria têxtil, superara a Depressão comprando ações que pareciam no fim da vida, vendendo-as depois aos competido-res sobreviventes. Quando as leis antitruste de Roosevelt avançaram, Jack começou a mudar para o exterior, cultivando alianças com produtores de aço e de armas da Europa, transformando-se em alguém tanto financeira quanto diplomaticamente indispensável a eles conforme vários países começaram a construir fábricas de armamentos em resposta à demanda militar crescente. Ele tinha uma aptidão assombrosa de saber exatamente para onde as coisas estavam rumando, e de isolar as fraquezas mais críticas dos oponentes – que eram muitos. Para Jack Leonard, a vida era uma batalha constante.

Ele não tinha nem uma gota de introspecção; pelo contrário, direcionava toda sua energia para agrupar pessoas ao seu redor. Entender a si próprio não era importante, porque não havia o que ser entendido. Ele sabia disso, e sabia que ninguém jamais acreditaria. Afinal de contas, ele andava por aí, falava e agia como uma pessoa normal, mas vencia repetidas vezes como poucos outros faziam, e de forma consistente. Se as outras pessoas possuíssem a capacidade de imaginar o quanto ele estava focado em derrotar *elas próprias*, talvez tivessem uma chance. Mesmo assim, não conseguiriam viver sob as condições daquele tipo de sucesso. Assim, Jack Leonard continuava a vencer, e a destruir outras pessoas, e a ganhar dinheiro, e a convencer a si mesmo (pois pessoas desprovidas de alma exigem certo esforço para convencerem a si mesmas) que o sucesso era fruto da própria superioridade por ter descoberto tudo aquilo sozinho.

Quanto mais dinheiro ganhava, mais precisava ganhar – era uma compulsão da qual ele não reclamava nem um pouco. Quem não estava avançando, não estava vencendo – e quem não ganhava dinheiro no processo na verdade estava perdendo dinheiro. Então, quando um pequeno grupo de sócios de Nova York decidiu investir em um novo estúdio no oeste, ele embarcou na ideia – não havia forma melhor de conhecer belas mulheres com pouco esforço e dinheiro. Além disso, aquela era a melhor época para entrar no negócio do cinema, com tantos produtores, atores e diretores proeminentes lutando contra os nazistas.

E foi na primavera de 1945, com a América mergulhada totalmente na guerra, seus contratos de venda de aço e armas valendo milhões e seu estúdio produzindo um filme por semana, que Jack Leonard aproximou-se de Mimi Harrison enquanto ela repousava em uma espreguiçadeira vestida com seu maiô roxo.

Mimi abriu um dos olhos ofuscados pelo sol, agora parcialmente bloqueado pela silhueta de Jack, e disse apenas:

– Você está bloqueando meu sol.

– *Seu* sol? – perguntou ele, erguendo uma sobrancelha.

Ela se ajeitou, espiando por baixo dos óculos escuros, e depois empurrou de novo a armação pela ponte do nariz, ainda levemente marcado pelas sardas.

– Bem, aluguei ele com nosso anfitrião hoje.

– Aluguéis. Passo. Prazer, Jack. – Ele estendeu a mão na direção dela. – Jack Leonard.

Nenhum traço de reconhecimento passou pelo rosto da atriz, e ele pôde sentir a nuca arrepiando com a irritação.

– Mimi Harrison – respondeu ela, balançando a mão dele. Jack percebeu que ela tinha um aperto forte e confiante para uma mulher. Também notou que as mãos dela não tinham nenhuma joia, e que eram levemente calejadas.

Ela olhou para a própria mão, ainda acomodada dentro da dele, e acrescentou:

– Eu cavalgo.

– E atua.

– Quando não estou cavalgando.

– Ou lendo. – Ele pegou de uma maneira casual o livro largado na espreguiçadeira vazia ao lado e virou-o para olhar a capa. – *A abadia de Northanger* – leu em voz alta, e depois olhou para ela interrogativamente.

Aquele não deixava de ser um teste – pelo menos em Los Angeles. Eles conheciam tão raramente os livros, os homens de estúdio – eram homens dos números. Já os atores eram do tipo que ficava sempre ao ar livre, em movimento, do tipo entediado demais para ficar sentado em uma sala de aula. Ela perdera a conta do número de passeios em pequenos aviões particulares, motocicletas e veleiros em que a tinham levado nos últimos anos; isso sem falar das aulas de golfe, escaladas em cânions e cabanas de pesca com apenas um cômodo.

– Jane Austen – disse ela, com um movimento indiferente dos ombros. – Não a conhece?

Ele recolocou o livro no lugar e sentou-se na beira da espreguiçadeira diante dela.

– É para um papel?

– Bem que eu gostaria. Não, só por prazer.

– Prazer é superestimado.

Ele era o homem mais confiante que ela jamais conhecera. Tinha noção de que ele provavelmente sabia quem ela era, embora genuinamente não tivesse ideia de quem era ele.

– O que o senhor estima, então? – indagou ela, pegando um copo de chá gelado da bandeja que um dos empregados da propriedade oferecia.

– Vencer.

– A qualquer custo?

– Nada custa mais, ou merece custar mais, que vencer. Veja a guerra.

Ela suspirou; a súbita expressão de tédio em seu rosto fez a irritação disparar pela coluna dele, que sentiu o sangue subindo às têmporas.

– Por que vocês, homens, precisam colocar a guerra em tudo?

– E por que não? Estamos todos juntos nessa.

– Oh, sinto muito. Vai embarcar para servir em breve?

A irritação se transformou em uma enxaqueca. Jack se levantou.

– Veja bem, não estou indo a lugar nenhum. Não faz meu estilo. Não acho que faça o da senhorita também. Acho que... Enfim, foi bom conhecê-la. – Ele fez uma pausa, e algo similar a um afã surgiu em seus olhos castanhos. – Sempre quis conhecê-la.

Aquele foi o primeiro sinal de qualquer coisa parecida com vulnerabilidade que ela vira nele. Era perceptível que ele estava totalmente acostumado a conseguir tudo o que queria. Ela conseguia perceber que ele *a* queria. A distância entre a bravata confiante e o interesse nela era algo que só ela conseguiria discernir. Como diria Elizabeth Bennet, aquilo era por demais gratificante.

Ela observou o homem com a camisa branca perfeitamente engomada e as calças cáqui em tom bege, o exato correspondente aos cabelos castanho-claros cortados curtinhos; vislumbrou o brilho de um relógio Cartier contrastando com a pele bronzeada do pulso esquerdo, e a pele levemente mais clara na base do dedo anelar. Haveria muito mais para descobrir a respeito dele, disso ela tinha certeza.

Capítulo 4

CHAWTON, HAMPSHIRE
AGOSTO DE 1945

Doutor Gray terminara o plantão do dia e decidira fazer uma caminhada para desanuviar a mente. Seguiu até o ponto da estrada principal de Winchester no qual ficava o chalé dos Austen, e depois caminhou de forma enérgica ao longo da antiga Gosport Road até alcançar o caminho de cascalho que levava à propriedade dos Knight e à igreja anexa de Saint Nicholas.

Um pouco além, podia ver a carroça de feno dos Berwick, então sem nenhum fardo de material e liberada após o fim do experiente, parada perto do quebra-corpo. Mas, naquela tarde, os planos do médico não incluíam esticar as penas em uma caminhada mais longa pelos campos estivais de Upper e Lower Farringdon.

Em vez disso, ele continuou até a igreja. Passava pouco das três, e ele sabia que o reverendo Powell estaria em sua ronda diária, visitando vários moradores aflitos – um pouco antes ou um pouco depois do próprio doutor. O trabalho dos dois era provavelmente muito mais parecido do que qualquer um deles gostaria de admitir. Mas enquanto as pessoas suplicavam ao reverendo para que mudasse a realidade através da oração, suplicavam a doutor Gray que prescrevesse esperança quando confrontadas com a realidade. Dois lados da mesma moeda da fé. O lado da moeda que acabava caindo para cima – a quina da escada ou a chapa de raio-X que mostrava a cara feia – era a escuridão que o trabalho dele precisava gerenciar e dissipar, mesmo que ele próprio não raro quisesse se render a ela.

Sempre amara a igrejinha de pedra de Saint Nicholas, afastada da estrada sobre o desnível murado. Para ele, a igreja tinha o tamanho perfeito: pequena o suficiente para parecer intimista, mas grande o suficiente para sempre parecer cheia. Embora ele não tivesse certeza sobre quantos visitantes sabiam da existência dela, a conexão do local com a família Austen era uma das mais intensas. A igreja ficava na propriedade de Chawton Park, que o irmão mais velho de Jane, Edward, herdara do casal de posses e sem filhos que o adotara para que não morressem sem um herdeiro. A propriedade também incluía o pequeno chalé de apoio onde as estradas de Gosport e Winchester se cruzavam, e onde Jane enfim encontrara um lar para sua escrita após anos de dependência a diversos parentes homens. Ali, naquela igreja, quase um século e meio depois, os Knight ainda exerciam sua presença. Havia brasões de família nos vitrais das janelas, o altar fora construído em cima da cripta familiar, e os bancos eram feitos de um carvalho caído que crescera na propriedade dos Knight.

Quando doutor Gray entrou, tirou o chapéu e, depois de fazer o sinal da cruz, ergueu os olhos; Adeline Grover estava sozinha no banco da frente, com os cabelos longos e castanhos caídos sobre as bochechas coradas enquanto mantinha a cabeça baixa em oração. Usava um vestido informal simples, de estampa floral, que fora alargado no busto, com mangas longas e gola e punhos rendados.

Seu esposo, Samuel Grover, falecera em março durante um bombardeio na costa da Croácia, sem saber que deixava a esposa grávida de um mês. O bebê agora era tudo o que ela tinha, enquanto o corpo do esposo jazia marcado por alguma cruz branca e simples fincada no solo rochoso da ilha de Vis. Doutor Gray ficara surpreso com a compostura da jovem durante aquela provação. Achava que Adeline, com seu jeito impetuoso, ficaria consideravelmente amarga e com considerável rapidez caso a vida lhe virasse as costas. Mas era o contrário: ela irradiava uma positividade peculiar, quase uma determinação desesperada em acreditar que, de alguma forma, tudo terminaria bem. Ele até poderia atribuir isso à juventude da moça, mas conhecia pacientes – como Adam Berwick – para os quais ser jovem quando abatidos por uma tragédia só tornava tudo mais difícil de suportar.

Do outro lado do corredor, ele a via na igreja todo domingo, ao longo dos últimos seis meses, com ambas as mãos espalmadas na barriga crescida, ouvindo pacificamente o sermão do reverendo Powell. Talvez esperar um bebê tivesse aquele efeito – ele nunca saberia com certeza. Mas se perguntava se a gravidez evitaria que ela vivesse o luto completo. Ele era o último a poder julgar qualquer pessoa por isso; às vezes, questionava-se se o luto fazia algum tipo de bem.

Adeline ergueu a cabeça quando ouviu os passos pesados do doutor pelo chão de pedra, mas não se virou. Ele assistiu em silêncio à mulher fazer o sinal da cruz, depois se levantar e avançar pelo corredor na direção dele.

Ele se lembrava do casamento dela com Samuel, em fevereiro, durante a última dispensa do jovem oficial. Adeline estivera radiante – mas, até aí, ela sempre parecia ter olhos brilhantes e disposição para o que desse e viesse. Porém, por mais maravilhosa e espirituosa que Adeline fosse, acabara sendo uma professora demasiado interessante e progressista para o letárgico vilarejo de Hampshire. Pedira demissão na metade do último período da primavera, pouco antes do casamento, e dedicara-se a construir um lar para ela e Samuel uma vez que ele voltasse permanentemente da guerra. Mesmo naqueles dias, no calor tardio do verão e com apenas um trimestre de gravidez pela frente, doutor Gray eventualmente passava pela casa dos Grover e ainda encontrava Adeline afundada até os joelhos na terra do jardim, colhendo abobrinhas, vagens e beterrabas que virariam conservas em preparação para o próximo inverno.

O doutor sorriu quando a mulher se aproximou, desejando que ela não passasse por ele sem parar para conversar.

– Como está se sentindo, Adeline?

– Melhor do que semana passada. O que é incomum, creio, já que as mulheres mais velhas não param de me dizer que as coisas só pioram.

– Melhor não dar ouvidos a elas – aconselhou doutor Gray, e riu. – Elas têm uma opinião, e são apegadas a ela. Com isso podemos contar.

Ela fez menção de seguir caminho, e ele deu mais um passo em sua direção.

– Estou atrapalhando o senhor? – perguntou Adeline.

– De maneira alguma. Meu medo era eu estar atrapalhando.

Ela agitou a cabeça rapidamente.

– Não, eu já havia terminado. Disse tudo o que precisava, e mais um pouco.

– Tenho certeza de que Ele está ouvindo. É difícil ignorar a senhora.

– Doutor Gray! – exclamou ela, como se fingisse ofensa.

Ele era uma das poucas pessoas de Chawton que não se encolhiam quando encontravam com ela, como se atormentadas pela memória da perda da jovem – o que obviamente a fazia se sentir ainda pior, o oposto do que os moradores do vilarejo pretendiam. Ela sempre amara o senso de humor árido de doutor Gray, e o modo como ele agia de forma tão repreensiva – mesmo suspeitando que, por dentro, ele era uma pessoa muito mais branda. Durante as poucas vezes em que Samuel fora dispensado, ela e o esposo costumavam ir ao cinema em Alton – para ver um filme, sempre à escolha dela –, e às vezes ela se surpreendia ao vislumbrar o doutor Gray assistindo sozinho aos "dramalhões" de Mimi Harrison, nas fileiras do fundo, meio escondido pela fumaça do cigarro, cercado de casais em uma sala que projetava filmes românticos feitos para fazer a audiência chorar.

Talvez o costume de ir ao cinema servisse como algum tipo de catarse estranha. Ela certamente ficava admirada sobre como ele era capaz de aguentar aquilo tudo, os terríveis diagnósticos com os quais convivia, sabendo que compartilhar qualquer parte deles poderia apenas piorar a dor do paciente – sabendo que mesmo algumas poucas palavras que dissesse poderiam destruir uma vida. Mesmo como colegas, sempre discutindo sobre os métodos de ensino na escola, ela sempre tivera o doutor Gray como uma das almas mais gentis do vilarejo, rápido em confortar e dono de um sorriso atencioso. Desde a morte trágica de sua esposa, ela se perguntava se ele encontrara outra pessoa com quem pudesse trocar confidências. Sabia que sua enfermeira, Harriet Peckham, estava aprontando alguma, dadas as fofocas que gostava de espalhar pelo vilarejo sobre o que ele andava fazendo.

Os dois saíram juntos para o dia ensolarado. Era possível ver duas turistas perambulando pela estradinha, olhando para o caminho de cascalho além do abrigo arborizado da igrejinha para ver a grande casa elisabetana que se erguia no aclive.

– Os turistas voltaram – disse Adeline. – A pausa não durou tanto. Acho que só mesmo uma guerra mundial para mantê-los longe.

– Já parou para pensar como somos sortudos? De viver aqui todo dia, como a própria Jane Austen? Eu já parei. Às vezes acho que essa foi uma das razões pelas quais voltei para cá.

Adeline se virou para olhá-lo com interesse.

– Na verdade sim, eu já parei para pensar. Mais de uma vez. Tornava esse lugar mágico quando era novinha. Isso de uma pessoa ter sido capaz de tecer histórias a partir daqui: deste passo, deste caminho, desta igrejinha. Dos belíssimos campos ensolarados, do quebra-corpo, disso tudo. Tão inglês. Os turistas vêm porque essas coisas existem. Aqui, ao menos, elas existem. Aqui, ao menos, elas são reais.

Ele aquiesceu.

– Devo dizer que estou lendo *Emma* mais uma vez. Toda vez descubro um detalhe novo, algo que ignorei nas leituras anteriores. É como se ela ainda estivesse escrevendo aquelas histórias, como se ainda estivesse dando vida a elas.

Adeline sempre amara conversar sobre livros com o doutor Gray. Na época em que fora basicamente demitida da escola local – embora tivesse pedido demissão pouco antes que dessem um fim nela, astutamente usando o casamento como desculpa –, houvera uma preocupação crescente quanto às discussões que estimulava em sala de aula. Alguns assuntos e autores ainda eram julgados inapropriados; Adeline, por outro lado, não achava que era função do vilarejo decidir quais clássicos tinham valor e quais não. Isso supostamente já fora feito, por pessoas muito mais estudadas e sábias do que qualquer um deles. De todos os habitantes locais, era apenas com o doutor Gray que ela podia falar em total liberdade sobre os livros que amava.

– Não sei o que pensar sobre Emma, doutor Gray. Digo, eu mesma estou sempre de bom humor, como o senhor constantemente gosta de lembrar, mas às vezes tenho dificuldade para enxergar onde o egoísmo termina e o bom humor começa.

– Emma não é exatamente egoísta. Ela tem muita *estima por si mesma*, em um nível que poucas outras pessoas podem se dar ao luxo de ter.

Adeline não tinha tanta certeza. Nunca desejara o tanto de atenção que Emma absorvia com tamanha ânsia. Mesmo que Adeline agora fosse alvo de preocupação ansiosa por parte dos conterrâneos, seria incapaz de suportá-lo por muito tempo antes de querer redirecionar o foco da atenção para outro local. Perguntava-se o que aquele jeito de estar sempre tão satisfeita em ser o centro das atenções dizia sobre Emma.

As duas turistas ainda estavam paradas no fim da estrada e, apesar dos bons modos, doutor Gray não estava com ânimo de interagir com elas.

Olhou para trás, para o Casarão, e depois para Adeline, notando pela primeira vez os sinais iniciais de fatiga em suas olheiras.

– Que tal parar e passar na cozinha dos fundos para conseguirmos um chá para a senhora?

Adeline concordou com um rápido gesto da cabeça.

– Vamos.

Os Knight eram conhecidos havia muito na região por sua hospitalidade generosa. A cozinha dos fundos estava sempre de portas abertas para conhecidos; mesmo eventuais turistas descarados o bastante para avançar por toda a trilha e bater na porta da frente jamais ficavam na mão. A entrada da cozinha, nos fundos da casa, era cercada por quatro altas paredes de tijolos vermelhos, hera verdejante e vitrais com mais brasões da família Knight. Lá, era possível se sentar com um pouco de chá e um pãozinho doce recém-saído do forno e, sem pressa, absorver a paz e a calma da igreja vizinha.

Josephine, a cozinheira, era uma mulher encarquilhada e artrítica que estava com a família desde que as pessoas tinham memória. Sempre ficava feliz em receber visitas, e fez um sinal para que doutor Gray e Adeline adentrassem a cozinha no instante em que seus pés tocaram a soleira. Logo estavam no quintal de trás, sentados em um banco no pátio e cheios de comida, equilibrando pratos com pãezinhos quentes sobre os joelhos enquanto as mãos se ocupavam com xícaras fumegantes de chá-preto com leite.

– Então, quais detalhes de *Emma* o senhor captou dessa vez? – perguntou Adeline, curiosa para escutar a resposta, perguntando a si mesma se, pelo menos uma vez na vida, estaria um passo à frente dele.

– Pois então, há um trechinho jogado no meio de uma reflexão do senhor Knightley sobre a falta de disciplina de Emma. Sabe em *Orgulho e preconceito*, quando Darcy está extasiado escutando Elizabeth tocar piano, e ela está zombando da dificuldade dele em lidar com estranhos, dizendo que ele precisa praticar mais? Dizendo que ela mesma não se dava ao trabalho de praticar piano?

Adeline amava aquela cena.

– Sim, é claro! E ele, de forma galante, responde (porque ele a está cortejando, embora ela não faça a menor ideia de que ele a está cortejando, e ele mesmo não saiba disso) que ela fizera bem em empregar o tempo em outra coisa melhor do que praticar piano, porque "ninguém que tenha o privilégio de ouvi-la seria capaz de apontar algo falho". Eu costumava remoer bastante essa frase quando era mais nova. Estaria ele dizendo que ela era perfeitamente tão boa quanto sua quantidade limitada de prática permitia? "Falho" no sentido de algo faltando, como em uma equação ou em um quebra-cabeça? Mas com o tempo entendi que ele dizia que ela era esperta por não praticar com tanta frequência, pois ninguém que a ouvisse tocar sentiria outra coisa a não ser deleite, e, portanto, ela dominava com sabedoria o próprio tempo. Darcy vai muito além nesse momento.

– Certo, sei que *Orgulho e preconceito* é seu favorito... – Doutor Gray sorriu de um jeito indulgente. – Mas voltemos a *Emma*. Noite passada, estava lendo aquela cena em que o senhor Knightley está pensando o inverso que Darcy: está pensando que Emma nunca atinge seu potencial, nunca sequer reflete sobre as melhores maneiras de gastar o tempo. E ele menciona a tal lista que ela fez de grandes livros para ler, lembra?

– Sim! E ela nunca termina nenhum deles! Ela tem a mesma capacidade de reter atenção que um menino de oito anos. E eu que o diga! Como alguém que costumava dar aula para eles, afirmo que sempre se distraíam com algo novo. A única razão pela qual discordo do senhor sobre chamá-la de heroína é essa: ela está preocupada apenas em satisfazer a si mesma, nunca em melhorar.

Doutor Gray balançou a cabeça em uma negativa.

– Mesmo assim, ela melhora. Afinal de contas, tem apenas vinte e um anos quando o livro começa.

– Não é tão nova. Tenho só uns anos a mais, e veja pelo que já passei.

– É verdade, Adeline – respondeu ele, pensativo, e depois fez uma pausa tão longa que ela precisou estimulá-lo a continuar.

– Enfim. Mas qual é o detalhe... O segredinho...?

– Certo. Bem no meio dessa reflexão, o senhor Knightley menciona a lista manuscrita de livros de Emma, e depois muito brevemente menciona que, por certo tempo, manteve uma cópia da lista. E isso me atingiu em cheio, pois acontece bem antes de o mais astuto leitor perceber que Knightley está apaixonado por Emma. Talvez Austen pensasse que seus leitores eram ainda menos inteligentes do que eu imaginava. Eu mesmo nunca peguei esse detalhe antes, mesmo depois de tantas leituras...

– Ah, estou certa de que ela pensava! – Adeline riu com prazer, feliz em desaparecer em meio àquela conversa sobre pessoas irreais com falhas bastante reais. – Mas eu mesma nunca notei esse detalhe antes. Por Deus, não. Se bem que... Espere! É como Harriet e sua coleção dos "mais preciosos tesouros" do senhor Elton! A atadura que ele lhe deu, o lápis que ela roubou, todas as coisas que terminam queimadas no final! O senhor Knightley agia exatamente como Harriet, guardando objetos que seriam triviais a qualquer outra pessoa, mas que são inconscientemente importantes para ele. Mesmo assim, Jane Austen se esforça para colocar o senhor Knightley acima de qualquer outra pessoa e Harriet lá para baixo, pelo menos intelectualmente.

Doutor Gray pousou a xícara sobre o prato já vazio.

– É isso. Entende? Eu não havia sequer feito *essa* conexão ainda. Imagine, dar ao senhor Knightley uma característica em comum com Harriet.

– Todos somos tolos apaixonados, como costumam dizer.

– Minha Jennie teria amado isso.

– Já meu pobre Samuel não teria tido paciência para tal – respondeu Adeline, com um sorriso melancólico. – Ele nunca entendeu meu amor pelos livros. Algo na voz de Jane Austen o desestimulava. Ele precisava que os personagens fossem diretos, que o enredo parecesse os motores de um trem a toda velocidade. O senhor tem sorte de poder ter isso em comum com sua esposa.

– Tínhamos várias coisas em comum.

– Eu e Samuel tínhamos a mesma infância em comum. Não tivemos a chance de ter muito mais do que isso.

– Ter crescido com outra pessoa tem seu valor.

– E, não obstante, Knightley e Emma brigam o livro inteiro. Que curioso.

Sentados juntos naquele banco, sem mais ninguém com quem trocar confidências, doutor Gray e Adeline sentiam uma estranha conexão através daqueles livros.

Durante a Grande Guerra, oficiais traumatizados eram encorajados a ler especificamente as obras de Jane Austen – Kipling havia lidado com a perda do filho soldado depois de lê-los em voz alta para a família; Winston Churchill recentemente se valera deles para encarar a Segunda Guerra Mundial. Adeline e doutor Gray amavam os livros de Jane Austen desde sempre, e podiam conversar por horas sobre os personagens; mesmo assim, seus livros os ajudavam a lidar com o próprio luto.

Parte do conforto que tiravam das releituras vinha da satisfação de saber que haveria uma conclusão – de sentir, leitura após leitura, a mesma ansiedade inexplicável para descobrir se os personagens iriam encontrar o amor e a alegria, ao mesmo tempo que já sabiam, por outro caminho paralelo da mente, que tudo se arranjaria no final. A sensação de estar ao mesmo tempo um passo à frente dos personagens e um passo atrás de Austen em cada uma das releituras.

A FRATERNIDADE JANE AUSTEN

Mas parte daquilo se devia ao heroísmo da própria Austen, que escrevera mesmo em meio à doença e ao desespero enquanto vislumbrava a própria morte prematura. Se ela fora capaz, pensavam doutor Gray e Adeline, então certamente – como homenagem a ela, na pior das hipóteses – eles também seriam.

Capítulo 5

Chawton, Hampshire
Ao mesmo tempo

Frances Knight podia ver os dois no banco do pátio lá embaixo, tomando chá ao ar livre no finzinho do verão. Havia um pequeno assento no batente da janela do corredor do segundo andar, onde ela podia se sentar sob os painéis de vitral elisabetanos – cada janela decorada com o brasão de um dos proprietários sucessivos da propriedade, junto da inscrição com a data da respectiva ascensão. Ela aproveitara muito aquele espaço à janela quando moça, crescendo no Casarão, e de novo agora que sair de casa lhe parecia cada vez mais difícil.

Reconhecia Adeline Grover da igreja e, certa época, fora consideravelmente amiga de Beatrix Lewis, a mãe da jovem. Doutor Gray, por sua vez, era a pessoa mais vista de toda a comunidade – tinha ajudado a dar à luz dezenas de bebês do vilarejo, cuidara de um número ainda maior de moribundos e lidara com todo tipo de ferimento e moléstia no intervalo entre as duas coisas. Nos últimos meses, vinha tratando do pai da própria Frances, embora ela soubesse que passar no Casarão naquele dia não estava na agenda do doutor.

Ela tinha curiosidade de saber o assunto sobre o qual os dois conversavam, então abriu a folha principal da janela mais próxima em uma tentativa de escutar.

Não era nada do que ela esperava.

– Outro detalhe que acabei de descobrir é aquela cena onde o senhor Knightley chega, e o velho senhor Woodhouse hesita em deixá-lo antes de sair para sua caminhada planejada, e tanto o senhor Knightley quando Emma se apressam em encorajá-lo a sair sozinho... Calma, vou encontrar a cena para a senhora...

Frances viu de cima o senhor Gray tirar um tomo pequeno e fino do bolso interno do casaco, enquanto Adeline soltava uma leve exclamação de graça.

– Pois agora o senhor carrega Emma por aí, doutor Gray? Bem junto do coração?

Ele sorriu ao folhear o livro até encontrar o trecho que procurava.

– "O senhor Knightley chegou e sentou-se para conversar por um tempo com o senhor Woodhouse e Emma, até que o senhor Woodhouse, que antes decidira sair para caminhar, foi persuadido pela filha a não mudar de ideia; foi induzido pelos apelos dos dois, a despeito dos escrúpulos da própria civilidade, a deixar o senhor Knightley para tal propósito".

Adeline franziu o nariz.

– Creio que, *nesse caso*, o senhor está lendo demais nas entrelinhas.

– Hum, bem... Sim e não, talvez. Certamente essa parte da cena (que continua por várias linhas, com o senhor Woodhouse argumentando mais, e o senhor Knightley sem ceder nem um pouco) reduz comicamente os dois homens às suas naturezas obstinadas: um exigente demais e outro abrupto e exageradamente decidido para o próprio bem de cada um. Mas, se parar para pensar, isso é o *máximo* que Austen permitiria demonstrar a essa altura do livro: correntes ocultas de atração entre Emma e Knightley, e que ambos estão atolados demais na história e na situação para perceber. Isso nos ajuda a cometer o engano de interpretar o desgosto de Knightley por Frank Churchill como o de um familiar mais velho e superprotetor (e como Emma tem o pai na palma da mão, *alguém* no livro precisa assumir esse papel), em vez de um ciúme feroz pelo qual ele está começando a ser consumido.

– Senhor Knightley é outro que não faz a menor ideia do que se passa... Nenhum desses homens têm ideia de que estão apaixonados? Por que o senhor acha que tantos dos personagens de Austen têm tão pouco autoconhecimento? – perguntou Adeline. – Será essa a essência de nossa insensatez, de nosso destino como seres humanos? Não entender por que fazemos as coisas, ou quem amamos? Será que é por isso que tantos relacionamentos terminam em frangalhos, e os que não terminam devem isso à pura sorte do acaso?

– A mim parece que, quando os personagens dela realmente conhecem e entendem a si mesmos desde o começo, funcionam menos para quem está lendo. Fanny Price é quem me vem à mente.

Adeline sabia o quanto o doutor Gray não gostava de Fanny Price.

– Creio que quem lê se ressente, em algum nível, daquela pureza de intenção e ação – continuou ele. – É como se desse vontade de dizer "Vamos lá, faça alguma tolice! Faça como qualquer outra pessoa normal. Caia de amores por Henry Crawfords". Amamos Jane Austen porque seus personagens, vibrantes como são, não são melhores ou piores do que nós. São eminente e completamente humanos. Eu, pelo menos, acho muito consolador saber que ela nos entendeu de forma tão perfeita.

Frances fechou a janela devagar, depois se recostou contra a lateral do nicho e cerrou os olhos. Fazia muito tempo desde a última vez que papeara com algum amigo ou amiga sobre qualquer coisa significativa. Quando mais enfurnada em casa ficava, menos visitas recebia. Ela entendia a lógica daquilo – muito embora a amizade supostamente não devesse ser algo lógico.

Agora, moravam no Casarão só ela, o pai – o patriarca enfermo em seus aposentos no segundo andar – e Josephine. Havia também duas jovens criadas, Charlotte Dewar e Evie Stone, que cuidavam das roupas e da limpeza. Na lida da propriedade, havia Tom, o cavalariço, que também cuidava do jardim murado e tratava das belas rosas de Frances, das maçãs e das abóboras; e por fim Adam Berwick, o homem triste e silencioso que cultivava as terras da propriedade para ela.

Frances era a última na linhagem da família Knight, agora que o pai estava morrendo. A mesmíssima coisa contra a qual seus ancestrais haviam lutado ao adotar Edward Knight dava as caras novamente, no fim das contas, e justo sob sua ronda. Aquilo doía muito, uma dor totalmente desproporcional ao simples fato de que ela jamais fora sortuda o suficiente para casar e gerar uma criança. A ideia de ser obrigada, pelo peso do histórico da família, a sentir ainda mais luto por isso – pelos tijolos elisabetanos caindo aos pedaços ao seu redor, pela interrupção de uma corrente que incluía a maior escritora de todos os tempos – era algo de que um bom amigo ou amiga tentaria demovê-la.

Ela também repreendia a si mesma por falhar como amiga. Havia sido, no passado, um dos membros mais proeminentes da comunidade, compartilhando os privilégios de sua bela propriedade, abrindo suas portas para bailes de outono, feiras de primavera e, no inverno, trilhas para trenós na colina dos fundos. E sempre tivera uma compaixão e uma preocupação naturais por outras pessoas. Aquela energia que extraía de saber mais sobre os outros, ouvir suas histórias e pensar em meios de ajudá-los fora um verdadeiro dom. Ela ressentia muito o fato de que, por alguma razão insondável, não tinha mais energia para as mesmíssimas coisas que sempre a haviam sustentado. Se houvesse uma receita para o declínio, certamente era aquela.

Ela não queria sentir tanta pena de si mesma – e tinha plena consciência das grandes perdas a que muitas outras pessoas em seu vilarejo haviam sobrevivido. Como a família Berwick, por exemplo, que perdera o pai e dois dos filhos, um depois do outro – os filhos na mesma batalha, inclusive. E o pobre doutor Gray, cuja bela esposa fora incapaz de ter filhos, e que certo dia simplesmente pisou em falso e morreu – e agora o doutor tinha que passar seus dias ouvindo histórias sobre as desgraças de outras pessoas, com o mesmo comprometimento e carinho que sempre demonstrara. Ela sequer conseguia começar a imaginar como seria ter de fazer aquilo.

Ela também sabia que a vida era, de fato, uma sucessão de perdas, e ela simplesmente fora agraciada desde o princípio com muito mais para perder: uma preciosa herança de família, além dos gigantescos confortos da fortuna. Podia até não ser a única culpada por perder tudo aquilo, mas infelizmente era a última que sobrara para ser responsabilizada, e sentia o peso e a gravidade de tal culpa de uma forma que ninguém mais sentia.

Pequenas gotas de chuva começaram a atingir os vidros da janela, e ela tocou a sineta acomodada sobre uma almofadinha de veludo ao seu lado. Depois de alguns minutos, Josephine apareceu no alto da escada que levava ao corredor do segundo andar.

– Obrigada, Josephine. Oh, eu realmente me sinto muito mal por usar essa sineta.

Josephine aquiesceu.

– Eu sei, madame. A senhorita jamais foi de negar uma visitinha às cozinhas.

– O advogado já chegou para falar com papai?

– Sim, madame, cerca de meia hora atrás. Esse senhor Forrester é direto e reto, viu?

– Creio que estão discutindo o futuro da propriedade, dada a longa visita. – Frances espiou novamente pela janela e viu doutor Gray tentando proteger Adeline das gotas esparsas, usando o casaco que tirara de si. – Josephine, creio que Tom e Adam já devem ter acabado o trabalho nos celeiros a essa altura. Mais cedo, estavam cuidando de uma ovelha que pariu há pouco. Por que não sugere a Tom que dê uma carona no automóvel para Adeline, para mantê-la protegida da chuva na condição em que está?

Josephine desceu pela escadaria de carvalho e saiu para o pátio com um guarda-chuva e o convite inesperado da senhorita Knight.

Adeline e doutor Gray trocaram um rápido olhar quando Josephine fez a oferta em nome da patroa; quando doutor Gray começou a se levantar, Adeline ainda segurava um dos lados do casaco do homem com a mão direita. Com a esquerda, puxou a manga dele, um movimento tão íntimo e suplicante que o doutor parou e voltou a olhar para ela.

– Estou ótima, de verdade. Uma chuvinha não é nada. Mas adoraria ver os cordeirinhos recém-nascidos nos estábulos, se possível. Podemos esperar por lá até que o pior da chuva passe.

Doutor Gray hesitou um pouco, depois fez um gesto de cabeça para Josephine.

– Por favor, agradeça à senhorita Knight pela consideração, como sempre. Mas faremos como a jovem dama sugere.

Adeline se levantou também, um pouco mais devagar devido a seu estado. Josephine entregou a ela o guarda-chuva, murmurando "esse casaco não é suficiente".

Adeline agradeceu com um gesto de cabeça e devolveu o casaco para doutor Gray, tudo sob o olhar protetor da velha criada.

– Por que ela fez isso? – perguntou Adeline ao doutor Gray enquanto eles se apressavam sob o guarda-chuva pelo caminho de tijolinhos vermelhos que levava do pátio ao estábulo medieval. – Será que a ofendemos?

– Não creio que Josephine Barrow fique facilmente ofendida.

– Talvez tenha sido porque enfim houve alguma movimentação em uma casa tão grande e vazia, apenas com duas mulheres e aquele velho homem rabugento e rancoroso. Eu inclusive me sentia um pouco intimidada pela senhorita Knight quando era mais nova, mas não de uma forma ruim. É só que, quando eu era jovem, ela parecia sempre calma e elegante, sempre inabalável. Quase não é possível vê-la hoje em dia.

– Há muito admiro Frances. Tinha esperanças de que ela não terminasse assim sozinha. Deve ser desgastante.

– Por que acha que ela nunca se casou?

– Os pais dela eram bem exigentes, se é que me entende, então as escolhas dela já eram bastante limitadas desde o princípio. O que é muito irônico, já que os próprios ancestrais da família eram *yeomen*, proprietários inferiores de terra; não eram sequer fazendeiros nobres. E só Deus sabe como já é difícil encontrar a pessoa certa mesmo sem restrições ou limites de qualquer tipo.

– Mas ela pelo menos chegou perto? E o senhor? Tem mais ou menos a mesma idade dela, não é? Não cresceram juntos?

– Exatamente a mesma idade, na verdade. Ambos nascemos logo antes da virada do século, em 1898. Estudamos juntos a vida toda.

– Tempo suficiente para que um romance pudesse florescer – sugeriu Adeline.

– E, mesmo assim, não o suficiente para os Knight – ele respondeu com leveza. – Eu ainda não passava de um médico de vilarejo.

– Bobagem – ralhou Adeline, com um sorriso brincalhão. – Aposto que o senhor era um ótimo partido quando solteiro.

Doutor Gray nunca gostara de ser pressionado sobre a própria vida amorosa antes de encontrar sua falecida esposa, e rapidamente mudou de assunto:

– Bem, de qualquer forma, mesmo naquela época Frances Knight era bem reservada. Sei que vários de nossos colegas de classe tentaram algo com ela, mas nada foi adiante. Suponho que ela eventualmente desistiu de encontrar a pessoa certa, presa como era a este pequeno vilarejo.

– O senhor não acha estranho isso de eu ter encontrado a pessoa certa para mim na mesmíssima vila em que cresci? Mas aposto que isso acontece mais do que imaginam.

Doutor Gray aquiesceu de forma distraída, focando em chacoalhar o guarda-chuva ao fechá-lo.

Pararam diante da porta aberta do estábulo e espiaram lá dentro. No centro do espaço, sob um solitário lampião oscilante, Tom Edgewaite e Adam Berwick tratavam da ovelha e dos carneirinhos recém-nascidos. Ambos se sobressaltaram com a chegada inesperada de doutor Gray e da senhora Grover.

Adam tirou a boina, embora fosse apenas dois anos mais novo do que o doutor Gray, mas mal olhou Adeline para dizer olá. Ele conhecia a família Lewis desde sempre, e ainda assim nunca conversara apropriadamente com a única filha do casal. Adam a via como uma das preciosidades do vilarejo, altamente enérgica e amigável com todo mundo, mas os modos diretos dela sempre o haviam reprimido. Mesmo no ambiente descontraído dos estábulos, tudo o que ele conseguiu fazer foi cumprimentá-la rapidamente com a cabeça.

Tom era muito mais solto, e até um pouco cafajeste, de modo que não conseguiu se privar de comentar como a senhorita Grover estava ótima, apesar de sua condição.

O doutor Gray direcionou um olhar duro a ele.

– Deixe que eu faça os prognósticos médicos, Tom, que tal?

Adeline se sentou sem pressa no bloco de feno perto da ovelha e dos cordeirinhos que mamavam. Lágrimas encheram seus olhos de súbito. No minuto anterior, ela e doutor Gray riam juntos sob a chuva, e agora ali estava a vida, vida nova, sem pai à vista, o próprio esposo morto, o próprio bebê prestes a chegar, e a massacrante realidade de tudo atingindo-a no rosto ao mesmo tempo. Ela estendeu a mão para se distrair fazendo carinho em um dos cordeirinhos, e Adam se adiantou de imediato.

– Peço desculpas, senhorita, mas elas são bem protetoras, essas daí. Não aceitam que ninguém toque nos filhotinhos por enquanto. Nisso, não são iguais às pessoas.

Com um esforço notável, Adeline começou a recuar.

– Talvez não tão diferentes de pessoas, no fim das contas – sugeriu, e depois sorriu agradecida quando o doutor Gray avançou mais rápido que os outros dois homens para ajudá-la a se levantar. – Obrigada por nos deixarem ver os filhotes. Sua mãe está bem, senhor Berwick?

Ele concordou com a cabeça.

– E a jovem Evie Stone? Ela também está bem?

Ele concordou de novo.

– Ela era minha aluna de destaque, sabe, antes de ter de sair da escola para trabalhar no Casarão. Espero que estejam cuidando bem dela.

– O Tom está cuidando disso, madame, como sempre.

Adeline olhou para Adam com curiosidade. Talvez houvesse mais do que imaginara por trás daquela fachada de fazendeiro calado.

– Bem... – Ela sorriu para os três homens. – Parece que a chuva acalmou. Acho que é hora de irmos.

Os dois homens ficaram apenas observando conforme doutor Gray encaminhava Adeline para fora do estábulo, e depois quando cruzaram o campo na direção da estrada principal.

– Ele sabe onde apostar as fichas, não? – comentou Tom.

Adam franziu a testa enquanto assistia às duas silhuetas sob o guarda-chuva voltando na direção da cidade.

– O doutor Gray é um homem direito.

– Não disse que não é. – Tom riu. – Mas ele coloca dois solteirões como nós para comer poeira.

Adam zombou:

– Você só fala bobagens, Tom Edgewaite.

– Ué, estou só comentando – insistiu Tom enquanto se virava para os carneirinhos que mamavam. – Eu reconheço uma coisa quando vejo. E vejo esse tipo de coisa toda hora.

Adam deixou o estábulo sem dizer mais nenhuma palavra e tomou o caminho da própria casa. Estava perto da hora da janta, e depois ele queria ler um pouco. Não fazia a menor questão de ficar mais tempo ouvindo as fofocas e insinuações de Tom – preferia, em vez disso, ler um pouco de Jane Austen.

Adam acabara não adorando Emma Woodhouse como a jovem americana um dia lhe prometera.

Em vez disso, amava Elizabeth Bennet – amava-lhe de um jeito que achava impossível amar um personagem fictício. Amava o jeito como ela sempre falava o que lhe dava na telha, mas com extrema humanidade e humor. Quem dera ser como ela – quem dera ter sempre o comentário perfeito e ácido na ponta da língua, a habilidade de atrair pessoas para perto de si e a força de se impor perante a mãe. Ele via Elizabeth como o baluarte de toda a família Bennet, a pessoa com coragem e inteligência emocional que evitava o colapso familiar. Mas ela nunca alardeava a si mesma como salvadora – ela apenas amava tão completamente, e tão sabiamente, que salvar os outros era apenas um resultado inevitável.

Adam sentia que mal e mal era capaz de salvar a si mesmo, que dirá outras pessoas. Ainda assim, em seus dias mais solitários, às vezes sentia que estava sendo salvo por Jane Austen. Ele só podia imaginar o que as pessoas ao redor diriam caso suspeitassem daquilo. No entanto, constantemente desejava ter alguém com quem pudesse discutir sobre Austen e seus livros. A única pessoa que conhecera até aquele momento vivia do outro lado do mundo.

É claro que ele reconhecera a jovem de azul no primeiríssimo instante em que a vira na tela do cinema. Desde então, era fã incondicional de Mimi Harrison, e assistira a todos os seus filmes – incluindo *Esperança e glória*, três vezes. Ele pensou nela lá em Hollywood, relendo os livros de novo e de novo. Admirava-se com a ideia de ter algo em comum com uma estrela do cinema. Sabia que isso dizia muito mais a respeito de Austen do que a respeito de si, mas mesmo assim fazia ele se sentir um pouco menos esquisito, um pouco menos quebrado.

No caminho entre os estábulos e sua casa, Adam parou para descansar um pouco onde a Winchester Road se bifurcava. Caso tomasse a curva fechada à esquerda em vez de seguir no trajeto usual, chegaria à velha casa de fazenda onde nascera, agora lar do numeroso clã Stone. Se continuasse além dela, eventualmente chegaria à cidade de Winchester, que ficava a uns bons vinte e cinco quilômetros de distância.

Adam nunca chegara a ir tão longe, mas sabia que, em seus últimos dias, Jane Austen se mudara para quartos alugados na cidade com a vã esperança de descobrir uma cura para a doença misteriosa que logo a levaria precocemente, aos quarenta e um anos. Um mês depois, Cassandra assistiria pela janela ao caixão de Jane sendo transportado em uma carruagem até a famosa catedral de Winchester. As palavras que a irmã da escritora registrara – "ela saiu de minha vista... e eu a perdi para sempre" – sempre faziam os olhos de Adam marejarem. Os próprios irmãos haviam sido enterrados a centenas de quilômetros dali, sob o mar Egeu, com nada além de túmulos sem lápide que ele certamente jamais veria.

A perda nada natural da juventude não só atinge a quem fica com mais força como também parece invadir os dias, como se a memória da pessoa perdida cedo demais tivesse uma fonte de energia escondida e persistente. Cassandra passara seus últimos dias em Chawton, acalentando tal força e protegendo o legado da irmã, enquanto Adam temia ter falhado com o legado dos irmãos ao não encontrar um propósito melhor para a própria vida. Mesmo assim, apesar do desânimo, ele ainda procurava alguma coisa, algo que pudesse trazer um pouco de sentido para sua vida. Ele só não fazia a menor ideia de por onde começar.

Tomando o caminho que levava até sua casa, depois que a chuva parou e o sol voltou a sair, Adam abriu o portão baixo de madeira que havia perto do velho chalé de apoio da propriedade dos Knight e caminhou até o banco que ficava na extremidade mais distante do pátio. Constantemente se sentava para descansar ali no fim do dia, preparando-se para as perguntas incessantes da mãe a partir do instante em que entrasse em casa. Ela estava de olho na propriedade do então moribundo senhor Knight, assim como acompanhando a deterioração da senhorita Frances Knight, uma das mais gentis almas da região, alvo fácil para pessoas agressivas como a mãe de Adam.

Sentado ali no banco, ele podia apenas imaginar Jane Austen caminhando pelos jardins ou repousando naquele exato local, pois havia poucos sinais físicos dos antigos residentes da casa. Então, contentou-se em assistir ao cochilo da ninhada de gatinhos malhados no pátio sob o sol do fim da tarde, ouvindo o som do velho lixeiro aproximando-se com seu carrinho de mão. Viu doutor Gray e Adeline passando apenas naquele momento pelo muro de tijolos atrás dele; deviam ter pegado a rota mais longa através dos campos.

Adam se levantou e voltou pelo portão. Virando à esquerda, espiou a pilha de lixo diante do chalé, esperando a passagem do lixeiro. Despontando do monte, havia os restos de três pernas ligadas ao assento quadrado de uma antiga cadeira. Como carpinteiro autodidata, Adam reconheceu o formato de coluna das pernas e as linhas retas do assento como características que remontavam à época da Regência. Seu pulso acelerou quando pensou que o móvel talvez tivesse sido usado pela família Austen, quem sabe até pela própria Jane.

Ele chegou à pilha de lixo junto com o lixeiro.

– Dando aquela fuçada de sempre, não é mesmo, senhor Berwick?

Adam concordou com a cabeça e puxou a cadeira do monte, apenas para perceber que boa parte do encosto de mogno estava faltando. Naquelas condições, a cadeira era inútil, e duvidava que pudesse carregá-la para casa sem chamar muita atenção ao próprio estado acabado. Quando soltou a cadeira, vislumbrou outra coisa, um brinquedinho de madeira de algum tipo, que não foi capaz de reconhecer imediatamente. Famoso no vilarejo por suas habilidades manuais, usadas na construção de pequenos chocalhos e brinquedos de argolas de madeira nos quais trabalhava quando não estava cuidando dos campos ou lendo, Adam se perguntou o que aquele objeto poderia ser. Talvez fosse algo maior, uma conexão de certa maneira com a família Austen – ou talvez não fosse absolutamente nada. Mas nenhuma outra pessoa no vilarejo parecia interessada em encontrar qualquer uma daquelas coisas.

– Pode ficar com aquele troço ali. Nem dá pra aproveitar uma coisinha tão pequena.

Adam murmurou um agradecimento e, enfiando o objeto no bolso da frente do casaco, continuou seu caminho. Tinha certeza de que os outros moradores locais o viam como um homem quebrado e submisso, que mal dava para o gasto, e que não vinha criando nenhum legado. Mas, em momentos como aquele, perguntava-se se também não era o único que prestava atenção no encurtamento dos dias, nas porcarias abandonadas à beira da estrada e no passado negligenciado e esquecido.

Capítulo 6

LOS ANGELES, CALIFÓRNIA
AGOSTO DE 1945

No início, Jack Leonard achava a obsessão dela com Jane Austen difícil de entender.

As prateleiras da sala de estar de Mimi Harrison, no pequeno bangalô encarrapitado no topo do cânion, transbordavam de velhos livros encadernados em couro (sendo que um deles, *Emma*, parecia particularmente desgastado), além de obras selecionadas de pessoas das quais ele nunca tinha ouvido falar, como Burney, Richardson e um tal poeta chamado Cowper. Ele até reconhecia um dos nomes, Walter Scott, mas só porque o filme *Ivanhoé* recentemente rendera uma bolada em dinheiro para outro estúdio.

O denominador comum de todos esses escritores e escritoras aparentemente era a conexão com Austen, sobre a qual ele fora esperto o suficiente para perguntar logo depois do primeiro encontro na piscina e do vislumbre do exemplar bem manuseado de *A abadia de Northanger* nas mãos bronzeadas de Mimi. Ela eventualmente mencionara como o pai lia os livros para ela quando era pequena, a viagem até um vilarejozinho na Inglaterra para refazer os passos de Austen (altura na qual ele cogitou que ela fosse ao mesmo tempo extremamente atraente *e* insana) e o sonho de um dia fazer um filme de *Razão e sensibilidade*.

Ele a ouvira falar sobre tudo aquilo, de forma paciente para seus padrões, enquanto tentava entender se Jane Austen era, de algum modo, a chave para levar Mimi Harrison para a cama. Mas, entre jantares, festas e tapetes vermelhos, Jack Leonard começara a sentir aquela enxaqueca voltando enquanto acompanhava Mimi até a porta do bangalô dela noite após noite. Para começo de conversa, ela já não era mais uma novata, com as últimas bilheterias sendo enfim significativas, então aquele tipo de joguinho não fazia mais sentido para ele e – pior ainda – traria uma recompensa meramente física. Além disso, podia perceber que ela também estava interessada nele.

Que Mimi pudesse estar lutando contra uma forte atração física por ele, em concordância com seu bom senso usual, nunca passaria pela cabeça de Jack.

Se ele aprendera uma coisa com Hollywood, fora que não há melhor maneira de dormir com uma jovem atriz principal do que transformá-la em uma atriz principal. Ele não dera muita bola para a adaptação recente de *Orgulho e preconceito* estrelada por Laurence Olivier e Greer Garson, mas depois que o filme saiu e funcionou bem, ele voltou sua atenção para o interesse da própria Mimi por *Razão e sensibilidade*. Ele gostava da ideia de três jovens irmãs com menos de vinte anos (o processo de seleção das atrizes já se desenhava em sua cabeça) e ele tinha uma admiração genuína pela disposição de Willoughby em seduzir jovenzinhas mesmo sem propor casamento. Ele pensou que ali havia uma trama que podia ser usada para fazer alusão ao desafio contra a moral e os bons costumes. Quanto mais aprendia sobre Austen com Mimi, mais ficava impressionado em como a autora escrevia principalmente sobre maus comportamentos. Até onde Jack sabia, não havia muitos heróis puros nos livros. Todas as personagens cometiam erros, apaixonavam-se por cafajestes, davam o benefício da dúvida para as pessoas erradas. Ele amava aquilo.

Claro, ele mesmo não lia aquele tipo de livro – mas colocara um dos roteiristas, um escritor famoso e debochado que vivia no bangalô dezessete do terreno de trás, trabalhando no tratamento do roteiro. Até o momento, Jack gostara do que vira.

Mimi, por outro lado, não estava tão empolgada assim.

– Sabe a cena no roteiro em que Willoughby aparece porque ouviu dizer que Marianne está à beira da morte? Eu nunca a achei convincente. De todas as cenas escritas por Jane Austen, essa é a única que me soa vazia. Willoughby não se importa com nada além de si mesmo. Se foi visitar Marianne, foi sem sentir nem um pingo de culpa. Mas ele não se importa com a culpa, também. Por que raios iria cavalgar a noite toda para chegar até lá e exigir que Elinor visse as coisas do ponto de vista dele? Por que raios se daria ao trabalho?

Estavam sentados um de frente para o outro em poltronas no escritório de Jack, que ficava no bangalô cinco, no perímetro da locação principal do estúdio. Lá fora, além da janela panorâmica, havia um pé gigante de hortênsias cor-de-rosa e uma cerquinha branca que levava ao cenário da Main Street usado em todas as músicas do tipo "vamos fazer um belo show" dos musicais que o estúdio estava produzindo aos montes. Conforme Mimi continuava a falar sem parar sobre Willoughby, Jack começava a sentir que ela estava projetando o personagem nele, e isso o incomodava muito, pois ela não tinha o direito de subestimá-lo daquele jeito. Ele não ligava de ser um cafajeste, mas era o herói da própria vida, e sempre acabaria com a garota no final.

O modo com que ela descrevia a cena também o incomodava, mas por outras razões. Até onde sabia, tanto por intermédio de Mimi quanto pelo roteiro, Willoughby agia como se fosse um perdedor, mas mesmo assim terminava com tudo o que queria. Engravidara uma menor de idade, seduzira uma das heroínas a ponto de convencê-la a visitar a casa dele desacompanhada e casara-se com uma herdeira.

Se Jack Leonard conseguisse só metade daquilo com Mimi Harrison, já seria um homem feliz.

– O objetivo da cena não é mostrar que Marianne não estava errada em pensar que Willoughby a amava, mas apenas errada em pensar que ele faria alguma coisa a respeito? Não é redimir *a própria Marianne*? – Jack repetia palavra por palavra do que dissera o roteirista, que havia explicado exatamente aquilo em uma reunião recente, após um dos coprodutores ter levantado as mesmas preocupações que Mimi.

Mimi negou com a cabeça.

– O leitor já sabe tudo isso. Eu realmente acho que Austen perdeu a mão nessa cena. Acho que ela realmente se deixou levar por Willoughby. Acho que ela gostava de Henry Crawford também – disse, e Jack a encarou sem expressão. – Henry Crawford, de *Mansfield Park*, lembra? Enfim, acho que parte dela *queria* que a gente o perdoasse, ou pelo menos que sentisse pena dele. Acho que esse é um exemplo de quando a sinceridade religiosa dela às vezes interferia: só Deus sabe o quanto Fanny Price é exemplo *disso*. Mas se Willoughby estiver genuinamente procurando pela expiação de seus pecados...

– Procurando o quê?

Mimi encarou Jack de volta, com a mesma falta de expressão. Ele dizia ter cursado administração de negócios em uma universidade da Ivy League, mas em momentos como aquele ela se perguntava se ele realmente falava a verdade.

– *Expiação*. Procurando reparação, perdão.

Jack entornou o uísque do copo que tinha em mãos.

– Sim, sim, eu entendi. Então – disse ele em um tom mais relaxado –, eu estava pensando no seguinte. Angela Cummings. Como Marianne. Monte me disse que vocês duas formam uma bela equipe.

Mimi não ficou surpresa ao ouvir o nome da última atriz que trabalhara com ela, que estava conquistando Hollywood rapidamente após uma breve carreira de modelo no leste. Mas era difícil sentir inveja de Angela. Para começo de conversa, ela era a companheira de elenco mais leal de todas; tinha defendido Mimi muitas vezes diante de Terry Tremont, o diretor do filme de velho oeste que elas haviam acabado de filmar no deserto de Nevada, em pleno calor escaldante de verão. Mimi ficara secretamente impressionada com a maneira como a garota ia atrás de tudo e todos que queria – quanto maior, melhor. Mimi também era uma das únicas pessoas em Hollywood que sabia que Angela vinha mantendo um caso tórrido com Terry ao mesmo tempo que começava um relacionamento com o ator casado que protagonizara com ela um dos próximos lançamentos do cinema. Perto da moça de vinte e tantos anos e seus amantes, o envolvimento de Mimi com o igualmente notório Jack Leonard parecia positivamente casto.

– Bem, ela com certeza é jovem o bastante – respondeu Mimi, enfim. – E eu gosto dela, é fácil trabalhar com Angela. Ela não leva as coisas muito a sério.

Jack a encarava com um olhar de alívio surpreso.

– Escute. Tenho uma reunião às cinco com Harold no Beverly Hills para discutir Eleanor e sua "dieta líquida". Que tal me encontrar lá depois para jantar e continuar falando sobre isso?

– Qual é a das reuniões em hotéis? Monte quer que eu o encontre no Château Marmont hoje à noite para discutir a turnê arrasadora de divulgação de *Nunca voltarei a cantar*.

– Tenha cuidado com ele. Monte é incapaz de manter o peru dentro da braguilha. Fica balançando a coisa por aí como se fosse a merda da bandeira nacional.

– Jack, faça-me o favor! Maneire nos palavrões.

– Oh, confie em mim, docinho, falar palavrão vai ser o menor dos seus problemas com aquele cara.

– Eu sou capaz de me cuidar sozinha.

– Eu sei que é – respondeu Jack, embora quisesse que aquilo não fosse verdade. Queria que houvesse uma rachadura naquela fachada, uma frestinha naquela armadura, para que assim ele enfim pudesse adentrá-la. Esse era o problema com meninas de estirpe que faziam faculdade como ela – pareciam estar sempre se resguardando para algo, colocando os caras em seus devidos lugares, garantindo que haveria algo de valor no fim daquilo tudo. Caso contrário, não cediam nem um milímetro.

Jack podia não ser um espertalhão dos livros, mas era perspicaz o bastante para saber que o que tinha a oferecer para Mimi (dinheiro e poder, mas principalmente dinheiro) não era exatamente algo que ela não pudesse conquistar sozinha. Ele não estava acostumado a se sentir tão supérfluo daquele modo – era a única razão pela qual tinha dado o bote sobre a chance de fazer justo um filme de Jane Austen. Naquele momento, ele se sentia uma carta fora do baralho. Mimi não o deixara sequer beijá-la, pelo menos não um beijo de língua. Os poderes de autocontrole dela estavam se provando surpreendentemente formidáveis.

– Escute, Mimi, vamos fazer esse filme. Juntos. Vamos ser um belo time, você vai ver. Você não engole minhas cagadas, é honesta comigo. Em troca, vai conseguir sua amada Jane Austen.

Ele se aproximou e se sentou no braço da poltrona com o copo de uísque na mão, e a ouviu emitir o mais suave ruído, quase um suspiro. Quase, pensou ele, sentindo as orelhas arderem, um som de resignação.

Mimi estava ficando resignada, mas não a ele: a ela mesma. Tinha um fraco por belos homens, fossem eles fazendeiros, atores ou professores universitários. Jack Leonard era definitivamente belo – uma beleza de ator de cinema –, e um *frisson* de energia explodia quando o olhar arrasador dele encontrava o dela pelo caminho. Ela não estava acostumada àquele tipo de coisa, mesmo estando em Hollywood. Jack também tinha uma extravagância descomunal que fazia tudo o que tocava ganhar vida. Pela primeira e única vez, ela se identificava com Mary Crawford em *Mansfield Park*, lamentando sobre o de outra forma inapropriado Edmund Bertram: "Ele entra em minha mente mais do que é bom para mim".

Mimi Harrison também estava ficando resignada com o fato de que queria Jack Leonard: queria ser beijada por ele, e abraçada por ele, e ouvi-lo dizer coisas que ela sabia que uma mulher só ouviria dele na cama. Havia poder nisso, certamente, mas não era apenas uma questão de se sentir empoderada. Jack tinha uma aura de moleque que ela ainda não conseguira definir. O jeito com que um certo olhar dela era capaz de machucá-lo – o jeito com que ela achava que podia fazê-lo abrir o coração – parecia passar por cima de sua resistência já em ruínas. Talvez aquilo fosse parte do processo dele com as mulheres; mas, se fosse, ele era o raio do melhor ator com o qual já dividira a cena.

– Jack, sinceramente, você não precisa me comprar. Não precisa me comprar com um filme.

Ele sorriu, um sorriso muito lento e travesso.

– Ora, eu não quero comprá-la, Mimi. Quero você de graça. Quero que você se entregue a mim, inteira, cada pedacinho, porque sei que também não é capaz de aguentar isso por mais um segundo.

Ele mergulhou o dedo no copo de uísque e começou a traçar uma linha na clavícula dela, depois seguiu a linha do pescoço esguio e enfim desceu ainda mais a mão. Quando ela se reclinou para perto, ele roçou a manga longa da camisa em seu seio direito (ela já notara que ele nunca usava camisas de manga curta, exceto na quadra de tênis, independentemente do calor), e ela sentiu a pele ficar cada vez mais quente e corada em resposta ao toque. Ele ergueu o queixo dela com a outra mão, e seus lábios se tocaram, e tudo o que os levara até aquele momento enfim fez algum tipo bizarro de sentido. Era como se a atração física por ele fosse tão profunda que tivesse ultrapassado a velocidade da mente, e agora a mente enfim alcançava o corpo.

Mimi não era mais capaz de julgar Marianne por preferir Willoughby em detrimento do mais velho e calado coronel Brandon, chegando perto de uma morte febril; ela só podia esperar que também não acabasse reduzida a um montinho soluçante e recluso no fim daquilo tudo.

— Oh, Mimi, você está adorável. Deixe-me servir um pouco de champanhe a você.

Monte Cartwright era um homem mais velho e corpulento de cinquenta e tantos anos. Era o diretor do estúdio que transformara Mimi em uma estrela; tinha o dom sobrenatural de calcular o valor de mercado de jovens atores e atrizes logo no primeiro teste, e depois de atrelá-los a contratos de longa duração tão leoninos que os alvos passavam pelo menos a década seguinte lamentando o dia em que o haviam conhecido.

Ainda faltavam três dos dez anos de contrato de Mimi, e toda vez que via Monte ela mentalmente riscava mais um quadradinho no calendário de sua servidão. A permissão de fazer projetos externos, tal qual a adaptação de *Razão e sensibilidade* com Jack, fora conquistada com o tempo, através de negociações de contrato gerenciadas pelo irmão, que atuava como advogado trabalhista na Filadélfia. Aos vinte e cinco anos de idade, Mimi astutamente compreendia que a única força de negociação com os estúdios vinha das bilheterias de seus filmes, então ela pegava tantos projetos promissores quanto podia. Algumas das colegas atrizes de mais idade já estavam começando a criar família ou "dar uma pausa", que logo se tornava permanente em uma indústria onde percepção e ritmo eram tudo. Mas Mimi continuava trabalhando e ganhando currículo antes que as linhas de expressão ficassem mais fundas e os primeiros fios de cabelo branco começassem a surgir.

Monte estava sentado em um sofá combinando com o dela em seu quarto de hotel, mirando a linha do cabelo da atriz, a famosa cabeleira negra como a noite, perguntando-se quando o primeiro fio de cabelo branco surgiria. Mimi enfim começava a ficar ligeiramente diferente – ele conhecia muito bem os sinais, como se estivesse constantemente à procura deles, cercando a presa à espera do menor indício de ferimento ou fadiga.

– Você parece um pouquinho cansada, Mimi, apesar de adorável como sempre. Terry está forçando a barra na gravação do filme de velho oeste? Aquelas gravações bem cedinho em Nevada em busca de aproveitar a porcaria do nascer do sol... Costuma ficar o quê, duas horas na cadeira de maquiagem?

Mimi se ajeitou no sofá, perdendo a conta de quantas referências à idade ele podia fazer em uma única divagação.

– Está tudo certo, já estamos encerrando as gravações. Angela será um grande destaque.

Ele olhou para ela com surpresa, incapaz de entender a cartada de atrair a atenção dele para a colega de elenco muito mais jovem.

– É, aquela menina é um verdadeiro achado. Ela tem quanto, vinte anos? Vinte um, no máximo? Nem parece, mas fuma como um caminhoneiro, e fala palavrão como um também. Mas que diabo, ela até *fala* como um caminhoneiro às vezes, mas já estamos trabalhando nisso. Uma coisa é falar mais alto, outra é praguejar sem nenhuma vergonha.

De certa forma, Mimi gostava das reuniões infrequentes com Monte – o amor que ele tinha por ouvir a si mesmo falando e a necessidade de colocar as outras pessoas em seus devidos lugares o mantinham tão ocupado que ela simplesmente ficava ali sentada, pensando sobre outro assunto. Ultimamente, esse assunto vinha sendo Jack Leonard, para sua completa surpresa e consternação. Ele realmente não saía de sua cabeça – e, pior, ela achava que ele sabia disso. Se não sabia antes, o beijo há algumas horas provavelmente dera o último empurrãozinho.

Enquanto isso, Monte falava sobre alguma pobre atriz "fraquinha da cabeça", sobre seu recente casamento frustrado e sobre o conflito de legislações entre os Estados Unidos e a República Dominicana em relação ao igualmente recente divórcio (Mimi precisava admitir: Monte de fato conhecia as leis, pelo menos o bastante para se livrar do que precisava). Ela estava ouvindo com parte da atenção, bebericando a segunda taça de champanhe Piper-Heidsieck que ele servira, quando Monte terminou o próprio uísque, levantou-se e, sem pedir licença, sentou-se ao lado dela.

Dando tapinhas no joelho da atriz, perguntou, da forma mais carinhosa possível:

— Ele já contou?

— Quem contou o quê, Monte?

— Terry. Ele já contou sobre Angela?

— Contou o que sobre Angela, Monte?

— Sobre o nome dela nos cartazes.

— O que tem o nome dela nos cartazes?

Monte sorriu.

— Bem, acho que poderíamos ficar nisso a noite toda. O nome dela saiu bem ao lado do seu, logo acima do título.

Mimi se forçou a respirar.

— Mas isso é um disparate. É só o segundo filme dela.

— Sim, mas vocês duas competem pelo personagem de Cooper e ele é o ator principal, então faz sentido, pelo menos visualmente. Ou é o que Terry acha. Veja, Mimi, eu sou totalmente a favor de falar com ele... Mas preciso saber o quanto isso a incomoda.

— Monte, o que acha? Nós dois sabemos que venho sendo uma das maiores minas de dinheiro por aqui nos últimos anos, não faz sentido uma novata ter o mesmo destaque que eu na promoção do filme. É puramente uma questão de justiça. Tenho certeza de que o momento de Angela vai chegar, ela é muito talentosa, mas o momento dela não pode comprometer o meu. Isso é ridículo.

Monte suspirou.

— Eu sei. É complicado. Mas eu estou de mãos atadas. Terry tem o direito de aprovar os cartazes registrado em contrato, por causa daquele escarcéu envolvendo Crawford, Gable e Davis alguns anos atrás. — Ele se ajeitou no sofá para se aproximar dela. — Escute, Mimi, nós dois sabíamos que esse momento da sua carreira eventualmente chegaria. Vou me pronunciar se quiser, mas eu seria um pateta se não ganhasse algo em troca.

A mão dele estava pousada na coxa dela, e ele chegara tão perto que ela podia sentir o bafo de nicotina e uísque.

– Monte – avisou ela, disparando um olhar pouco amigável e afastando a mão dele.

– Mimi, não há ninguém no páreo que possa alcançar você pelos próximos dois anos. Ainda precisamos ensinar Betty Winters a cantar e Janice Starling a atuar. Você ainda está no topo, e sabe disso. E posso ajudar a ficar lá. Você sabe como boto fé na sua carreira. Você é o rosto carimbado do estúdio.

– Se sou o rosto carimbado do estúdio, meu nome deveria ter destaque nos cartazes.

– Mimi, veja, não sou ninguém para falar de aparência... Graças a Deus não estão me pagando por ela. Mas estamos recebendo comentários sobre os testes de projeção das cenas de Nevada, e eles são todos a respeito de Angela.

– E?

Ele suspirou de novo.

– E eles acham que você está parecendo velha. Veja, são cenas gravadas em uma locação difícil, e cenas em estúdio sempre a favoreceram mais. Você já foi escalada para *Scheherazade,* não?

Mimi pousou a taça de champanhe na mesinha ao lado do sofá.

– Monte, não vou ceder em relação ao meu nome no material de divulgação, sem chance. Trabalhei muito duro para isso. Particularmente, preferiria sequer ter de me preocupar com cartazes, mas isso tem grande importância na área, e não sou estúpida de abrir mão de algo que não devo.

– Mas é que... – Ele subiu a mão pela perna dela mais uma vez. – Você deve, mas talvez não precise. Estou sempre do seu lado, você sabe disso.

– Monte...

– Escute, Mimi, eu só quero ajudá-la. Sempre quis.

Ela se levantou, mas ele se ergueu junto, agarrou-a pelo cotovelo e a empurrou contra o braço do sofá.

– Monte Cartwright, tire já essas suas mãos malditas de cima de mim.

Ele era quase cinquenta quilos mais pesado do que ela, e quase trinta centímetros mais alto além dos saltos que ela usava.

– Mimi, qual é, pare com isso.

Ele começou a tentar beijá-la. A princípio, ela ficou em estado de choque, enquanto o tamanho e poder massivos dele a sobrepujavam. Ele exalava um cheiro do qual ela se lembraria para sempre, uma mistura de uísque, fumaça de cigarro e a colônia forte demais cheia de notas picantes, *patchouli* e suor. Ela tentou com todas as forças empurrá-lo para longe, mas ele já esfregava o membro duro contra ela, e a ideia de que ele poderia ejacular a qualquer instante enfim a tirou da catatonia.

– Caralho, Monte, sai de cima de mim! Monte... Monte... Eu juro que vou gritar!

Ele arfava tão forte que ela enfim foi capaz de se livrar dele; o homem despencou e terminou de se aliviar sentado no sofá enquanto ela o encarava, tremendo de horror e nojo.

– Vou arrancar até suas calças em um processo, seu animal!

– Não, não vai – respondeu ele, com uma calma sobrenatural, e tirou um lenço do bolso dianteiro do casaco para enxugar as mãos. – Sua derrocada já começou, Mimi, e você sabe disso. Fale uma palavra e eu coloco seu nome embaixo do nome de Angela. Fale, e veja se alguém dá a mínima para você.

Ela o deixou ali, esparramado no sofá, limpando-se como se fosse um animal, claramente sem se importar nem um pouco com a própria degradação enquanto – temia ela – deleitava-se com a degradação de Mimi.

Quando Jack chegou ao bangalô algumas horas depois para levar Mimi para jantar, encontrou a atriz encolhida em uma poltrona com o roupão enrolado no corpo e os longos cabelos negros caindo soltos e molhados sobre os ombros.

– Esfreguei e esfreguei debaixo do chuveiro até minha pele ficar em carne viva, tentando me livrar do cheiro dele – ela dissera a Jack depois de contar de novo o que tinha acontecido.

Jack não falou nada – uma profusão de emoções e pensamentos conflitantes passavam por sua cabeça, raiva sendo a predominante. Em vez disso, saiu disparado do bangalô, reaparecendo depois de uma hora com um corte em um dos supercílios e a mão direita inchada e ferida.

Mimi limpou o corte com um pouco de antisséptico e colocou um pouco de gelo na mão ferida; depois, ajoelhou-se no carpete diante de Jack, que estava ali sentado com um ego satisfeito, um coração angustiado e uma dor de cabeça de rachar o crânio.

– Queria que não tivesse feito isso – disse Mimi, enfim, depois de se encararem por vários segundos. – Eu disse que lidei com a situação da melhor forma possível. Ele não vai sair ileso dessa.

– A melhor forma possível é leve demais para uma pessoa como ele – Jack praticamente grunhiu.

– Então você o deixou todo machucado e de olho roxo, ótimo. E agora? Ele provavelmente vai vir para cima de mim com ainda mais força. E processar você por agressão. E eu vou terminar desempregada, pode esperar, e *você* vai acabar na prisão.

Jack a puxou para o colo com o gesto mais carinhoso que já esboçara na vida.

– Não, o acordo é o seguinte: você não o acusa de estupro. Ele sabe disso, e ele não me acusa de agressão. Ele sabe que eu sei disso também.

E aí você se livra do contrato, se quiser. Ele disse que ia liberar você do contrato.

– Porque estou velha.

– Não está nada velha.

– Mas não sou *nova* também. Ou pelo menos não tão nova quanto Angela Cummings ou Janice Starling.

– Que se dane ele, Mimi. A desgraça já está feita. Arrume um agente independente, diga seu preço e trabalhe só no que quer. Posso cuidar de você no resto do tempo.

– Posso cuidar de mim mesma. Só Deus sabe como tenho dinheiro suficiente.

– Não existe dinheiro suficiente – corrigiu ele, pegando a mão dela entre as suas.

Mimi olhou para ele, surpresa.

– O que está dizendo, Jack?

– Vamos nos casar. E aí você pode se aposentar.

– Eu não quero me aposentar.

– Pode se aposentar só parcialmente, então. Tipo aquela fulaninha lá. Por mim, você faz só um ou outro filme de prestígio aqui e ali, compra uma casa de veraneio naquele vilarejo da Inglaterra de que você sempre fala e passa o resto do tempo livre lendo Jane Austen.

– Não confio em Monte, Jack. Se eu não me mantiver trabalhando... Ah, ele é o tipo de pessoa que vai começar a espalhar boatos. Antes de me dar conta, meu nome estaria na lama.

– Dane-se ele, Mimi. Veja onde sua carreira já chegou. Ele não pode estragar isso.

– E bebês? – perguntou ela, de súbito, quase prendendo a respiração.

– *O que tem* os bebês?

– O que será, hein, Jack? Você *devora* bebês? O que você *acha* que eu quis dizer?

Ele sorriu.

– Bem, se você já está pensando em fazer bebês comigo...

Pela janela aberta do bangalô, ela sentia o cheiro das dálias e das rosas que o jardineiro tratava com tanto carinho, ouvia os latidos distantes dos coiotes que espreitavam no cânion e via cada estrela no céu noturno de agosto brilhando na cúpula celeste acima deles.

– Estou com dor de cabeça. – Ela suspirou. – Não deveria ter de tomar qualquer decisão nesse momento.

– Não tome, então. Só pense nisso. – Ele sorriu. – Mas não demore muito. Afinal de contas, tempo é dinheiro.

Capítulo 7

CHAWTON, HAMPSHIRE
SETEMBRO DE 1945

Frances Knight estava na biblioteca do pavimento principal do Casarão, encarando as paredes cobertas do chão ao teto pelas prateleiras de carvalhos e nogueiras vindos do bosque da propriedade. Ali havia dois mil livros, segundo informara Evie, a criada mais nova. Dois mil livros que datavam a partir do século XVIII – muitos deles encadernados em couro especialmente para a família, dadas as capas com o selo dos Knight gravado. A família Austen provavelmente lera aqueles livros: Jane, o irmão Edward e a filha dele, Fanny Knight Knatchbull, a amada sobrinha de Jane, assim como Cassandra e muitos outros tios, tias e primos numerosos demais para citar.

Dois mil livros. E agora todos eram apenas dela.

Ainda mais ironicamente, Frances só lera algumas das obras. Basicamente os livros das irmãs Brontë, os de George Eliot e os de Gissing, os de Thomas Hardy e os de Trollope. Esses ela lera várias e várias vezes.

Tais releituras haviam começado quando ela tinha trinta e poucos anos, depois das mortes da mãe por pneumonia e do irmão, apenas dois anos mais tarde, em um acidente com arma de fogo. Depois de lhe restar apenas um parente que supostamente era próximo, o alheio e crítico pai, Frances recorrera aos mundos já familiares da literatura. Algo em seus livros preferidos trazia um imenso conforto, bem como uma sensação estranha de controle, embora ela não fosse capaz de definir exatamente a razão. Simplesmente sabia que não queria investir seu tempo tentando entender um mundo novo, decidir em quem confiar ou não, ter de lidar com as preferências de cada autor ou autora em relação à existência de tragédias e ao sentimento de conclusão – ou à falta deles.

Quando mais nova, antes da Grande Guerra, lia ampla e profusamente, evitando as atividades ao ar livre que eram tão amadas pelo indisciplinado e rebelde irmão – montar a cavalo, caçar, o tipo de atividades violentas pelas quais os jovens garotos pareciam sempre ansiar. Ela, em vez disso, preferia permanecer dentro de casa, sentada diante de uma de suas janelas preferidas, com uma pilha de livros ao lado. Ler, ela agora compreendia, fora sua própria maneira de se rebelar. A mais privada das atividades era o álibi perfeito para uma jovem em um lar tão exigente quanto o dela. Conseguia manter uma distância saudável dos pais, das expectativas minguantes e da decepção crescente que eles sentiam em relação a ela. Ela jamais seria suficiente para eles, e eles sabiam disso.

Ela também fora a única leitora verdadeira da família – a mãe era social demais, e o pai, preocupado com os rendimentos minguantes da propriedade. Tinham pouco interesse na história por trás dos antigos livros da família ou no legado de Jane Austen do qual os Knight compartilhavam. Mesmo à beira da morte como estava, seu pai lamentava a presença de visitantes aleatórios, especialmente os americanos, que iam ao portão deles atrás de qualquer traço da amada autora.

Ela ouviu alguém parar à porta; depois, o leve farfalhar de papéis e, ao se virar, deparou-se com Andrew Forrester, o advogado do pai, parado ali.

– Senhorita Knight – disse ele, com uma saudação abrupta da cabeça. Era um homem muito alto e de postura ereta, com exatamente a mesma idade que ela, quarenta e sete anos. Tinha um rosto longo, têmporas altas de traços romanos e cabelos castanho-escuros repartidos para o lado de forma pueril.

Frances respondeu com um leve gesto da cabeça. Ela sempre trazia aquela expressão melancólica e distante nos olhos de um cinzento baço, um que ele não gostava de ver, e Andrew hesitou antes de se arriscar quarto adentro.

– Espero não estar perturbando a senhorita. – Ele olhou ao redor de forma um tanto desconcertada.

– De maneira alguma. Como o senhor meu pai estava?

Andrew se aproximou alguns passos, depois parou para dobrar o calhamaço de papéis que segurava e discretamente o enfiou na pasta de couro marrom.

– Como o usual, temo. O doutor Gray já passou por aqui essa semana? Frances aquiesceu.

– Sim, ele ainda vem todas as terças e quintas pela manhã. O mais cedo possível, que é quando meu pai fica mais lúcido.

– E menos intimidador – respondeu Andrew, e depois se reprimiu. – Oh, sinto muitíssimo, Frances... Digo, senhorita Knight. Isso foi extremamente grosseiro da minha parte.

– Está tudo bem, de verdade. E, de qualquer forma, é verdade. – Ela se virou para a bandeja com o chá ainda quente diante de si. – O senhor gostaria de se servir de uma xícara de chá antes de voltar para Alton? Os pãezinhos doces acabaram de sair do forno de Josephine, não faz nem uma hora.

Andrew hesitou brevemente, mas depois andou até a poltrona alta diante da dela. Sentou-se e aceitou a xícara que a mulher estendia, percebendo que ela se lembrara de adicionar um pouco de suco de limão, que era como ele preferia tomar seu chá.

– O senhor deve ter muitos assuntos para tratar com papai. Pelo que sei, nossos negócios estão, na melhor das hipóteses, uma bagunça.

Andrew tomou um longo gole do chá antes de responder:

– Quanto o senhor seu pai a envolveu nesses assuntos?

Ela negou com a cabeça.

– Nada. Aparentemente, não tenho tino para os negócios.

Andrew encarou o teto, como se tentasse recordar algo.

– Isso me surpreende. Afinal de contas, na nossa época da escola, a senhorita costumava deixar tanto Benjamin Gray quanto eu comendo poeira em matemática.

Ela franziu a testa.

– Eu costumava ser capaz de fazer muitas coisas. O que não é mais verdade agora. E o senhor? Como anda o seu negócio?

Andrew a ouvia com atenção, e ela percebeu pela primeira vez o rosto dele se contorcer e linhas de ansiedade surgirem sob seus olhos.

– Os negócios vão bem, dentro do normal. Como sempre. Embora eu preferisse não ter de lidar com os negócios da propriedade.

– Deve ser difícil para o senhor. E também para Benjamin, suponho. Esse papo de cuidar dos assuntos complicados das pessoas com as quais cresceram.

– Bem, nenhum de nós se mudou daqui por uma razão, suponho. Nada é perfeito. Certamente, ser capaz de permanecer em Alton tem seu lado bom.

Ela achou aquela afirmação interessante, dado que Andrew, apesar de tudo, não casara ou tivera filhos. Ela se perguntou o que poderia haver de gratificante em permanecer tão perto de casa – ela com certeza sabia como isso às vezes parecia insuficiente.

– E ajudar pessoas, especialmente pessoas conhecidas, é um tremendo privilégio, acho eu – acrescentou ele.

– Dizem que esse é o segredo da felicidade.

Foi a vez de Andrew refletir sobre as palavras dela, sabendo o quão raramente ela deixava o Casarão e o quão pouco interagia com o mundo externo.

– Creio que essa afirmação fala por si só – acrescentou ela, depressa, capturando o olhar no rosto dele.

A FRATERNIDADE JANE AUSTEN

Ele deu outro longo gole de chá, depois pousou a xícara na bandeja entre eles e pigarreou.

– Sobre a propriedade: sei que disse que o senhor seu pai não a envolveu muito no assunto, e sei que esses devem ser tempos muito complicados. Mas, infelizmente, decisões sempre terão de ser tomadas, tanto em tempos bons quanto ruins. As contas da propriedade não estão muito boas, e estou tentando, tanto quanto possível, trabalhar nisso junto com o senhor seu pai. Creio que ele e a senhorita deveriam conversar sobre o assunto. Quero dizer, de forma geral, conversar é sempre sábio. Os tempos já são complicados o suficiente sem que as coisas, hum, digamos, caiam sobre sua cabeça quando o inevitável acontecer.

Ela estava com o olhar baixo, como se mirasse um livro invisível pousado sobre o colo.

– Na maior parte das vezes, o senhor meu pai e eu não nos damos bem conversando.

– Sim. Eu sei.

Foi a primeira alusão que ele fez ao passado que haviam compartilhado, e ela ergueu os olhos rapidamente para mirar o rosto preocupado dele, como se tentasse confirmar o que ele dissera.

– E, enfim, não faria diferença. Meu pai faz as coisas como bem lhe apraz.

– Sim. Eu sei disso também.

Ela suspirou.

– Tudo o que quero é que terminemos este ano inteiros, agora que essa terrível guerra finalmente acabou.

Frances imediatamente pensou no que dera em sua cabeça para falar algo tão emotivo. Deu um gole final no chá e depois pôs de lado a xícara vazia, provocando o mais ínfimo ruído de porcelana chocando-se contra a bandeja de prata.

Andrew sentiu que aquela era a deixa para partir e levantou-se.

– Bem, é melhor eu voltar ao meu escritório.

– O senhor veio caminhando, aliás?

– Sim. Essa é minha caminhada preferida. Sempre foi.

Com essas palavras, o advogado se despediu dela com um gesto da cabeça e partiu.

Frances ficou ali sentada, imóvel. Com frequência era deixada em cômodos vazios remoendo conversas difíceis como aquela. Para começo de conversa, a mente dela andava mais lenta – provavelmente devido à falta de contato com outras pessoas, acima de tudo. Era fato que todos na família, ao alcançar uma idade avançada, haviam continuado afiados como uma lâmina. Era por essa razão que ela sabia que o pai, a despeito de como andavam os livros-caixa da propriedade, ainda estava no controle de tudo. Por isso, estava um pouco curiosa sobre o porquê de Andrew resolver ter aquela conversa com ela.

Mas antes que pudesse refletir mais a fundo sobre as palavras do advogado, Josephine apareceu na outra porta, a que levava da biblioteca direto para o corredor dos fundos, e dali para o complexo labiríntico de cozinhas e porões.

– Senhorita Frances, há uma ligação telefônica para a senhora. Um tal senhor Yardley Sinclair, da Sotheby's.

Frances fez uma breve careta.

– Não conheço ninguém com esse nome.

– Devo dizer que a senhorita está indisposta, madame?

Frances se levantou.

– Não, está tudo bem, vou atender no saguão. Obrigada, Josephine.

Ela saiu para o corredor no mesmo instante em que Evie Stone passou por ela, com o espanador em mãos, seguindo na direção da biblioteca. Frances sorriu ao pensar na diligência da jovem quando se tratava de espanar milhares de livros. Só Deus sabia como muitos dos tomos haviam sido negligenciados naquelas prateleiras por tempo demais.

Frances atendeu ao telefone que repousava sobre a mesinha na extremidade mais distante do saguão, logo abaixo da substancial escada jacobiana suspensa que levava aos quartos no andar de cima.

— Frances Knight — disse ela, insegura, fazendo as palavras soarem mais como uma pergunta do que como uma apresentação.

Ela ouviu o homem pigarrear do outro lado, como se esperasse há tempos para falar com ela.

— Olá, senhorita Knight! Meu nome é Yardley Sinclair. Trabalho na Sotheby's, a casa de leilões aqui em Londres.

— Sim. — Ela aguardou.

— Sim, ótimo, obrigado... Obrigado por atender ao meu telefonema. Estou ligando pois acabei de supervisionar a venda da propriedade Godmersham algumas semanas atrás.

Tal propriedade pertencera aos Knight no passado, mas fora vendida muitas décadas antes para pagar alguns impostos e dívidas significativas da família.

— Oh, sim, foi o que eu soube. — Ela e o pai haviam ficado sabendo da venda da propriedade e do que havia nela por Andrew Forrester, que obtivera uma cópia do catálogo da Sotheby's através de um colega na capital para que pudessem lê-lo com calma.

— Sinto muitíssimo, espero que a senhorita não se incomode com meu contato por telefone; sem dúvida preferia visitá-los em pessoa. Mas veja, sou o maior fã de sua famosa ancestral. O maior de todos.

— E como o senhor sabe disso? — perguntou Frances.

Instalou-se uma pausa de pânico, seguida por uma estranha tentativa de risada.

— Oh, certo, que engraçado... Sim, a senhorita deve ouvir isso o tempo todo.

— Sim — respondeu ela mais uma vez, esperando.

— Sim, veja, com a venda de Godmersham, algumas poucas posses da senhorita Austen acabaram indo para a América, para diferentes compradores, e um deles me pediu que entrasse em contato com a senhorita.

— Senhor Sinclair, certo? Escute, senhor Sinclair, sinto muitíssimo, mas esse não é um bom momento. Meu pai, James Knight, não está bem.

— Oh, entendo. Sinto muito.

— Agradeço. Tenho certeza de que o senhor entende.

— Oh, sim, é claro, é só que, esse comprador em particular é... bem, muito persistente. Está apaixonado, sabe, e tem ótimas condições financeiras, e aparentemente o céu é o limite quando se trata de aprazer a noiva. E ela, também, é consideravelmente obcecada pela senhorita Austen.

— Ótimo, porém nada disso me diz respeito. Não neste momento.

Houve uma longa pausa.

— Oh, entendo. Sim. Devo transmitir essa mensagem para ele?

— Por gentileza.

Frances desligou o telefone e viu-se sozinha no salão de entrada vazio que levava a cômodos igualmente vazios. Ela era a zeladora e a guardiã da propriedade outrora grandiosa, assim como de sua conexão com aquela que figurava entre os maiores escritores e escritoras do mundo. Ela precisaria aprender a assumir o lugar do pai e proteger, tanto quanto possível, o que restava do legado de sua família.

Por isso, esperava que o senhor Sinclair não ligasse novamente. Ela sempre se sentira muito suscetível à persuasão.

Evie Stone estava sentada sozinha em um banquinho no canto mais afastado da biblioteca. Já passava da meia-noite.

A FRATERNIDADE JANE AUSTEN

Sem que Frances e os outros funcionários soubessem, Evie vinha fazendo mais do que simplesmente limpar de forma diligente os tomos da biblioteca dos Knight: ao longo do último um ano e meio, ela também vinha fazendo uma espécie de catalogação secreta, usando as tarefas diárias como pretexto.

Tinha muito mais interesse por Jane Austen do que revelara quando contratada para trabalhar como criada na propriedade. Lera todos os seis romances de Austen aos catorze anos, o que a deixou com boa parte da adolescência disponível para relê-los e para depois cair no mesmo buraco em que tantos outros antes dela haviam caído – o de querer saber mais, entender mais, descobrir exatamente como Jane Austen fizera aquilo.

Se Evie tivesse de culpar outra pessoa além de si mesma por essa preocupação, seria a melhor professora que o vilarejo já tivera, que lecionara no ano anterior à própria saída prematura de Evie da escola. Adeline Lewis entrara na sala de aula trazendo tanto um senso de urgência quanto um senso de humor. Parecia intuitivamente saber por quanto tempo era capaz de manter a atenção dos alunos mais distraídos, e como trabalhar usando esse ponto de partida. De uma hora para a outra, os alunos estavam lendo obras que datavam de séculos atrás, de *A balada do velho marinheiro* e *Evelina* a *Orlando* e *Nada de novo no front*. A senhorita Lewis sempre tirava um tempo para explicar os comportamentos e motivações de vários personagens, conectando um próspero proprietário da Inglaterra georgiana ou um general do exército das peças de Shakespeare com pessoas públicas da época – com a guerra provendo uma ampla gama de exemplos de pessoas tanto nascidas quanto criadas para a grandeza.

Os adolescentes a ouviam de forma extasiada enquanto a guerra se desenrolava ao redor da pequena escola do vilarejo. O jornal cinematográfico mostrava as bombas caindo sobre Londres e o resto da Europa, e os telegramas passavam a chegar com mais e mais frequência às portas das famílias locais. Parecia que semana sim, semana não, outro adolescente arrasado pelo luto chegaria na sala de aula, com o rosto pálido e marcado pelas lágrimas enquanto as aulas seguiam em frente. Os adultos do vilarejo pareciam decididos a deixar claro para as crianças que havia um longo caminho adiante, e que sucumbir na metade do percurso não seria de grande ajuda. Era uma lição de estoicismo e persistência que Evie jamais esqueceria.

Já era quase uma da manhã, e o trabalho noturno de Evie continuava imperturbado, até que ela esbarrou em uma das primeiras edições de *Orgulho e preconceito* nas prateleiras da biblioteca. Ela abriu devagar o livro encadernado em couro, e ficou encantada ao descobrir uma dedicatória da própria Austen para um dos filhos do irmão Edward Knight. Evie ficou ali, passando os dedos sobre as palavras manuscritas de Austen, a coisa mais sagrada na qual ela já tocara. Aquele era o livro de Austen de que Evie mais gostava; na verdade, o livro preferido de toda sua jovem vida. Algo que também devia a Adeline Lewis.

Desde o começo, senhorita Lewis percebera o que ela chamava de "precocidade intelectual" de Evie, e o primeiríssimo livro que enfiara nas mãos da garota fora uma cópia desgastada de *Orgulho e preconceito*. Como Adeline suspeitava, Evie captara de imediato o humor súbito e irônico do texto. A jovem amara especialmente cenas como aquela em que o senhor Bennet pergunta à senhora Bennet – depois de uma ladainha da mesma em forma de monólogo sobre qual das cinco filhas deveria casar com o novo vizinho de posses, senhor Bingley – se a esposa acha que foi uma "estratégia" do senhor Bingley se mudar para lá. A senhora Bennet então rebate rudemente: "Estratégia? Mas que bobagem, como pode falar algo assim? Mas há muitas chances de que ele *de fato possa* se apaixonar por uma delas...". Para o maravilhamento de Evie, tudo sobre a obtusidade e o pensamento fixo da personagem era total e eficientemente resumido naquela única fala.

A FRATERNIDADE JANE AUSTEN

Mas, assim que começara a lecionar na escola, senhorita Lewis passara a receber uma profusão de visitas dos diferentes homens acanhados que faziam parte da diretoria da escola. Evie vira com fascinação a senhorita Lewis defendendo o próprio território contra cada um deles, reforçando o valor de suas ementas e praticamente desafiando os homens a fazerem algo a respeito. Um por um eles deixavam a sala de aula, visivelmente perturbados pela interação com ela – até mesmo o doutor Gray parecera incapaz de gerenciar Adeline Lewis, apesar do modo usualmente calmo, embora insistente, com que tratava os próprios pacientes. Quando os alunos souberam do noivado de senhorita Lewis com seu amor de infância, logo suspeitaram de que ela não seria professora por muito mais tempo. A própria Evie deixara a escola para sempre na primavera de 1944 – no ano seguinte, soube que a senhorita Lewis desistira de lecionar, e logo depois perdera o esposo para a guerra e acabara grávida, desempregada e sozinha.

Nesse meio-tempo, Evie, confiante devido à boa impressão que causara no julgamento literário impecável da senhorita Lewis, gastara o último ano e meio riscando item a item da lista de clássicos que Adeline dera para ela em seu último dia na escola – uma lista muito diferente daquela que dera ao pai de Evie durante o período de convalescência depois do terrível acidente com o trator. Mesmo sem um senso claro de até onde uma persistência nos estudos poderia levá-la, Evie continuava lendo, com esperanças de que um dia uma grande oportunidade se apresentasse. Estava convencida de que só precisava trabalhar nesse meio-tempo e estar pronta quando a hora chegasse.

Certo dia, Evie lera um artigo de Virginia Woolf em um exemplar do *Suplemento Literário do Times* deixado ao lado da lareira para servir de alimento para o fogo. Nele, Woolf dizia que Jane Austen era, de todos os grandes escritores e escritoras, a mais difícil de ser pega em um ato de grandeza. Para Evie, trabalhar com a família Knight, embora esta estivesse em declínio, era estar um passo mais próxima de tal grandeza.

Senhorita Lewis dissera algo similar certa vez no vilarejo, quando soubera onde a jovem trabalharia. Evie continuou a consolar a si mesma pela saída prematura da escola pensando sobre a proximidade ímpar que teria do ambiente que alimentara alguns dos melhores livros já escritos.

Foi quando a ideia de tentar chegar ainda mais perto do legado de Austen surgiu pela primeira vez na mente de Evie.

De acordo com o que aprendera na escola com a senhorita Lewis, o pai de Austen usufruíra da biblioteca com centenas de livros da casa paroquial do vilarejo de Steventon, e a jovem Jane fora encorajada a ler tudo o que encontrasse ao longo das prateleiras. De forma similar, senhorita Lewis achava que não exista um livro "ruim" em termos de conteúdo: o mantra que ela repetia tanto para os alunos quanto para os membros do conselho era de que, se algo tivesse acontecido pelo menos uma vez no mundo real, seria completamente justo que aparecesse impresso nas páginas de um livro. Na verdade, o ideal era que aparecesse. Senhorita Lewis se dizia convencida de que o acesso livre e desimpedido da jovem Jane a um material "adulto" garantira a ela o dom da ironia em uma idade adequada, o que proporcionou para ela anos juvenis de escrita ao longo dos quais pôde aperfeiçoá-lo.

Evie sabia que o acervo atual da biblioteca da família Knight provavelmente incluía também livros que Austen pudesse ter pegado emprestados, e quanto mais tempo Evie passava espanando livros como fachada e examinando capas na surdina, analisando os *ex-libris* e as marginálias e o tanto de desgaste de cada exemplar, mais lhe ocorria que algum tipo de catalogação pudesse ajudar a criar um panorama dos gostos literários de Jane ao longo da última década crítica de sua vida.

Então Evie mantinha um pequeno caderno escondido em uma das prateleiras, e nele escrevia qualquer coisa digna de nota enquanto analisava milhares de volumes, um por um. Estivera dedicada àquilo por quase um ano e meio, mais frequentemente à noite, depois que todos já estavam na cama – tendo sido ela mesma instalada em um quartinho no sótão do terceiro andar. Era generoso da parte da senhorita Knight prover tal benefício, que livrava Evie de uma longa caminhada até sua casa no fim do dia. Mas ela ainda não confidenciara para ninguém, nem mesmo à patroa, o que vinha fazendo sentada naquele banquinho noite após noite. Mesmo jovem e com pouco estudo, Evie tinha certeza de que aquela biblioteca continha vislumbres valiosos da vida de Jane Austen – e possivelmente alguns livros de valor inestimável –, e era astuta o bastante para manter tal missão em segredo, pelo menos por enquanto. Mais cedo, no mesmo dia, ouvira a senhorita Knight ao telefone com alguém da Sotheby's, e captara o suficiente para confirmar que, finda a guerra, o interesse sobre as posses, cartas e manuscritos de Jane Austen começaria a aumentar significativamente.

Até o momento, Evie catalogara cerca de mil e quinhentos dos mais de dois mil livros nas prateleiras, em um ritmo de um punhado de títulos por noite. Tinha estimado desde o princípio da empreitada que demoraria cerca de dois anos para avaliar cada um dos livros com a profundidade que planejava. Sabia que todo o esforço seria inútil a menos que ela folheasse cada página de cada livro. O risco de perder um pequeno conjunto de iniciais, um comentário manuscrito – ou, se Deus permitisse, um grifo da própria Jane Austen – era simplesmente grande demais.

O trabalho mais oneroso e demorado envolvia copiar o título e todos os detalhes da página de créditos, assim como qualquer marginália, em seu caderninho. Em algumas noites, o resultado disso era que conseguia resumir apenas umas poucas obras. Ela se permitia tirar as noites dos finais de semana de folga, principalmente porque em geral voltava para casa para ajudar a mãe na fazenda e visitar o pai. Sabia muito bem que, se dependesse só dela – assim como acontecera com a leitura dos livros na lista da senhorita Adeline –, ela continuaria compulsivamente noite após noite, sem diminuir o ritmo, sem nem uma noite de folga do desafio que propusera a si mesma.

Ali, na noite silenciosa e banhada pelo luar de setembro, com apenas um lampião a querosene na intensidade mínima para guiá-la, Evie virava as páginas de um volume – um de uma coleção de dez – de um texto antigo escrito em alemão. Cada volume tinha centenas de páginas, o que somava milhares de páginas de trabalho dedicado apenas àquela coleção. As chances de encontrar notas nas margens de um livro sobre o alemão e suas origens, mesmo para alguém de espírito investigativo como ela, pareciam virtualmente inexistentes.

Em momentos como aquele, Evie se sentia tentada a tomar alguns atalhos e avançar mais rápido. Mas sua habilidade para criar e acalentar aquela voz em sua mente – a que dizia que ela era especial, independentemente do que o mundo externo refletisse de volta – era uma das coisas que, ela sabia, fazia de si uma pessoa única. Assim, ela sempre dava ouvidos à tal insistente voz interior, não importava o quão apática ou cansada estivesse se sentindo – e, naquele momento, a voz a estimulava a não desistir.

Já eram quase duas da manhã, hora na qual geralmente Evie encerrava o expediente. Na base da tentativa e erro, aprendera a viver com quatro horas de sono por noite. Estava confiante de que ainda seria capaz de manter a rotina por pelo menos outros muitos meses. Além disso, falta de sono não era uma limitação – seus dias no Casarão eram corridos, mas ao mesmo tempo eram tão mundanos e desprovidos de desafio intelectual que ela se pegava vivendo pelas noites silenciosas que tinha para si.

Conforme virava as páginas do volume grande e denso que tinha em mãos – páginas tão grossas que, às vezes, ela precisava fazer um esforço real para descolar as bordas –, sentiu uma espécie de volume entre as páginas da próxima seção. Ávida, pulou de uma vez as páginas que faltavam; ao folhear a última, uma carta caiu de dentro do tomo.

A FRATERNIDADE JANE AUSTEN

Ela reconhecia aquela letra de algumas anotações, inscrições e notas nas margens com as quais se deparara anteriormente. Não havia carimbo postal no envelope fechado; a carta, aparentemente, jamais fora enviada pelo correio.

Mal podia acreditar nos próprios olhos enquanto lia, a princípio muito rápido, como se convencida de que o papel fosse desaparecer tão misteriosamente quanto fora encontrado; depois, releu as palavras outras três vezes, cada uma com mais cuidado. Aquele era o tipo de coisa que procurava, caso a simples possibilidade daquilo tivesse passado por sua mente.

No mesmo instante, ela transcreveu a carta do princípio ao fim no caderninho, tão fielmente quanto pôde, garantindo que as linhas começassem e terminassem nas exatas mesmas palavras que as linhas da carta; manteve cada erro gramatical ou de ortografia, além de cada traço muito bem conhecido.

Evie já tivera momentos anteriores na biblioteca em que, na calada da noite, aproximara-se de uma pequena amostra da euforia que sentia enquanto transcrevia aquelas palavras, mas nunca naquela intensidade. Ela enfim entendeu por que passara tantas noites infrutíferas sentada ali em seu banquinho, sozinha. Era por causa daquele tipo de coisa que jamais desistira. E era por causa daquele tipo de coisa que a senhorita Adeline estivera certa o tempo todo.

Ela tinha, com aquela descoberta, aproximado o mundo a uma distância da grandeza jamais antes alcançada.

Tinha, como a senhorita Woolf um dia descrevera, pego Jane Austen no ato.

Capítulo 8

CHAWTON, HAMPSHIRE
OUTUBRO DE 1945

Harriet Peckham bateu na porta meio aberta do escritório de doutor Gray em um fim de tarde de sexta-feira; quando ele ergueu os olhos, encontrou uma expressão nova no rosto da enfermeira. Nos últimos tempos, tinha dado de catalogar mentalmente as várias expressões da senhorita Peckham, o que não achava ser um bom presságio sobre a longevidade da relação profissional dos dois. Ele preferiria uma enfermeira que sempre ostentasse uma expressão agradável e que não tivesse modos absurdos – totalmente o contrário das insinuações que Harriet gostava de soltar a torto e a direito como se experimentasse o que funcionaria ou não.

– Sinto muito interromper, doutor Gray, mas a senhora Lewis está ao telefone. – Harriet colocou a cabeça um pouco mais para dentro da sala e acrescentou, quase em um sussurro: – A mãe de Adeline Grover.

– Sei quem ela é, senhorita Peckham – respondeu doutor Gray de imediato. – Vou atender à ligação daqui.

– Pois bem, doutor. – Harriet rodopiou no lugar e foi embora.

Doutor Gray atendeu ao telefone e esperou pelo clique que sinalizava que o ramal do corredor fora colocado no gancho antes de dizer uma única palavra.

– Olá, senhora Lewis, o que houve? É Adeline?

– Sim, doutor. Lamentamos incomodar o senhor tão perto da hora do jantar.

– Não é incômodo, de forma alguma. Ela entrou em trabalho de parto? – Ele olhou para o calendário na parede. – Se bem que creio ser um pouco cedo demais para isso... Falta o quê, mais um mês de gestação?

– Não sei muito bem, doutor Gray, ela... só não está parecendo muito bem. E está muito preocupada, mais do que jamais a vi estar na vida.

– Bom, isso diz muita coisa. – Ele se levantou e começou a organizar a maleta de consultas que estava sobre a mesa. – A senhora fez certo em me ligar. Estou saindo agora mesmo... Diga para Adeline que estarei aí em cinco minutos. – Aquele era tão-somente o tempo necessário para que ele chegasse ao outro lado do vilarejo.

Caminhou tão rápido quanto possível pela estrada principal, com a maleta médica preta em uma das mãos. Quando chegou à pequena casa de sapé dos Grover, que ficava afastada da estrada, diminuiu o passo – sua respiração começara a ficar um tanto ofegante, e ele não queria preocupar a senhora Lewis mais do que o necessário. Já podia vê-la à porta do chalé, esperando por ele.

– O senhor veio muito rápido. Adeline vai ficar grata – disse ela, e ele a seguiu de imediato escada estreita acima, sem sequer tirar o casaco.

Adeline parecia um pouco menos do que grata quando ele entrou no quarto.

– Mamãe, sinceramente! Eu disse à senhora, tenho certeza de que não é nada sério.

Doutor Gray se aproximou e sentou-se ao lado dela na beira da cama, ignorando suas palavras. Tomou o punho da moça em mãos para sentir o pulso. Com o estetoscópio já pendurado no pescoço, auscultou o coração e os pulmões de Adeline, depois sentiu a temperatura de sua testa com as costas da mão.

– E aí, passei? – perguntou Adeline com um fugaz traço de seu usual sorriso de provocação.

– Diga-me o que sente.

Ela olhou na direção da mãe, à porta.

– Mãezinha, será que a senhora pode ir preparar um belo gim tônica para o doutor Gray? Ele vai precisar de um quando acabarmos com isso.

Com relutância, a mãe desceu as escadas, deixando a porta aberta.

– Sinto muito que ela tenha causado este inconveniente. – Adeline empurrou o corpo para se sentar contra os travesseiros que ele já ajeitava para ela. – É só uma cólica chata.

– Onde?

– Bem na parte de baixo da barriga.

– Sente alguma dor na parte inferior das costas também?

– Não exatamente... Só uma fraquinha, que vem e vai.

– Algum sangramento?

Ela negou com a cabeça.

– Não, hoje não. Ontem à noite houve umas manchinhas na roupa, mas não voltaram a se repetir. É um bom sinal, certo? – perguntou para ele, ansiosa.

Ele agora escutava o ventre de Adeline com o estetoscópio.

– O batimento cardíaco do bebê está forte o suficiente, mas gostaria de mantê-la sob observação.

– Ah, não seja por isso... Mamãe só falta me amarrar ao pé da cama.

– Bom, é o primeiro neto ou neta dela, afinal de contas. – Ele voltou a guardar o estetoscópio na maleta, e começava a se levantar quando Adeline estendeu uma mão para interrompê-lo.

– O senhor pode ficar mais um pouquinho? Quer dizer, já está fazendo hora extra, graças a mim.

– Eu preciso ir. A senhora precisa descansar.

– Bem, nesse caso, não deixe de tomar aquele drinque antes de partir.

Ela parecia muito cansada aos olhos dele, sentada na cama contra os travesseiros brancos em sua camisola branca rendada, com o rosto tão pálido que ele hesitou em deixá-la.

– Adeline, prometa que fará sua mãe me ligar se houver qualquer mudança, se sentir qualquer coisinha? Não importa quão pequena possa ser.

– O senhor parece preocupado.

Ele pegou a maleta médica.

– Não, não é preocupação. É que sei o quão estoica a senhora pode ser, e não quero deixar nada passar.

– Estoica? Eu? Mas eu não era uma arruaceirazinha, segundo o conselho da escola? Não era capaz de manter minha boca calada, se bem me lembro.

Ele sorriu.

– A senhora não é nem remotamente estoica sobre outras pessoas, sim, isso é verdade.

– Nesse caso, eu prometo, mas o senhor precisa prometer que não virá voando todas as vezes que mamãe telefonar. O senhor parecia consideravelmente fora de controle quando entrou pela porta.

Ele desceu pela escada, testando parte do velho corrimão de carvalho enquanto o fazia. Voltou a erguer o olhar quando alcançou a senhora Lewis, que esperava ao pé da escada com um gim tônica em mãos.

– Cuide para que ela use o corrimão, especialmente neste último mês. O equilíbrio dela ficará meio prejudicado. Ela já está bem pesada.

A senhora Lewis entregou o drinque e levou o doutor à sala de estar.

– Espero que o senhor não tenha dito isso a ela... Adeline pode ser supreendentemente vaidosa.

– Oh, sei bem disso – disse ele, entre goles. – Sentem falta dela na escola, sabia?

A senhora Lewis se sentou em um sofá próximo.

– Adeline está fazendo exatamente o que quer.

– Também sei bem disso. Mas a diretoria foi estúpida em investir tão incisivamente sobre ela. – Ele se sentou no sofá diante da mulher. – A senhora acha que um dia ela voltará a lecionar? Seria um grande desperdício de talento caso não voltasse.

– Não faço a menor ideia. No momento, ela só pensa no bebê, como deve ser.

– Está certíssima. – Ele se sentiu estranhamente desconfortável sob o olhar da senhora Lewis, como se estivesse sendo repreendido por algo que sequer fizera ainda. Procurando alguma distração no cômodo, enfim viu uma foto do casamento de Adeline com Samuel, no inverno anterior. – Ela fala muito sobre Samuel?

– Por que pergunta? – rebateu a senhora Lewis, curta e grossa.

– Por nada. Bem, é que eu sei como isso é. Embora não possa imaginar como é perder alguém enquanto se espera um filho.

– Não, doutor Gray, o senhor não pode imaginar. E o senhor, ou melhor, nós dois, tivemos sorte de ter tempo suficiente com nossos parceiros falecidos para termos um bom estoque de memórias – disse ela, e o médico se mexeu incomodado no assento enquanto ela continuou falando. – Se bem que, por mais triste que pareça, creio que ter perdido o esposo depois de tão pouco tempo de casada não deu a ela nenhuma proteção contra o luto. O que realmente importa é o espaço vago que a pessoa deixa ao partir. Adeline e Sam se conheciam desde pequenininhos; ela era tudo para o rapaz. Ele falava sobre casamento desde que aprendeu a falar. E depois passaram o quê? Não mais do que uma semana juntos antes que ele tivesse de voltar para aquela maldita guerra. Uma semana de casamento. E agora ela tem uma criança para criar totalmente sozinha.

– Ela pode se casar de novo.

– E quanto ao senhor?

Ele sorriu e entornou o resto do drinque de uma vez só.

– Não, já estou ficando velho. Ninguém iria querer se casar comigo.

– Ora essa, doutor Gray – disse a senhora Lewis, enfática. – O senhor se subestima. Há a senhorita Peckham, só para citar uma.

Ele se levantou. Podia ver de quem Adeline herdara a ousadia e a língua afiada.

— Prometa-me que vai me ligar, senhora Lewis, independentemente da hora, caso algo mude. Qualquer coisinha. Especialmente se houver qualquer novo sangramento. Estamos combinados?

Ele estava no mais profundo sono; um segundo gim tônica ao chegar em casa fizera sua mágica e, sabendo que dispunha da noite livre, o médico se deitara cedo. Então, quando o telefone tocou perto da meia-noite, ele demorou alguns segundos até que despertasse e processasse o que estava acontecendo.

Quando entrou no quarto atrás da afetada mãe, o médico viu os lençóis cobertos de sangue e um monte de toalhas espalhadas no chão. No centro de tudo estava Adeline, com a camisola esgarçada e manchada enquanto se contorcia e gritava de dor, agarrando cada uma das colunas do dossel com as mãos pálidas.

O doutor Gray apalpou o abdome dela de forma suave, embora tão firme quanto possível, procurando por qualquer sinal de desconforto em reação à menor pressão das mãos. Pegou o estetoscópio e ouviu tanto o coração da mãe quanto o da criança, e depois se virou para a senhora Lewis, que tremia atrás dele.

— Os batimentos do bebê estão um tanto irregulares, e a dor dela... o sangramento... Está tudo acontecendo rápido demais. Ligue para o hospital e deixe claríssimo que precisamos de uma ambulância.

Chocada pelo tom dele, a senhora Lewis deixou o quarto correndo, em pânico.

Assim que ela partiu, Adeline agarrou o braço de doutor Gray com violência.

– O bebê está bem?

– Precisamos levar a senhora para o hospital imediatamente. Não entrou em trabalho de parto ainda, mas está sangrando intensamente, e o bebê está sentindo o estresse.

Ela apertou ainda mais o braço dele.

– Vou perder meu bebê? Diga-me a verdade, doutor Gray, por favor, eu imploro.

– Vamos dar um jeito de fazer uma cesárea... O bebê está afetado demais para esperar por um parto normal. Mas não tenho razão para crer que, dessa maneira, a criança não possa nascer em segurança. O tempo, no entanto, é a chave, então precisamos descer agora, tudo bem?

Doutor Gray envolveu Adeline no roupão e a carregou pela escada estreita com tanto cuidado e rapidez quanto possível. Quando chegaram no primeiro degrau, a ambulância já encostava no fim do caminho do jardim. O motorista e o socorrista saltaram do veículo e correram para encontrá-los na metade do percurso.

Enquanto o veículo disparava pela noite em direção a Alton, doutor Gray ficou ao lado de Adeline, pousando uma toalha úmida sobre sua testa com uma mão enquanto segurava a mão gélida da mulher com a outra. Não havia mais nada que pudesse fazer por ela.

Doutor Howard Westlake, cirurgião e colega de longa data de doutor Gray, não estava tão otimista – pediu que um suprimento extra de sangue fosse enviado do novo banco de sangue do hospital de Winchester, a trinta quilômetros dali, caso uma transfusão fosse necessária. Tanto ele quanto doutor Gray haviam aprendido da forma mais difícil que era preciso se planejar de antemão sempre que os moradores do vilarejo se encontravam em apuros, dada a distância a que estavam do hospital urbano mais preparado, em Hampshire. Doutor Gray propôs que conversassem rapidamente em particular enquanto Adeline era preparada para a cirurgia.

– Creio que houve um descolamento de placenta – disse doutor Gray em um meio sussurro. – Todos os sinais estão presentes. O sangramento, a sensibilidade uterina, o batimento cardíaco do feto.

O doutor Westlake o ouviu com atenção.

– O senhor cogitou fazer o parto lá mesmo?

O doutor Gray negou com a cabeça.

– O feto estava muito estressado. Além disso, tanto ele quanto a mãe correm risco. Precisavam estar aqui no hospital, só para garantir.

Ele fez uma pausa e olhou através da janela estreita e alta que dava para a sala de cirurgia, de onde conseguia ver apenas os longos cabelos castanhos de Adeline espalhados ao redor da cabeça, o rosto coberto pela máscara de anestesia.

– Howard, creio que concorda comigo que ela deve ser prioridade, certo? Toda a literatura diz que...

– Benjamin, já falamos disso muitas vezes... Sabe o que penso sobre isso. Sabe que não tem nada com que se preocupar aqui.

Doutor Gray aquiesceu, mas parecia tão abalado que o cirurgião não conseguia saber se o outro havia absorvido bem as palavras.

– Vá para casa e descanse um pouco, Ben, que tal? A noite será longa e, independentemente do que aconteça, a senhora Grover precisará do senhor pela manhã. Ligaremos assim que tudo estiver resolvido.

Mas doutor Gray passou a noite toda no hospital, incapaz de dormir. Sabia que conseguiria convocar o sono, se quisesse. Mas naquele momento ele queria servir de sentinela para os portões do inferno e evitar que Adeline passasse por ele. Ela era jovem demais, tinha muitos anos pela frente. Aquele não precisava ser o fim para ela, a despeito do que acontecesse – ele faria seu absoluto melhor para tal. E, com essa certeza, algo inarticulado e cheio de apego se agitou em seu interior, a própria essência da vida.

Capítulo 9

Chawton, Hampshire
Novembro de 1945

Fazia um mês desde que Adeline perdera a pequena filha, e doutor Gray fora chamado para atendê-la mais uma vez.

Ele sabia que o tamanho da perda dela era incalculável. Tinha um valor tanto em realidade quanto na extinção de todas as esperanças e sonhos maternos que a haviam carregado ao longo das primeiras ondas de luto pela morte de Samuel. Apegando-se à ideia de um bebê como meio de sobreviver à dor, ela investira tudo o que ainda tinha naquilo, e depois fora deixada sem nada. Após tantos anos de experiência, doutor Gray tinha apenas uma única certeza: algumas pessoas recebem um fardo muito grande para carregar, e esse fardo fica cada vez mais pesado devido à natureza invisível de seu preço, um preço que as outras pessoas sequer podem começar a imaginar.

Ela agarrou o braço dele, puxando forte a manga do jaleco que ele sempre usava, como se em uma tentativa de se manter afastada de um precipício invisível.

— Só quero que a dor passe. O senhor precisa me ajudar.

— Eu sei, Adeline, eu sei. Mas vai melhorar, de certa forma, depois de um tempo. Eu juro.

— Não minta para mim... O senhor, de todas as pessoas, sabe muito bem que não vai melhorar. — Ela virou o rosto e soltou o braço dele de forma intensa, quase hostil. — Como é possível, já que perdi tudo... todos que eu amava? O que isso significaria, se eu só seguisse minha vida?

Ele ficou encarando a nuca dela.

– Ninguém jamais a julgará por tentar encontrar de novo a felicidade.

– Não me importo com o que os outros pensam – disse ela de maneira brusca. – Dei tudo o que eu tinha a Samuel e depois a nosso bebê, cada mísera parte de mim. Fiz isso sabendo o quanto poderia sair machucada... Arrisquei, e me dei mal. – Ela deu uma risada estranha e amarga.

– A senhora fala como se pudesse ter se poupado, de alguma forma, da vida.

Ela voltou a olhar para ele.

– E não é possível? O senhor não faz isso? Certamente age como se estivesse fazendo.

Ele alternou o peso entre as pernas enquanto ela o encarava.

– Não estamos falando sobre mim, Adeline.

– Talvez devêssemos estar.

– Adeline, tem todo o direito de estar brava e chateada. Mas não creio que é apropriado direcionar isso a mim, seu médico e, espero, seu amigo... não acha?

Ela desviou o olhar mais uma vez.

– Não é apropriado. Entendi. Sinto muito. Só me dê alguma coisa, por favor, qualquer coisa que me ajude a dormir. Por favor, só por um tempo. Só dessa vez.

O médico abriu a maleta preta e tirou dela um pequeno frasco que enchera ainda no consultório, sabendo que ela pediria aquilo de novo, sabendo que ele seria incapaz de negar mais uma vez. Rezava para que ela não pedisse mais do que aquilo.

Pousou o frasco na mesinha ao lado da cama sem falar sequer uma palavra, e depois deixou o quarto escuro no mesmo silêncio.

Depois de sair para o ocaso roxo do começo do inverno, doutor Gray fez a pé o caminho de pouco menos de oitocentos metros até sua casa, abatido tanto pelo luto de Adeline quanto pela própria futilidade diante

A FRATERNIDADE JANE AUSTEN

dele. Entrara em pânico e ficara extremamente perturbado naquela terrível noite no hospital e, semanas mais tarde, continuava a sentir uma impotência profunda em relação a qualquer coisa a respeito de Adeline.

E pior: tinha deixado Adeline tão-somente com um remédio que – assim como ele – não ajudava em nada. Tudo o que a morfina fazia era ajudá-la a *não* viver – a evitar o que precisava encarar, a calar as vozes que vinham de dentro. Era tudo o que ele podia fazer por ela no momento: mantê-la viva ao permitir que pudesse matar a própria essência que a habitava. Ele não podia fazer a dor parar, não podia dar a ela razões para viver – não era capaz de curar o trauma que havia em seu cérebro. Enquanto pensava mais uma vez naquilo tudo, esforçava-se para imaginar o que um bom médico recebia em troca por ter de encarar tamanhas falhas capazes de destruir vidas. Na maior parte das vezes, ele tinha dificuldades para chegar a uma conclusão; naquela noite, sequer tinha capacidade para começar a tentar.

A enfermeira já terminara o expediente – como de praxe, a construção em que ele entrou era silenciosa e solitária. Pousou o casaco e a maleta no banco baixo no vestíbulo da entrada, depois caminhou lentamente até o consultório e seguiu até o escritório, fechando a porta atrás de si.

A garrafa com o resto do líquido estava sobre a mesa. Ele não a guardara antes como deveria; apenas fizera questão de deixar uma única dose sobrando. Depois, deixara a porta do escritório destrancada ao sair, como se esperasse que alguém roubasse a garrafa enquanto ele estava fora.

Sentou-se à mesa, encarando o líquido translúcido e levemente ondulante. Sempre tentava com afinco, e sempre acabava pensando em milhares de razões para não fazer aquilo. Mas sempre pensava em pelo menos uma ou duas razões para fazê-lo. Podia ouvir todas as vozes na própria mente, ainda não caladas – a da esposa falecida, a de colegas médicos como o doutor Westlake, a do reverendo Powell, com o qual se confessava. Mas o fato é que ninguém conta que, quando a dor é grande demais – quando a dor é tamanha que é preferível morrer do que encarar outro dia –, ela se torna maior e mais real do que qualquer outra coisa. É como um círculo de luto que nunca fica menor, mesmo com o tempo, mas que também não fica maior – é como se ele continuasse a querer se expandir com a dor, alimentando-a, infectando tudo ao redor. Uma escuridão calculista e inextinguível que cobre tudo, até mesmo as poucas coisas que ficariam de fora do luto, segundo pessoas bem-intencionadas que simplesmente ainda não experimentaram um luto tão ruim quanto o do outro.

A pessoa se sente tão aprisionada, tão sem escapatória, que deixa de se preocupar em viver a vida da melhor forma possível. Deixa de se preocupar com o jeito adequado, ou mais esperto, de se viver. Porque uma vez que simplesmente sobreviver se torna o objetivo final, qual é a importância do que exatamente se faz para continuar?

A garrafa estava diante dele, prometendo algo que mais ninguém – e mais nada – poderia oferecer. Desafiou seu Senhor para que o julgasse – já estava além de qualquer preocupação em ser pego. Se algum dia fosse pego, pelo menos significaria que sobrevivera mais tempo do que achava que seria possível.

Apanhou a garrafa e, assim como a pobre Adeline, sozinha em seu quarto com as cortinas fechadas para bloquear a luz do dia, tomou o primeiro gole e deixou o livramento – por mais temporário, por mais ilusório que fosse – tomá-lo também.

Adam Berwick chegara mais cedo em casa depois do trabalho, já que a estação da colheita terminara e os dias ficavam cada vez mais curtos. Já no meio da tarde, ele podia começar a sentir a noite descer de modo impaciente na forma do súbito silêncio do cantar dos pássaros e das sombras longas criadas pelo sol. A aragem do ano já quase terminava, as tarefas nos estábulos se limitavam a alimentar os animais, e ele mal podia esperar pela pausa sazonal que se aproximava.

Para começo de conversa, teria tempo para ler à vontade. Adam precisava daquilo porque agora passava todos os invernos relendo obras selecionadas de Jane Austen; em algumas ocasiões, até lia *Orgulho e preconceito* duas vezes.

Estava sentado à mesa da cozinha com uma xícara de café e seu exemplar desgastado de *Orgulho e preconceito* diante de si, deleitando-se com a primeira cena de pedido de casamento frustrado do senhor Darcy, impressionado mais uma vez com a falta de sensibilidade do homem. Adam estava longe de ser insensível – talvez fosse sensível até demais. Quando lia o senhor Darcy cavando uma cova cada vez mais profunda sem querer – "A senhorita esperava que eu ficasse exultante com a inferioridade de suas conexões? Que me orgulhasse diante da esperança de entrar em um relacionamento com pessoas cuja condição de vida é tão decididamente inferior à minha?" –, Adam sempre se pegava praticamente gritando em voz alta para que Fitzwilliam Darcy ficasse calado e salvasse a própria pele de uma humilhação causada por ele mesmo.

Adam amava estar naquele mundo, como se transportado até lá; um mundo em que as pessoas eram honestas umas com as outras, mas que também se importavam umas com as outras, sem fazer diferença a posição delas na sociedade. Onde pessoas como a senhorita Bates sempre teriam uma família com a qual jantar, e pessoas como Harville acolheriam um capitão Benwick depois da perda da noiva, e mesmo pessoas imperiosas e insensíveis como Bertram dariam a Fanny Price um teto sob o qual viver. E as cartas que as pessoas enviavam... Eram missivas longas e regulares, cujo intuito era manter pessoas tão junto ao coração das outras quanto possível, por mais imensa que fosse a distância entre elas. Ele sempre se admirava com a preocupação que havia naquele ato, com o cuidado profundo e inabalável, e se perguntava o que podia fazer – com o menor risco social possível – para ter um pouco daquilo na própria vida frustrada.

– As filas estavam terríveis de novo hoje... Uma laranja por cliente, e ainda por cima estavam todas azedas. Daí esbarrei com Harriet Peckham no correio (não tínhamos correspondência, como usual, aliás) e ela me disse que Adeline Grover não está muito bem – anunciou sua mãe, de forma quase triunfante, enquanto passava direto por ele cozinha adentro para despejar a caderneta de racionamento, a pequena sacola cheia de compras e um jornal enrolado sobre o balcão. Ela estendeu a mão e chacoalhou o bule, ainda sem olhar para Adam. – Vazia, como eu imaginava, é claro.

Adam foi esperto o bastante para fechar o livro.

– Ela me disse que a pobre moça não sai da cama. Que o próprio doutor Gray não se aguenta de preocupação, já que aparentemente foi o responsável pelo parto malsucedido, e vai ver como ela está com tanta frequência que até parece que ela é a única paciente do doutor.

– Talvez no momento ela seja a mais importante.

A mãe se virou do fogão e olhou para ele de forma intensa.

– Agora, ela é uma coisinha preciosa mesmo. Por que nunca se interessou por ela?

Adam empurrou o livro um pouco para longe.

– Adam, meu bem, é uma coisa em que você deve pensar. Precisa encontrar alguém que possa cuidar de você. Não sei se sabe, mas não estarei aqui para sempre.

Ele sabia – ela fazia questão de lembrá-lo regularmente. Odiava quando ela falava daquele jeito. Parecia o oposto de um ato carinhoso. Não ajudava em nada na missão de encontrar o segredo para a felicidade sobre o qual lia nos livros; só o impelia a se sentir preso, desesperado e ainda mais solitário.

– Adeline Grover nunca se interessaria por alguém como eu, mãe. E agora certamente não é o momento de discutir isso.

– Faça como quiser. Mas saiba que o vilarejo está sempre especulando sobre você, queira você discutir isso ou não – disse ela, dando de ombros, e depois foi se servir de pão com manteiga no balcão.

Sentou-se diante de Adam com seu chá e mirou o livro entre eles.

– Você já não leu esse?

– No inverno passado.

– Você lê demais. Você lê coisas *dela* demais. Você deveria sair mais, ir até Alton.

– Eu vou bastante a Alton.

– Você vai ao *cinema*. Você se senta sozinho lá na sala de cinema, assistindo àquelas bobagens românticas. Ou lendo – acrescentou, com um gesto insolente da cabeça na direção do livro. – Tem sempre o nariz enfiado em um livro, exatamente como seu pai.

Ele tomou mais um gole do café e se levantou.

– Aonde está indo? – perguntou ela, desenrolando o jornal vespertino que trouxera consigo.

– Acabei de lembrar que prometi ajudar a senhora Lewis com a palhagem no jardim dela antes que venha alguma geada mais forte. O sol irá se pôr em uma hora e pouco.

– Esse é meu bom garoto. – A mãe sorriu em aprovação enquanto abria o jornal.

Adeline Grover estava sentada no banco diante da janela que improvisara para si na sala de estar. Retirara uma das folhas de uma velha porta de vaivém que encontrara no abrigo do jardim e apoiara uma das extremidades no peitoral da janela e a outra sobre o aquecedor próximo. Depois a cobrira com uma colcha grossa e uma variedade de almofadas; era ali que podia ser encontrada com frequência, sentada ao lado de uma pilha de livros, mas, na maior parte do tempo, olhando o movimento pela janela, assistindo enquanto os moradores do vilarejo seguiam a própria vida.

Ela estava enrascada, e sabia disso. Tinha plena consciência de que ainda não se permitira viver por completo o luto pela perda de Sam, com frequência empurrando a ideia para longe do pensamento, como se ele estivesse simplesmente em algum lugar por aí, lutando na guerra. Perder Sam fora difícil e complicado o suficiente, e depois ainda viera a morte da bebê. Ela não estava lidando bem com nenhuma das duas perdas, não da forma como deveria lidar caso quisesse seguir em frente. Estava surpresa com a própria falha – era muito orgulhosa e muito esperta, e nunca lhe ocorrera que passaria por algo tão significativo, tão incontornável, tão errado. Mas pelo menos era esperta o bastante em fingir para os outros que estava bem. Aquilo se tornara quase um jogo para ela. E, por mais que jogar aquele jogo parecesse tranquilo, ela se sentia tão afastada – até mesmo liberta – da própria identidade, da pessoa que fora antes de tudo dar errado, que ficava impressionada com a habilidade de ser tão objetiva e desconectada dos próprios sentimentos. E aquele era o real feito.

Como resultado, começava a ter um vislumbre da mente masculina. Conseguia apenas imaginar o que toda uma vida de afastamento dos sentimentos e de superatividade gerava como resultado. Pensava no otimismo imperturbável de Sam, mesmo em face a uma realidade contrária – a determinação com que a pedira em casamento, como a perdoava sempre que ela vacilava, a superfície feliz e brilhante que ele ostentava. Ela amara aquilo nele e na capacidade que ele tinha de mantê-la ainda mais ancorada à vida do dia a dia: como cada dia era um novo dia, como ontem não importava mais, e como não havia razão de se preocupar com o amanhã.

Ela o imaginou em seu avião bombardeiro, com o painel piscando diante de si, com o mar e as rochas lá embaixo, e pensou em como ele

A FRATERNIDADE JANE AUSTEN

provavelmente encarara de forma intensa e desapegada o que o levara até aquele momento aterrorizante. Ele dera o seu melhor, mesmo sabendo que nenhum esforço importava – cada pessoa era apenas um pontinho no visor de outro soldado, andando em uma corda bamba sobre o abismo, uma vida humana inteira equilibrada na ponta de uma agulha.

Agora ela também estava na ponta dessa mesma agulha. Só havia duas maneiras de a situação se desenrolar. Se ela continuasse com aquilo e acabasse caindo em direção ao abismo, um dia poderia conseguir se arrastar para fora – mas também poderia não conseguir. Então tinha de encontrar uma maneira de parar de fazer o que vinha fazendo, de parar de tentar fugir da dor inescapável usando medicamentos, de parar de continuar se aproveitando do pobre doutor Gray. Pois ela estava certamente se aproveitando dele – de sua dor, de sua compaixão, da confusa quedinha que ele parecia ter por ela e de todas as coisas que faziam dele um homem especialmente cuidadoso, além da casca de médico.

Ela olhou pela janela na direção do pôr do sol, e também na de Adam Berwick, que estava no jardim com a mãe dela, cortando as folhagens mortas e usando-as para cobrir as plantas perenes a fim de protegê-las das geadas do inverno. Quando os dois a viram no banco diante da janela, a mãe provavelmente disse algo para Adam, pois ele pousou a pá no solo e pegou o cesto que estava a seu lado, e ambos seguiram juntos até a casa.

– Adeline, meu bem, veja o que o senhor Berwick trouxe para você.

Adeline se inclinou no assento e espiou para dentro do cesto, onde havia um gatinho adormecido.

Ela começou a chorar.

Senhora Lewis já estava acostumada àquele tipo de comoção, mas o pobre rapaz ficou apenas congelado no lugar, sem saber o que falar ou fazer, agarrando o cesto com os nós dos dedos brancos de tanto apertar.

A mulher mais velha tocou o antebraço dele com gentileza.

– Não se preocupe, é muito amável da sua parte. Ela só está um pouco abatida. Escute, vou preparar um pouco de chá para nós, que tal?

Enquanto a senhora Lewis deixava o cômodo, Adam colocou o cesto ao lado da pilha de livros no banco improvisado sob a janela e notou o exemplar de *Persuasão* logo no topo.

Adeline enxugava os olhos com a barra do avental.

– Sinto muito, senhor Berwick.

– Pode me chamar de Adam – disse ele, apenas, e depois pegou o gatinho no cesto e o pousou nos braços da jovem. – É filhote da gata malhada que fica lá no chalé de apoio. Tem alguns meses de idade agora.

Ela fez carinho na pelagem marrom e amarela do animal.

– Isso é tão gentil da sua parte. Eu sinto muito, muito mesmo. – Ela interagira tão raramente no passado com Adam Berwick, aquele homem tão tímido e silencioso, que agora lamentava por tê-lo assustado com sua demonstração de emoção.

Ele pigarreou e procurou um lugar para se sentar. Ela estava acomodada diante da janela como se pudesse permanecer ali por horas, com os livros ao lado e o delicado bule de chá em um pequeno carrinho. De súbito, uma imagem mental de anos antes tomou a mente de Adam – ele deitado sobre um muro de pedra, cercado pela morte no pequeno cemitério da igreja, sentindo-se ele próprio uma estátua.

– Oh, peço perdão, fique à vontade para se sentar... Puxe aquela cadeira ali, a cadeira de balanço. É minha favorita. Ela me mantém em movimento. – Ela sorriu, cansada.

Ele levou a cadeira para junto da lareira e sentou-se perto da moça.

– A senhora está lendo *Persuasão*.

– Você já leu?

Ele aquiesceu.

– Um livrinho complicado, esse.

– Complicado de ler?

– Complicado de assimilar.

– Ah, meu caro, sim, não sei o que eu estava pensando quando o escolhi... Se bem que sempre fico feliz quando chego ao final. Quer dizer que o senhor também gosta de Jane Austen?

Ele aquiesceu mais uma vez, olhando ao mesmo tempo para todos os pontos do cômodo, menos diretamente para ela.

– Então obviamente preciso perguntar: qual é seu livro preferido da autora?

Ele olhou para o próprio colo e deu a ela um sorriso sutil e inseguro.

– Todos, mas Elizabeth Bennet é minha personagem preferida.

– Ah, é a minha também. Não tem nenhum outro personagem como ela em toda a literatura. Doutor Gray continua falando e falando de sua Emma, mas acho que Emma não é páreo para Lizzie.

Adam a encarava agora, surpreso em como ela falava sobre os personagens como se fossem pessoas reais. Eles sempre haviam parecido tão vívidos para ele – mas nunca lhe ocorrera que outra pessoa também pudesse achar isso.

– A senhora conversa com o doutor Gray sobre os livros? – perguntou ele, inclinando-se um pouco para fazer cafuné no gatinho.

– Sim, ele é um grande fã dela, se quer saber. Mas faz sentido... Ele próprio é uma mistura de... Como Austen descreve o senhor Bennet? Ele é uma "mistura de perspicácia, um humor sarcástico, alguma reserva e caprichos"?

– Doutor Gray é um ótimo homem – respondeu Adam, apenas.

– Sim, é mesmo. O que é notável, visto como enxerga claramente a tudo e a todos.

– Como a própria Austen.

– Sim. – Adeline se empertigou em concordância. – Exatamente. A mesma humanidade, o mesmo amor pelas pessoas, tudo isso misturado à capacidade de enxergar cada indivíduo como realmente é. O mesmo amor suficiente para fazer tal coisa. O mesmo amor que tem pelas pessoas, *apesar* de serem quem são.

Adam aquiesceu. Jamais amara alguém o suficiente para tal. Nunca tivera a chance. Nunca dera a chance a si mesmo. Assim como Adeline naquele momento, estava sentado à janela, assistindo enquanto todos passavam, sem sair ele mesmo para o mundo. E sem receber nada em troca.

Naquela noite, ele voltou ao exemplar de *Orgulho e preconceito* mais uma vez. Pensou na conversa que tivera com Adeline, e em como ambos amavam Elizabeth Bennet, e perguntou-se quanto da própria Jane Austen podia ser encontrado, afinal, na maravilhosa personagem. Com frequência, ele mirava a ilustração simples da mulher de têmporas rosadas, cachos castanhos e nariz marcante impressa no verso de alguns dos livros, e desejava saber mais sobre ela. Desejava que as cartas dela para a irmã tivessem sido preservadas – queria que aquela ilustração que Cassandra Austen fizera da irmã ao ar livre revelasse mais do que cachos escapando do chapéu e um olhar que buscava algo além.

Adam ficava intrigado com a ideia de ter crescido no mesmo vilarejo em que Austen um dia vivera – onde ela escrevera seus três últimos livros da primeira à última palavra – e, mesmo assim, ver tão pouco dela ao redor. Sim, havia o Casarão, ainda propriedade dos Knight, além do túmulo da mãe e da irmã e o chalé de apoio que ficava no centro do vilarejo. Mas com exceção de uma pequena placa memorial instalada no chalé em 1917, no aniversário de cem anos da morte de Austen – o tipo de homenagem que o país costumava fazer a outras centenas de ingleses e inglesas –, não havia ali outros resquícios da vida da escritora.

Adam tirou coragem sabe-se lá de onde para comentar isso com o doutor Gray alguns dias depois, durante sua consulta de rotina anual, agora que ele sabia que não era o único homem em Chawton tão interessado na grande escritora. Harriet Peckham o levara de maneira brusca até o escritório, depois ficara no consultório organizando as coisas enquanto os dois homens conversavam.

Doutor Gray baixou o prontuário de Adam na mesa e mirou o rapaz com curiosidade.

– Devo admitir, Adam, que não esperava algo assim do senhor. Digo, honrar o legado de senhorita Austen sempre me pareceu mais um...

– ... trabalho para uma moça?

– Não, não exatamente. Mais um trabalho de um historiador. Ou de um educador, de alguma forma.

Adam negou com a cabeça.

– Faz mais de cem anos, e ninguém assumiu esse papel ainda.

– Mas no que exatamente está pensando? Uma espécie de museu?

– Isso, algo parecido com isso. Estava pensando que, se o chalé pudesse ser reformado para voltar a ser uma residência única, e se pudéssemos recuperar alguns dos bens dela, poderíamos juntar tudo. Aí as pessoas teriam algo de verdade para visitar, e coisas para tocar quando viessem. Veja. – Adam revirou o bolso do sobretudo que ainda vestia e tirou um objeto disforme de madeira. – É um brinquedo de criança. Da era georgiana, acho, segundo minhas pesquisas na biblioteca. Encontrei isso em uma pilha de lixo que estava na frente da casa. Recentemente estão escavando o jardim, sabe? E me veio à mente: e se? E se esse brinquedo pertenceu à família de Jane e agora não tem mais lugar, jogado na rua como se fosse lixo?

Doutor Gray jamais ouvira o homem falar tanto, e aquiesceu com vigor em resposta.

– Então seria uma espécie de habitação para homenagear Austen. Parece fazer sentido para mim. Sabe, sempre senti esse vilarejo impregnado com uma aura de velho mundo, como se, ao entrar aqui, a pessoa voltasse no tempo.

– Então não precisamos de muito para fazer dar certo.

– Bom, precisamos de uma casa, para começo de conversa. O chalé, na condição em que está, não vai servir, o senhor tem razão. Precisaríamos de reformas, e da aprovação da prefeitura para isso. Venderam a propriedade dos Russell, lá no fim da estrada, por pouco mais de mil libras; acredito que, pensando em uma propriedade desse tamanho e somando os custos da reforma, estamos falando de alguns milhares de libras, pelo menos, se não mais.

Adam refletiu sobre a informação em silêncio.

– O chalé ainda pertence aos Knight?

O doutor Gray concordou com a cabeça.

– Até onde sei, sim. Em épocas melhores, talvez aceitassem vendê-lo por um preço abaixo do valor de mercado, mas não acho que fariam isso agora. Adam, perdoe minha impertinência; estou bem impressionado com sua iniciativa, mas realmente terá tempo de pensar sobre isso quando a primavera chegar?

Assim que as palavras deixaram sua boca, doutor Gray percebeu que tempo era justamente o recurso que muitos no vilarejinho dorminhoco mais possuíam. Jane Austen usara o tempo dela ali para realizar tarefas domésticas, receber visitas e criar obras-primas. O fato de que a população de Chawton mal variara desde a época da autora fez o médico visualizar de súbito como cada um dos moradores locais era quase que uma substituição perfeita dos moradores do passado. Se eles não assumissem a missão de preservar o legado de Austen, quem mais na face da Terra a assumiria?

Adam se ajeitou na cadeira desconfortável de madeira, mirando doutor Gray por sobre a escrivaninha.

– Se encontrei tempo para reler à exaustão os livros dela, tenho tempo para isso.

Foi a afirmação mais segura que doutor Gray já ouvira sair da boca daquele homem.

– Certo, Adam, deixe-me pensar sobre isso. Talvez possamos abordar Frances Knight juntos, na casa dela. Melhor começar com ela, sabe? Senhor Knight só faz reclamar dos turistas amantes de Austen que a cidade atrai. – Ele subitamente parou de falar, depois de ouvir um ruído na área externa ao escritório, e caminhou lenta e discretamente para fechar a porta antes de voltar à escrivaninha. – Nesse meio-tempo, vamos pensar juntos sobre outros que possam estar interessados em nos ajudar com nosso singelo projeto. Sua mãe, talvez?

Adam balançou a cabeça.

– Mamãe não. Ela não liga para os turistas ou para quem quer que seja que Austen atrai.

Doutor Gray olhou para Adam com curiosidade. Fora colega de escola dos três irmãos Berwick, e sempre tivera uma preocupação especial com o fazendeiro e seu óbvio quadro de depressão. Como parte da residência médica, décadas antes, doutor Gray estivera de plantão no hospital de Alton quando o senhor Berwick morrera de febre espanhola. E sabia muito bem da personalidade dominadora da mãe de Adam, que parecia ter ficado apenas mais complicada e cheia de autocomiseração ao longo dos anos. Supusera que o camponês fora introduzido à obra de Austen através de uma mulher – e a única mulher em que qualquer um pensava quando o assunto era o fazendeiro solteiro era a velha viúva Berwick. Talvez tivesse sido uma professora, então, anos antes, na época em que Adam estudara para o teste e conseguira uma bolsa de estudos. Uma professora como a que Adeline Grover fora.

E, com isso, peças se encaixaram na cabeça de doutor Gray.

– Creio que sei quem mais poderia nos ajudar.

Capítulo 10

ALTON, HAMPSHIRE
15 DE NOVEMBRO DE 1945

Andrew Forrester estava sentado em seu escritório, com a porta bem fechada. Diante dele, no mata-borrões sobre a mesa, estava o testamento final de James Edward Knight.

Andrew sentia náuseas. Frances Knight, a mulher que ele amara e perdera décadas antes devido àquele mesmo homem e sua intromissão, estava prestes a perder tudo o que tinha.

Naquela mesma manhã, James Edward Knight convocara Andrew Forrester a seu leito de morte, confinado em um quarto que jamais voltaria a deixar. Durante todos os anos em que Andrew providenciara aconselhamento jurídico ao senhor Knight, o nome de Frances fora mencionado raras vezes. Todos funcionavam melhor caso simplesmente não mencionassem o passado.

Mas, naquela ocasião, o senhor Knight enfim havia citado a filha: "Frances não tem tino para os negócios".

Andrew fingira ouvir pacientemente, mas duvidava que fosse verdade. Frances podia ser um pouco tímida e submissa, mas tinha uma mão firme no que tangia à propriedade e ao que ela continha. Ele também sabia que ela fazia o melhor para tomar decisões relativas à casa e para conter custos tanto quanto possível, não raro em seu próprio detrimento, de forma que pudessem arcar com o valor de manter a propriedade.

– Senhor, sua filha se preocupa muito, tanto com o senhor quanto com sua propriedade – objetara Andrew, suspeitando de que a conversa estava prestes a tomar um caminho complicado.

James Knight negara com a cabeça.

– Quem sabe com o que aquela garota se importa? Eu decerto não sei. O que sei é que nunca se preocupou em casar ou gerar filhos para carregar o nome da família, seu único dever familiar.

Andrew pudera sentir uma raiva antiga e familiar nascendo dentro de si, e praticamente tivera de morder o lábio, dado o que sabia sobre o envolvimento de James Knight nas poucas chances que France tivera de amar e ser amada. Andrew não sabia se algum dia houvera hipócrita maior que o homem que agora morria diante dele.

James Knight se sentou na cama, e Andrew avançou para ajustar os travesseiros atrás dele, depois se sentou na cadeira deixada ao lado do leito para os raros visitantes.

– Me passe um papel – ordenou o velho homem – e vá buscar a enfermeira do doutor Gray. Ela deve estar lá embaixo a essa altura, mande ela vir aqui me dar um banho. Ah, e aquela escrivaninha no canto... Preciso dela também.

Andrew hesitou, mas fez o que o outro mandou. Depois, cerrou os dentes e desceu para o andar de baixo. Harriet Peckham estava de pé no vestíbulo, fuçando o livro de visitas que ficava na mesinha lateral.

Ele nunca gostara de Harriet, a quem suspeitava ser uma fofoqueira. Mas enfermeiras treinadas eram raras em Chawton, um vilarejo com uma centena de domicílios e quase nenhum estabelecimento comercial. Pelo menos Harriet, que crescera por ali, era uma visão familiar para os habitantes locais, e era possível confiar nela no caso de qualquer emergência.

Quando Andrew e a enfermeira entraram juntos no quarto, James Knight tinha em mãos a resma de papel que Andrew entregara.

– Quero que ambos sejam testemunhas de minha assinatura neste documento. Não quero ser questionado sobre isso, não quero nenhuma maldita discussão sobre minha lucidez. Estou completamente satisfeito com o que está escrito aqui, então não vamos discutir o assunto, entenderam bem?

Ao dizer isso, colocou o documento na escrivaninha de mogno e assinou-o com um floreio. Andrew se aproximou lentamente da cama e acrescentou a própria assinatura ao papel, depois fez um gesto para que Harriet avançasse e fizesse o mesmo.

– Está feito. Como deveria. Talvez agora essa propriedade, inclusive o chalé, tenha uma chance de ser bem utilizada. A última coisa que quero depois de partir é que um monte de turistas americanos fique andando para lá e para cá diante da cerca, tentando ter um vislumbre do interior, e não confio nessa minha filha para evitar que algo assim aconteça. – James Knight trocou um rápido olhar com a senhorita Peckham e depois mirou Andrew, e viu a raiva tomar o rosto do velho advogado. – O senhor vai pegar esse papel e trancá-lo, e não se fala mais nisso, compreendeu bem? E, como meu advogado, obviamente deve manter o conteúdo do documento totalmente confidencial.

Andrew suspirou. Sabia quando tinha perdido uma batalha. Já estivera naquela mesma situação antes.

De volta à privacidade do próprio escritório, Andrew agora lia o testamento que tinha diante de si.

Dentro do gaveteiro trancado, havia outro testamento, um que fora executado quase meio século antes, em 1896, pouco antes da aprovação das novas tributações de herança. O documento anterior legava a propriedade toda ao filho ou filha vivo mais velho de James Knight. Na época da assinatura, tal pessoa era o irmão de Frances, Cecil, que nascera no mesmo ano da assinatura do documento e que acabara morrendo cerca de trinta anos depois em um acidente de caça. A propriedade então passaria para o próximo filho ou filha mais velha, Frances, nascida dois anos depois do irmão, em 1898. A situação se assemelhava ao padrão de herança que a família Knight seguia por gerações: para manter a propriedade com a própria família, ela fora legada a várias mulheres ao longo dos séculos em vez de ser passada para o parente homem mais próximo.

Aquele testamento de 1896 era o único que vários membros da família Knight conheceram por anos. Agora tudo aquilo estava prestes a ser destruído pelo mais amargo e reprovador de todos os homens.

Era aquela a recompensa da filha, então: uma herança de exatamente nada. A recompensa por todos os anos de solidão, de doação, do pecado aparentemente imperdoável de não gerar um herdeiro.

Andrew se ergueu. Temia o dia em que teria de dar a notícia para Frances. Mas também já passara por aquilo.

Os dois estavam acostumados, para o dizer o mínimo, em compartilhar decepções esmagadoras.

Capítulo 11

CHAWTON, HAMPSHIRE
14 DE DEZEMBRO DE 1945

Doutor Gray não visitava Adeline Grover havia semanas. Não achava apropriado – a recuperação dela agora cabia tão-somente a si mesma, como deveria ser. Ele também não queria ser colocado de novo em uma posição desconfortável, muito menos ter de ouvir um pedido que não deveria atender. Quanto mais tempo ficasse sem vê-la, maior seria a chance de ela já ter passado por parte da raiva (que com frequência era, de forma perturbadora, direcionada a ele) e ter enfim começado a se sentir no mínimo resignada.

Ele estava sentado à escrivaninha em uma manhã escura e invernal de sexta-feira quando a enfermeira chegou trazendo um pequeno envelope. Ele abriu o cartão de Natal na presença dela, leu-o rapidamente e depois se levantou. Enfiou o cartão no bolso frontal do terno enquanto tentava tirar um pequeno pacote da gaveta da escrivaninha ao mesmo tempo, diante do olhar atento de Harriet, da forma menos cavalheiresca possível.

– Sairei para minha ronda um pouco mais cedo esta manhã, senhorita Peckham.

Ela o encarou com curiosidade. O médico nunca ligara muito para ela, mesmo sendo uma enfermeira tão minuciosa e diligente quanto devia. Mas, em momentos como aquele, o doutor podia sentir os olhinhos curiosos do vilarejo sobre ele. Suspeitava de que a mulher fosse uma grande fonte das fofocas feitas por suas costas.

Assim, não lhe informou aonde estava indo, e esperava que ela não fosse capaz de reconhecer a letra no envelope – não podia imaginar como saberia.

Pegou o casaco e o chapéu no vestíbulo e partiu antes que Harriet pudesse dizer – ou insinuar – qualquer coisa.

Uma leve camada de neve cobria os telhados e os campos próximos quando ele deixou o escritório, apenas o suficiente para enfim completar a sensação de que a época de Natal realmente chegara – pela primeira vez após o fim da guerra. Doutor Gray sabia que para muitas pessoas no vilarejo, com toda a perda de vidas e o racionamento crescente, as últimas comemorações haviam sido muito mais desanimadas do que o recomendado para a alma. Pelo menos ainda haviam tido uma missa de Natal na pequena paróquia de Saint Nicholas, que logo seria belamente decorada com ramos de pinheiros e heras dos bosques da propriedade, e esperava que Frances Knight mais uma vez convidasse todos até o Casarão depois da missa, para comer castanhas assadas e tomar vinho quente. Aquela fora a tradição na vila de Chawton por gerações. Por um segundo, pensou se era assim que Austen também celebrava o Natal com a família Knight, e percebeu que o surpreendente plano de Adam Berwick parecia o estar conquistando.

Abriu o pequeno portão de madeira que levava ao jardim dos Grover e, notando que a dobradiça de cima estava solta, fez uma observação mental para garantir que fosse consertada. Conforme avançava pelo caminho congelado, viu os pauzinhos vazios onde costumavam crescer os pés de tomate e as euforinhas e também os cestinhos para as ervilhas, tudo parecendo abandonado e esquecido. Deu batidas firmes na porta pintada de vermelho e esperou até ver a luz sendo acesa na sala de visitas, brilhante contra a escura manhã de dezembro, e a porta se abriu.

– Doutor Gray – proclamou Beatrix Lewis, e depois ficou ali parada como se esperando que ele dissesse alguma coisa. Havia meses que estava com Adeline em seu pequeno chalé, dado o baixo ânimo da filha e a falta de um homem na casa para ajudá-la.

– Olá, senhora Lewis, vim visitar Adeline. Ela está... Ela está acordada? – Algo no olhar duro da mulher estava deixando-o desconfortável.

– Sim, mas não sabia que ela havia chamado o senhor.

Ele inconscientemente levou a mão ao cartão de Natal guardado contra o lado esquerdo do peito, dentro do bolso do casaco.

– Não exatamente, mas ela me escreveu, e já é época das celebrações de fim de ano, então achei que poderia prestar uma rápida visita, se não houver problemas.

Considerando que ele já carregara o corpo quase sem vida da filha dela por aquela mesma porta e na direção de uma ambulância, a mulher o estava tratando de forma bastante fria.

– Sim. Bem, sua enfermeira acabou de telefonar para nos avisar de que o senhor viria, então não é uma surpresa completa.

– Escute, se não for uma boa hora, eu realmente...

Ele ouviu os passos de Adeline descendo pela escada – uma escadinha estreita e instável, aquela – e uma sensação estranha o percorreu, um golpe de ansiedade inexplicável, diferente de tudo que já sentira.

– Olá, doutor Gray. Mamãe, vou conversar com doutor Gray na sala de visitas.

Ele seguiu a mulher magra até a sala à direita, depois esperou para se sentar enquanto ela fechava as portas duplas.

– Por favor, sente-se. – Ela fez um gesto para apontar um grande sofá a alguns passos da janela panorâmica, sob a qual ele notou um banco improvisado apoiado sobre um velho aquecedor. Várias almofadas bordadas estavam empilhadas no batente fundo da janela, ao lado de uma pilha impressionante de livros e de um gatinho enrodilhado em um cochilo. Ele acarinhou o animal com ternura, depois olhou para Adeline de uma maneira inquisitiva.

– Foi um presente. De Adam Berwick.

Ele parou de fazer carinho no filhote e olhou ao redor.

– Vejo que a senhora já se instalou por aqui – comentou, afofando algumas almofadas antes de começar a olhar as capas de alguns dos livros.

– O senhor está à procura de alguma pista? – Ela deu um sorriso débil. – É meu pequeno banco. De onde assisto o mundo passar por mim.

– Adeline – ele se pôs a repreendê-la, mas depois amenizou o tom –, por favor, não fale assim... Não seja rígida demais consigo mesma. São tempos terríveis... Eu sei.

– Eu sei que o senhor sabe. – Ela o encarou; não de forma tão gélida quanto a mãe, mas com resignação. Enfim ela fez outro gesto para que o médico se acomodasse, enquanto ela mesma se sentava de forma empertigada em uma cadeira de balanço de madeira posicionada diante da lareira, na diagonal do visitante.

– Obrigado pelo cartão – disse, e ficou alguns segundos em silêncio.

– O senhor veio apenas para me agradecer?

– Adeline. – Ele suspirou. – Por favor, não vamos começar com isso.

– Só é mais fácil desse jeito. – Ela também suspirou em resposta.

– Como? Sendo rude com todos... Com a sua mãe... Comigo?

– Eu simplesmente não tenho mais a energia que costumava ter.

– A senhora de fato era bastante enérgica... Quase enérgica demais – disse ele, tentando extrair um sorriso do rosto pálido e fechado da moça.

Ela foi incapaz de não sorrir de volta. Às vezes, esquecia o quanto doutor Gray sabia sobre ela – esquecia o quanto ele conhecia quem ela de fato fora por tanto tempo, a pessoa que agora ela apenas lembrava ter sido.

– Bem, não tem de quê. Digo, pelo cartão.

– Ah, isso me lembra de uma coisa. – Ele remexeu nos bolsos do casaco que deixara largado no encosto do sofá. – Trouxe algo para a senhora. Bate o sino pequenino e coisa e tal.

Ele tirou um pequeno pacote retangular do casaco e levantou-se para entregá-lo. Ela deu uma leve franzida desconfortável no cenho e disse:

– Não comprei nada para o senhor.

– O cartão é suficiente. – Ele voltou a se sentar no sofá. – E, de qualquer forma, é como dizem: o que vale é a intenção.

– Bem, ao que parece, ultimamente minhas intenções dizem respeito apenas a mim mesma. Intenção de sobreviver ao dia de hoje, à próxima hora. De distrair a mim mesma. De descobrir como me esquecer.

– A senhora já pensou em voltar a lecionar? Desculpe, talvez não devesse perguntar... Sei que tudo é ainda muito recente.

Ela negou com a cabeça, ainda com o presente embrulhado em mãos.

– Não, não pensei sobre isso, não mesmo. – Ela aproximou o pacote da orelha direita e o agitou com cuidado. – Algo de Dickens? Leve demais... De Eliot? Não, muito fino... Hum... O que poderia ser...?

Adeline se aproximou e sentou-se ao lado dele no pequeno sofá. Ele notou que não se sentavam juntos daquele modo desde o verão passado, quando haviam tomado chá no pátio do Casarão. Muito acontecera desde então, em um ano no qual ela já tivera mais do que sua cota de sofrimento. Ele esperava que 1945 terminasse logo para ambos – acreditava que sempre há algo de bom no começo de um novo ano.

Ela desembrulhou o pacote lentamente – sempre gostara de vê-lo tentar fingir paciência enquanto ela o provocava – e logo percebeu que era um exemplar de *Orgulho e preconceito* de Austen, um da mesma edição que o exemplar de *Emma,* cujo trecho ele lera para ela na ocasião em que haviam estado juntos no pátio.

– É meu favorito. – Ela sorriu. – Muito obrigada.

Ele sorriu de volta.

– Não foi nada difícil escolher. A senhora deve ter outras edições... Mas pode carregar essa por aí se quiser. Escute, Adeline, precisa começar do zero. Precisa começar a caminhar, dar longas caminhadas, deixar o ar fresco e vívido tomar seus pulmões e sua cabeça, precisa simplesmente sair. Sempre me sinto melhor quando saio para fazer minhas rondas. Sempre me sinto melhor em falar com outras pessoas, em ajudá-las. Não há receita mágica, mas é um começo. Ler é maravilhoso, mas nos mantém em nossa própria cabeça. É por isso que não consigo ler obras de alguns autores quando estou desanimado.

– Mas sempre pode ler Austen.

– E é exatamente isso que Austen nos dá. Um mundo que é uma parte do nosso, mas que ao mesmo tempo é algo separado, no qual entrar é como tomar uma espécie de tônico. Mesmo com tantos personagens cheios de falhas e às vezes até mesmo bobos, tudo faz sentido no final. Pode ser o máximo de sentido que jamais encontraremos em nosso próprio mundo todo errado. É por isso que a obra dela perdura, assim como a de Shakespeare. Está tudo ali, todos os elementos da vida, todas as coisas que são importantes, e que continuam sendo importantes, que se conectam a nós.

Adeline manteve a cabeça baixa enquanto ele falava, sem olhar para ele, apenas mirando o pequeno tomo que tinha em mãos.

– É incrível, porém, como ela nos engana trazendo outras coisas à superfície – respondeu Adeline por fim, erguendo os olhos para encará-lo. – Pense por exemplo em Anne Elliot, e na decisão totalmente desastrosa que ela toma quando tem o quê, dezoito, dezenove anos? Quando decide não se casar com Wentworth. Isso deve ter a ver em parte com o fato de que a mãe dela morreu poucos anos antes. Não consigo imaginar que daqui a um ou dois anos me sentirei diferente do que agora.

Dessa vez, doutor Gray nem tentou persuadi-la do contrário, mas apenas a deixou falar, esperando que aquilo lhe permitisse colocar tudo para fora, mesmo que por um momento.

– Deve haver uma razão para Austen tê-la escrito de modo que só tivesse quinze anos quando tudo aconteceu – continuou Adeline. – No livro, a idade de todos os personagens quando a mãe morreu é dada logo de cara, desde o princípio, sendo que sabemos que Austen não se importava tanto em dar detalhes como esse. Mas é o jeito de ela nos indicar que Anne ainda está vivendo o luto quando conhece Wentworth, e que está muito vulnerável tanto a ele quanto aos laços e pressões familiares, e ainda assim tão impressionável. Então o luto está ali, arraigado nos livros, mesmo que não pareça.

– Todos vivemos o luto eventualmente, cada um de nós. Austen sabia disso. Também acho que ela sabia que estava morrendo quando escreveu partes desse livro, sabia que nada poderia ajudá-la, então tentou não preocupar a família já que não havia nada a ser feito.

– Ela foi uma mulher melhor do que eu. Deixei todo o vilarejo preocupado.

Foi a primeira piada que ele ouvia Adeline fazer em meses, e mais uma vez sentiu a essência da vida escapando por uma fresta. Era uma pequena fresta, mas estava ali.

– Escute, Adeline: quando estiver pronta, tenho um pequeno projeto para a senhora. Algo que acho que poderia ajudar. Ironicamente, tem a ver com Jane Austen. Adam Berwick que deu a ideia, logo ele. Será que é possível persuadir a senhora para ouvir mais?

– Não lá fora, não mesmo, mas podemos nos encontrar aqui.

A Adeline dos tempos idos jamais o teria deixado testar o interesse dela sem pedir mais informações. Mas, ainda assim, era um começo.

– Não tem problema. Entendemos. – Ele fez uma pausa. – Todos estão preocupados com a senhora, está certa sobre isso. Mas eu a conheço. Sei do que é feita.

Aquela fora a coisa mais honesta e pessoal que ela jamais o ouvira dizer, e teve certeza de que seu queixo continuava caído enquanto ele se virava e deixava o cômodo.

Do banco diante da janela, ela o viu avançar pelo caminho no jardim. Deixou o gatinho se acomodar em seu colo e depois esperou até que doutor Gray não estivesse mais à vista para pegar seu pequeno presente e abri-lo na primeira página.

— Certo, agora me digam, sobre o que os senhores gostariam de falar comigo?

Adam pigarreou, e parecia prestes a sair correndo.

— Adam... — começou Adeline, mais familiarizada com ele desde que o homem chegara com o gatinho.

O fazendeiro se acomodou no assento diante da lareira na sala principal dos Grover.

— Estávamos pensando, doutor Gray e eu, a respeito de construir um lugar em homenagem a Jane Austen. Em Chawton. Talvez no velho chalé de apoio.

Adeline olhou para doutor Gray, que estava acomodado no pequeno sofá diante da janela panorâmica.

— Os senhores que inventaram isso? Dois homens?

— Temo dizer que sim. — Doutor Gray sorriu para ela da forma mais inocente possível. — Seria um grande projeto; precisaríamos criar uma associação de caridade ou um fundo de algum tipo, e depois adquirir a propriedade e quaisquer artefatos em que pudéssemos colocar as mãos, incluindo boa parte do que está perdido ao longo da propriedade dos Knight, imagino.

— Já falaram com a senhorita Frances sobre isso?

Os dois homens negaram com a cabeça.

— Os Knight ainda são proprietários do chalé, pelo menos até onde eu sei — disse Adeline com seu típico jeito direto. — Então precisam começar desse ponto. E, com o senhor Knight tão doente, talvez esse momento não seja o melhor para propor algo do gênero.

– Bem, o que a senhora pensa? – perguntou doutor Gray de forma amável. – Estaria interessada em ajudar?

Ela semicerrou os olhos.

– Quer dizer que eu mesma sou um projeto, é isso?

– Não, de jeito nenhum. Digo, eu... nós... não teríamos perguntado se não achássemos que a senhora gostaria de ajudar em qualquer condição.

– Se ainda estivesse em minha condição normal, o senhor quis dizer.

Doutor Gray suspirou e sentiu os olhos dela sobre si, fazendo-o corar.

– Não, de novo, não mesmo. Não queremos que se sinta obrigada a ajudar se não tiver interesse, não é, Adam? Só queríamos convidá-la para se juntar a nós. Caso queira.

Adeline parou de se balançar na cadeira ao lado de Adam, que estava no sofá diante da lareira.

– Certo, contem comigo. Eu certamente não tenho nada melhor para fazer. Então, somos nós três a princípio; além, é claro, da senhorita Knight, se tudo der certo. Precisamos ter um advogado no time também... Samuel estava trabalhando como aprendiz com um em Alton quando foi convocado...

– Andrew Forrester.

Ela olhou para doutor Gray, surpresa como sempre com a memória afiada do médico.

– O senhor o conhece, então?

– Estudamos juntos na escola.

– Têm a mesma idade? – disse ela, novamente surpresa. – Sério? Ele parece tão... velho. Ou pelo menos antiquado. E muito rigoroso com os detalhes, pelo que sei. Ele pode não querer se envolver com algo tão amador assim.

– Por que não conversamos com ele sobre os primeiros passos, pelo menos? – sugeriu doutor Gray para os outros dois.

Adam aquiesceu; depois, ele e doutor Gray esperaram por Adeline, com seu natural ar de autoridade, antes de voltarem a falar. Ela olhou para o rosto cheio de expectativa dos dois e perguntou:

– E como vamos chamar tal grupo? Fraternidade para...

– ... a Preservação da...? – sugeriu doutor Gray.

– Que tal simplesmente Fraternidade Jane Austen? – falou Adam, sem hesitar, e os dois se viraram para ele em surpresa.

– Perfeito – concordou Adeline, com um sorriso largo surgindo no rosto pela primeira vez em semanas. – Absolutamente perfeito.

Capítulo 12

CHAWTON, HAMPSHIRE
17 DE DEZEMBRO DE 1945

Algumas manhãs depois, doutor Gray esbarrou com Andrew Forrester enquanto deixava o leito de morte do senhor Knight. Ansioso por falar com Andrew em nome da recém-formada fraternidade, doutor Gray perguntou se eles podiam caminhar um pouco ao ar livre e conversar em particular.

Saíram pela porta sul do Casarão e caminharam pelo terraço inferior de tijolinhos, cercado pela fileira de teixos podados em formato cônico. Depois, continuaram por um caminho de cascalho margeado de um dos lados por uma floresta cerrada até chegarem ao terraço superior, um espaço circundado por uma mureta baixa, encimado por tijolos dispostos de maneira ornamental e dotado de balaústres elaborados, de onde tinham uma visão sobre toda a propriedade lá embaixo.

– Certo, parecemos estar longe de ouvidos indesejados agora – anunciou Andrew, admirado. Ele olhou para a bela casa elisabetana e para o declive coberto de neve diante dele, lembrando-se dos tempos em que o desciam escorregando quando eram crianças. – O senhor disse que tinha uma proposta para me fazer.

Quando doutor Gray começou a descrever o "pequeno projeto", como gostava de chamá-lo, Andrew primeiro achou que não precisava ouvir mais. Afinal de contas, lera alguns dos livros de Austen ao longo dos anos e gostara o bastante deles, mas a ideia de devotar horas em cada mês para preservar a história física da autora no pequeno vilarejo rural de

Chawton parecia – por mais tedioso que ele próprio fosse – um pouco demais, dado seu nível moderado de interesse no assunto.

Mas, conforme o velho amigo falava, Andrew foi percebendo que justamente a coisa que a fraternidade mais queria logo estaria fora do alcance. Ele era o único deles que sabia o que estava em jogo, principalmente para Frances. Quando o senhor Knight falecesse, a propriedade inteira acabaria nas mãos de um parente homem distante, e aí quem saberia o que aconteceria com ela? Pior ainda: o testamento incluía uma cláusula particularmente punitiva, que deixava Frances com nada além de um pequeno subsídio anual e o direito de residir no chalé de apoio apenas enquanto a propriedade pertencesse aos Knight. No instante em que qualquer herdeiro homem vendesse o chalé, Frances estaria essencialmente desabrigada, no que parecia uma medida preventiva para evitar que o local se transformasse em um parque temático de Jane Austen. Era quase como se o senhor Knight já soubesse dos planos da fraternidade.

Mas se a fraternidade pudesse de alguma forma botar as mãos no chalé, Andrew disse a si mesmo, fosse comprando-o do senhor Knight ou de outra pessoa no futuro, seria justamente aquele grupo que poderia garantir que Frances sempre tivesse um lugar para viver – o chalé já era subdividido o suficiente para preservar quartos o bastante para ela no andar de cima.

– Temo que só tenhamos três membros no momento – continuou o doutor Gray. – Eu, Adeline Grover e Adam Berwick. Precisaremos de mais gente se quisermos ter um quórum decente para votações. Com o tempo, é claro, esperamos convidar a própria senhorita Frances.

– A senhorita Frances também? – perguntou Andrew, surpreso. – Sério?

Benjamin Gray encarou o outro homem com cuidado enquanto eles se aproximavam dos fundos do jardim murado, o local preferido dele em toda a propriedade. Andrew parecia ter um interesse profundo e mal resolvido em Frances Knight, o que deixava doutor Gray confuso. O amigo e a amiga de infância praticamente gerenciavam a propriedade dos

Knight juntos, ambos sozinhos e solteiros, e ele sabia que Andrew fora apaixonado por Frances quando eram jovens. Doutor Gray não era capaz de imaginar o homem ainda interessado pela mulher e sem jamais ter feito nada a respeito, por mais exigente que ela fosse.

– Enfim, temo que haveria conflitos para mim na maior parte das decisões, já que sou advogado da propriedade – dizia Andrew, com a complexidade da situação assomando-se sobre ele cada vez mais.

Ele jamais poderia se pronunciar sobre o que sabia a respeito do testamento. Imaginava que, ao se envolver, mesmo que fosse como uma mosquinha sem importância, poderia pelo menos saber das decisões tomadas pelo grupo e sutilmente manobrá-lo em uma direção que ajudasse a proteger os interesses de Frances, isso tudo sem violar o dever que tinha como advogado do senhor Knight. Em sua extensa carreira, Andrew nunca se permitira sequer contemplar tal área de moralidade cinzenta, o que o deixava mais do que inquieto.

– Talvez, pelo menos no que tange às votações – respondeu o doutor Gray. – Mas seu conhecimento geral, isso sem falar de seu conhecimento da própria Chawton e da história local, seria de muito valor para os outros membros.

Andrew se sentou no banco entalhado em carvalho bem ao lado da entrada do jardim murado, e Benjamin juntou-se a ele.

– O senhor ao menos já contemplou a necessidade de uma estrutura legal para sustentar os objetivos de caridade da fraternidade? Para protegê-los de riscos, arrecadar dinheiro, minimizar impostos e coisas do gênero?

Doutor Gray ficou satisfeito em ver as engrenagens girando no cérebro de advogado de Andrew.

– Estávamos cogitando um fundo de caridade específico para administrar a propriedade e quaisquer bens que forem adquiridos.

– Muito, muito bom. De quem foi a ideia de dar início a tudo isso, afinal?

– De Adam Berwick, acredite ou não. Parece que ele lê e relê os livros de Jane Austen todo inverno, há muitos anos.

– Jamais imaginaria, nem em mil anos. – O advogado balançou a cabeça em uma descrença admirada.

– Dizem que alguns livros realmente podem ajudar pacientes que sofreram traumas, e por alguma razão os de Jane Austen fazem parte dos recomendados. Só sei que ela me ajudou.

– Funcionam também como remédio para a pobre Adeline Grover?

– Sim, suponho.

Andrew encarou pensativamente o Casarão e os campos que se estendiam diante dele.

– Ainda me sinto desconfortável sobre minha posição como advogado oficial dos Knight. Meu dever é proteger os interesses de meus clientes, sejam eles financeiros, legais ou quaisquer outros. Questões inevitáveis podem surgir, algumas conversas, e precisarei me abster ou sequer me posicionar de outra forma.

– É claro, Andy. Também fiz um juramento, como sabe. Veja, é um fundo de caridade. Certamente nenhum de nós ganhará dinheiro em troca de nossos esforços. Gosto de imaginar que seremos capazes de gerenciar quaisquer conflitos que surjam sem muito alarde.

– Certo – concordou Andrew enfim com um suspiro. – Também vou ajudar. Mas acho que deveríamos nos reunir logo, antes que as festas de fim de ano nos ocupem.

– Andrew, sinceramente... Por acaso qualquer um de nós quatro está ocupado com algo no momento?

Os dois homens ficaram ali sentados no banco, admirando o cenário de tantas festividades anteriores ao longo da juventude que haviam compartilhado. Talvez, apenas talvez, pensavam ambos em silêncio, a fraternidade pudesse ajudá-los a recuperar o que sentiam então, mesmo que só uma pequena parte.

Capítulo 13

CHAWTON, HAMPSHIRE
22 DE DEZEMBRO DE 1945
REUNIÃO INAUGURAL DA FRATERNIDADE JANE AUSTEN

Na qual o Fundo Memorial de Jane Austen é criado, com os caridosos objetivos de fomentar a educação e o estudo particular de Literatura Inglesa, especialmente das obras de Jane Austen.

A primeira providência foi criar um fundo enquanto meio legal de executar as transações propostas pela fraternidade e nomear três conselheiros, incluindo o presidente, o tesoureiro e o secretário.

Adeline Grover concordou em atuar como secretária da reunião – que aconteceu novamente na sala de visitas de sua casa –, dada a velocidade da mulher em tomar notas; no fim do encontro, foi aclamada como recurso permanente para a função. Doutor Gray topou ser o primeiro presidente do fundo por um mandato de dois anos, dada a experiência pregressa como integrante do conselho escolar. Andrew concordou em ser o primeiro tesoureiro, dada a experiência como advogado e o conhecimento dos pormenores da lida com fundos e com contas bancárias separadas. Tudo isso para o visível alívio de Adam Berwick, cuja situação financeira exigia que ele mantivesse dedicação total a seu trabalho regular.

O contrato fiduciário, de acordo com o que fora apresentado previamente por Andrew, garantia que fundos pudessem ser arrecadados tanto por associação quanto por doações, e trinta libras logo foram doadas pelos três conselheiros para criar uma conta da qual os custos iniciais pudessem ser retirados conforme avançavam.

Todos os conselheiros também assumiram várias responsabilidades, sendo a mais premente o dever de manter os propósitos de caridade do fundo e evitar quaisquer conflitos ou mal-entendidos. Como Andrew Forrester era advogado da propriedade dos Knight, a situação era muito propícia para o surgimento de conflitos, e ele se absteve de votar em tudo que fosse relativo ao uso do fundo para adquirir a propriedade.

– Está tudo meio capcioso ainda (e não escreva isso, Adeline), mas é um fundo de caridade, afinal de contas, e nenhum de nós está tirando lucro da situação, então fico confortável com a possibilidade de me abster, como determinado. Só precisamos manter isso sempre em mente conforme as coisas vão avançando.

– Como funcionariam as votações, considerando um grupo tão pequeno? – perguntou doutor Gray.

– Historicamente, é preciso seguir as regras do procedimento parlamentar, que exige a maioria do total de membros, incluindo os que se abstêm. Ou seja, neste momento, se eu me abstiver de um voto, o senhor e Adeline terão de concordar sobre qualquer questão para seguir adiante.

– Rá! – Adeline gargalhou, de súbito, fazendo os três homens se virarem para ela.

– Certo, entendi – respondeu Andrew, rapidamente –, isso por si só já é razão para que convidemos pelo menos mais dois membros para se juntarem a nós. Cinco conselheiros no total devem ser suficientes.

– E o dinheiro? – perguntou Adam. – Para comprar o chalé?

– Se pegarmos as vendas de propriedades locais mais recentes – respondeu Andrew –, estamos falando de vários milhares de libras para comprar o chalé, independentemente de qualquer particularidade. Sou a favor de que tentemos arrecadar os fundos necessários por intermédio de associação do público tão rápido quanto possível. Depois, podemos procurar a senhorita Frances com uma proposta puramente profissional e esperar que a decisão dela prevaleça sobre a do pai, de modo que o negócio seja fechado a tempo.

Doutor Gray captou as últimas duas palavras e direcionou um olhar curioso a Andrew.

– Crê que devemos nos apressar, então? Antes que ele faleça?

Andrew mexeu nos papéis que tinha no colo.

– Entendo, pela conversa com Adam, que há interesses externos sobre a propriedade dos Knight. Similar à venda recente do conteúdo da propriedade de Godmersham, que também pertenceu ao irmão de Austen. Trouxe um catálogo comigo... É de conhecimento público, então não me importo de compartilhá-lo com os senhores.

Os outros três membros da fraternidade Jane Austen fizeram circular o catálogo entre si.

– Um preço mínimo de cinco mil libras por uma escrivaninha? – exclamou doutor Gray.

– Aparentemente, ela foi vendida por quase três vezes esse valor. Adam, diga o que mais sabe.

– Parece que alguém da Sotheby's não para de ligar para a senhorita Frances.

Adeline olhou para ele, surpresa.

– Como sabe disso?

– Por meio de Evie. Ela me contou.

– Evie Stone? – perguntou doutor Gray. – O que essa garota está aprontando?

– O que quer que seja – respondeu Adeline –, aposto que é mais do que simplesmente espanar a lareira. Ela era jovem demais para ter abandonado a escola quando o fez. É agudamente esperta. Mais esperta do que qualquer um de nós.

– Tenho certeza de que isso é um exagero. – Doutor Gray sorriu.

– Fale pelo senhor – respondeu Adeline, completamente séria.

– Certo, continuando – interpelou Andrew. – Sou a favor de, logo depois do Ano-Novo, postarmos um pequeno anúncio no *The Times* e nos jornais locais de Hampshire, informando o público geral sobre a criação de um fundo que aceita doações para apoiar as iniciativas da fraternidade.

– Devemos mencionar que temos a intenção de adquirir o chalé? – perguntou Adam.

– Creio que é o melhor a se fazer – respondeu doutor Gray. – Precisamos dar ao público um objetivo tangível de alguma forma. Algo mais impressionante do que comprar escrivaninhas e crucifixos de topázio.

– De novo, fale pelo senhor – disse Adeline de forma direta, olhando para ele. – Não acharia nada ruim botar minhas mãos nas joias de Austen.

Doutor Gray sentiu-se estranhamente satisfeito. A Adeline de antigamente, a de língua tão afiada e tão direta, lentamente – mas de forma contínua – começava a voltar.

Capítulo 14

CHAWTON, HAMPSHIRE
SEMANA DO NATAL DE 1945

— Acha que conseguiremos fazer nossa garotona ir à igreja na noite de Natal? – perguntou Tom.

Ele e Evie Stone colhiam heras e azevinhos no bosque para adornar o salão de entrada e o vestíbulo do Casarão, já em preparação para a recepção anual que se seguia à missa da noite de Natal celebrada na Saint Nicholas.

— Nunca se sabe – respondeu Evie. Ela só tinha dezesseis anos, e Tom tinha vinte. Enquanto a garota vasculhava a neve atrás de plantas para a decoração, tinha as bochechas tomadas pelo matiz de rubor que só se vê em quem é muito jovem e imaculada. – Já leu aquele livro que eu encontrei para você na biblioteca?

Apesar da leitura contínua e ampla, o livro favorito de Evie ainda era *Orgulho e preconceito*. Quase como se em um tipo de teste, ela fizera pressão para que todos no seu círculo social limitado do Casarão – a cozinheira Josephine, a outra empregada, Charlotte, e o jardineiro e cuidador dos estábulos, Tom – lessem o livro, com o mesmo entusiasmo que colocava em todas as coisas. Se eles não gostassem do livro – ou pior ainda, se simplesmente não terminassem de lê-lo –, ela passava a desconsiderá-los com o mesmo desprezo.

— É, não, não exatamente. – Tom pigarreou.

Ele tivera a intenção de começar a ler o livro, principalmente porque estava em uma corrida contra o tempo e contra outros dois rapazes do vilarejo no que dizia respeito a conquistar a mão de Evie Stone. Mas mesmo tal recompensa potencial não era capaz de superar a notável inquietude e falta de disciplina de sua parte.

– Bem, você deveria, Tom, deveria mesmo. É muito bom. É muito engraçado. – Evie se ergueu com as mãos cheias de folhagens e sorriu para ele. – Não consigo carregar mais do que isso, e você?

Ele olhou para além do pomar de limoeiros, na direção dos campos virados para o oeste, separados do bosque e da casa por uma pequena cova de lobo – a cerca enganadora instalada no fundo de um fosso para não atrapalhar a vista, mas ainda assim manter as ovelhas longe dos jardins.

– O sol já está se pondo rápido, deve ser perto da hora do chá. Escuta, será que posso ficar com o livro um pouquinho mais?

– A senhorita Knight diz que fica feliz em ver qualquer um de nós lendo, então tenho certeza de que não vai dar falta dele por enquanto.

Evie seguiu pelo pomar de limoeiros, voltando na direção da casa, deixando Tom um pouco para trás. Suspeitava de que ele sequer se importara em abrir o livro, e ficou pensando o que aquilo refletia: um limite do interesse nela ou apenas uma incapacidade de ficar quieto por um tempo. De qualquer forma, aquilo não a impressionava propriamente – e tampouco achava que impressionaria Jane Austen.

Evie entrou no Casarão e colocou a pilha de plantas no chão, do lado de dentro, junto à grande porta frontal. Tom fez o mesmo, depois seguiu pelo corredor central até a cozinha para pegar um pouco de chá com Josephine. Evie tomou um caminho mais longo e labiríntico, passando pelo vestíbulo que integrava o cômodo chamado pela família de Grande Salão, que dava na biblioteca do piso principal, e depois seguiu por uma pequena galeria que desembocava em outro dos cômodos favoritos de Evie: a sala de jantar.

No centro do salão, ficava a longa mesa de mogno na qual Jane, Cassandra e o irmão, os onze filhos dele e uma seleção variada de outros convidados jantavam todos juntos. O salão de jantar era parte de um anexo de três andares que se destacava da lateral oeste da casa; continha duas enormes janelas panorâmicas com um banco sob cada uma, ambas equipadas com cortinas brocadas pesadas, que podiam ser puxadas nos trilhos de bronze para total privacidade. Quem se sentasse na janela mais ao sul podia assistir, em segredo, à aproximação de qualquer eventual visitante que viesse pela longa estrada.

Nela, como suspeitava Evie, a senhorita Knight estava sentada.

– Com licença, senhorita – começou ela, e a senhorita Knight se virou para olhá-la.

Evie se preocupava com a patroa. Senhorita Knight tinha uma sombra cinzenta permanente sobre si, uma falta de vivacidade no rosto e na postura que a fazia parecer com um pé naquele mundo e o outro no além. Era uma mulher essencialmente solitária e cada vez mais sem amigos conforme começava a passar todo o tempo dentro de casa. Embora ainda fosse muito jovem, Evie entendia que a verdadeira amizade não podia ser conquistada sem trabalho duro e vigilância. Depois que deixara a escola e a camaradagem fácil dos colegas de sala, Evie entendeu como trabalhar dentro de uma casa grande e vazia com um quadro mínimo de funcionários a mantinha afastada dos objetivos sociais mais típicos. Ir ao cinema em Alton com algumas amigas era a única forma externa de recreação que tinha – ultimamente, ler e catalogar livros durante a noite ocupava o resto de seu tempo livre.

– Eu e Tom estávamos nos perguntando se a senhorita irá participar da missa da noite de Natal. Muitos moradores do vilarejo têm me questionado.

Frances negou com a cabeça. Não estava disposta a ver tanta gente, e pouco depois metade do vilarejo acabaria ali, na casa dela.

– Não, mas você, Charlotte e Tom devem ir. Josephine ficará para terminar de aprontar as coisas e para me fazer companhia. E, é claro, devo passar algum tempo visitando o senhor meu pai.

Evie adentrou mais o cômodo. Sobre a lareira, ficava um lindo retrato quase em tamanho real de Edward Austen Knight, irmão de Jane, pouco antes da temporada dele pela Europa como um homem recém-entrado na vida adulta. Ele herdara várias propriedades muito conhecidas dos Knight, e dois dos outros irmãos de Jane haviam sido comandantes navais de sucesso, viajando para lugares tão distantes quanto os mares do Caribe e da China. Evie pensava nas Austen como mulheres restritas às fronteiras da Inglaterra; talvez tivessem ido até no máximo Peak District ao norte e Southampton ao sul, mas haviam permanecido a maior parte do tempo em vilarejos como Chawton. A garota se perguntava se ela mesma também ficaria presa ali para sempre. Perguntava-se o que no mundo seria a passagem que poderia levá-la para longe.

– Senhorita Knight, espero que saiba o quanto todos aguardam por esse encontro. É incrivelmente amável da sua parte e da do senhor seu pai receber todo mundo em seu lar dessa maneira.

– Obrigada, Evie. É uma tradição familiar, afinal de contas, e tradições familiares são importantes. Seus pais conseguirão vir?

– Papai ainda tem problemas para andar com as muletas, mas Adam Berwick irá buscá-lo em casa e levá-lo de carroça até a igreja.

– Oh, Evie, que ótimo saber. Dois anos é tempo demais para ficar confinado em uma cama.

Assim que as palavras deixaram sua boca, Frances percebeu que ela mesma, de certa forma, viera fazendo exatamente a mesma coisa, e de maneira voluntária. Naquele momento, algo se abateu sobre ela, uma sensação de que estava desperdiçando a sorte com a qual fora agraciada – e ela era religiosa e supersticiosa o bastante para dar atenção.

– Evie... – Frances se levantou do banco diante da janela. – Acho que vou à missa, no fim das contas. Gostaria de somar minhas preces às do seu pai. Ele é um homem muito forte. Mas tenho certeza de que você sabe muito bem disso.

Em raros momentos como aquele, quando a senhorita Knight parecia disposta a conversar, Evie morria de vontade de contar a ela sobre a catalogação da madrugada. Importava-se de verdade com a senhorita Knight e desejava que ela fosse menos abatida pela depressão e menos cheia de temores, e parte da esperança de Evie era de que, com seu projeto secreto, pudesse descobrir tesouros incontestáveis o bastante para manter o legado da família Knight vivo e próspero. Mas seus instintos diziam que quanto mais se mantivesse desimpedida pelas preocupações e prioridades de outras pessoas, maior seria a chance de esbarrar com algo de real importância. A ideia de poder fazer as próprias perguntas e decidir onde procurar por respostas a deixava quase embriagada.

Evie nascera para ser pesquisadora; ela só não sabia disso ainda.

Então, em vez de comentar qualquer coisa, ela apenas aquiesceu e voltou para a cozinha para tomar seu chá, e Frances ficou mirando a grande pintura a óleo de seu ancestral sobre a lareira. Aceitou, pela primeira vez, que estava fazendo, de seu próprio jeito, o melhor que podia. Não tinha certeza se Jane e Cassandra Austen esperariam mais do que aquilo.

Capítulo 15

Chawton, Hampshire
Noite de Natal de 1945

Os moradores do vilarejo enchiam a pequena igreja de paróquia, cheios de empolgação pela festividade. Os pais deixavam os filhos pequenos correrem por entre as lápides sob a luz do crepúsculo, e homens e mulheres usavam suas melhores roupas de sair, além de chapéus e casacos para se protegerem do frio.

Os Stone desceram da carroça dos Berwick; as quatro crianças haviam seguido a pé ao lado do veículo por toda a viagem desde a fazenda nos perímetros da cidade. Adam ajudou a mãe e a senhora Stone a descerem da carroça e depois foi cuidar do senhor Stone, que não era mais capaz de dobrar as pernas devido aos ferimentos, mas que enfim começava a conseguir cambalear por aí com uma muleta em cada braço.

Doutor Gray já estava dentro da igreja, olhando ao redor, ponderando se naquela noite a senhorita Knight apareceria. Sua enfermeira, Harriet, estava na mesma fileira que ele, junto com a irmã solteira, mas o doutor tentava evitar a maior parte da interação social. Ele ainda ressentia a ligação telefônica inapropriada e insinuante que Harriet fizera ao chalé dos Grover para anunciar a visita do médico.

As famílias Berwick e Stone entraram juntas, devagar, e assumiram os devidos lugares nos bancos do fundo; houve uma comoção considerável quando a própria senhorita Knight entrou, acompanhada por Evie Stone e Tom, o rapaz dos estábulos. Como médico e amigo de longa data da mulher, doutor Gray sabia o esforço que Frances devia estar fazendo, e lançou-lhe um sorriso de encorajamento enquanto ela avançava pelo corredor para assumir seu lugar tradicional na fileira da frente, ao lado direito do altar.

Todos se acomodaram, e reverendo Powell saiu da chancelaria nos fundos da igreja para começar a missa. Quando pediu para todos se erguerem antes do louvor de abertura, a porta da igreja se abriu, e Adeline Grover e a mãe entraram junto com um último golpe de vento invernal. Adentraram o espaço tão silenciosamente quanto possível, e depois caminharam pelo corredor central até assumirem também o lugar que costumavam ocupar.

Doutor Gray não se virou para olhar as duas recém-chegadas enquanto elas entravam na fileira diretamente oposta à dele, do outro lado do corredor. Podia sentir os olhos de Harriet e da irmã sobre ele, mas, naquele momento, sua mente estava focada em escrever a carta de demissão que entregaria para a senhorita Peckham logo depois do Ano-Novo, independentemente do quão difícil fosse encontrar uma enfermeira disposta a ir até Chawton todos os dias. Ser alvo de fofocas e especulação por parte da própria funcionária era ridículo o bastante – passar por isso e não fazer nada a respeito era completamente inaceitável.

A missa da noite de Natal foi rápida, uma vez que o próprio reverendo Powell gostava de aproveitar as festividades tanto quanto qualquer outra pessoa. Depois de entoarem o último cântico da noite, "O Come, All Ye Faithful", que conclamava os fiéis a exaltar o Senhor, os moradores esperaram a senhorita Knight deixar o banco da frente e partir da igreja para, enfim, seguirem-na aos poucos.

As lápides lá fora estavam salpicadas de neve; enquanto passava por elas, doutor Gray pensou sobre o mais novo túmulo, instalado no canto mais distante do cemitério, logo abaixo do muro de pedras que dava para os campos após um leve declive. Ele se perguntou se aquela seria a primeira vez que a jovem mãe enlutada o visitava. Depois da morte da esposa, ele próprio demorara vários meses até se sentir capaz de ir ao cemitério. Na verdade, tinha continuado a acordar e a estender a mão, procurando-a na cama todas as manhãs, e a chamá-la do andar de baixo quando a água fervia, e chegou inclusive a acreditar – em seus momentos de maior desespero – ter tido um vislumbre do vestido dela com o canto do olho, como se ela tivesse simplesmente deixado o cômodo e pudesse estar de volta a qualquer segundo.

Doutor Gray deixou os outros fiéis passarem por ele até ficar sozinho no cemitério. Esperou ouvir o som do portão adornado se fechar e só depois caminhou até onde o mais novo túmulo diminuto se encontrava, banhado pelo luar. Apenas alguns metros adiante, ficava uma lápide maior, acomodada no solo enrijecido pelo inverno.

Jennie Clarissa Thomson Gray
Nascida em 23 de maio de 1900 – Falecida em 15 de agosto de 1939
Amada esposa de Dr. Benjamin Michael Gray
Descanse em paz

Doutor Gray baixou os olhos na direção da peça de pedra gravada e orou. Não orava com frequência – não achava que fazê-lo trazia algo de bom além de apaziguar uma raiva completamente justificada do mundo –, mas naquela noite queria que Deus o ouvisse. Porque ele precisava de ajuda. Precisava descobrir como conviver com a dor, sem machucar a si mesmo ou outras pessoas. Estava quebrando o próprio juramento, e encarava aquilo como um verdadeiro pecado capital, porque estava em uma posição de sabedoria, e com a sabedoria deveria vir a graça. Ele pensou no senhor Stone, literalmente tendo de se arrastar vida afora, e em Frances Knight, temerosa de sair de casa, e em Adam Berwick e seu perene estado interno de tristeza, e percebeu que todos estavam feridos de certa forma. Espremidos entre as duas piores guerras que o mundo já vira, eram ironicamente sobreviventes, embora ele não soubesse exatamente a que estavam todos sobrevivendo.

Pensou em Adam e no interesse do rapaz sobre preservar de alguma forma o legado de Jane Austen no vilarejo. As listas de livros que Adeline Grover dera para senhor Stone e Evie, uma xícara de chá e um pãozinho doce no pátio, a festa começando no Casarão sem ele. Eram pequenas coisas, de certa forma, todas muito menores do que uma guerra, e ao mesmo tempo pareciam todas mais importantes à sobrevivência do que lhe pareceram antes.

Ele se curvou, pressionou os dedos da mão direita contra os lábios e depois passou a mão pelas letras gravadas na lápide da esposa. Já fazia quase sete anos, e, pela maior parte do tempo, achara que estava oferecendo algo a ela ao viver de luto. Mas Jennie fora a pessoa mais viva que ele conhecera, com a mente mais ágil e o coração mais aberto e entregue. Ela não havia vivido sequer um dia – sequer um minuto – da forma com a qual ele vinha vivendo depois de sua morte. Ela não teria visto absolutamente nenhum valor nisso. Sendo completamente honesto consigo próprio, pensou que, daquele jeito, estava na verdade decepcionando tanto a esposa quanto a si mesmo.

Doutor Gray se aprumou e seguiu em direção ao pequeno portão dos fundos, o que estava com as dobradiças sempre bambas, e lembrou-se da dobradiça solta no portão do jardim da família Grover – e em como aquilo também precisava ser consertado.

O aparador do Grande Salão estava repleto de bandejas com vários níveis, cheias de doces de ameixa, brigadeiros de rum e tortas quentes de carne moída. Josephine trouxera inúmeras garrafas de clarete e champanhe da velha adega, e dentro da lareira havia sido pendurado um caldeirão de ferro cheio de vinho fumegante temperado com paus de canela, cravos e noz-moscada. Taças antigas de cristal e baldes com garrafas de champanhe estavam alinhados em outro aparador, coberto por toalhas de linho branco, embaixo das quais dois dos mais jovens membros da família Stone brincavam de cinco marias no assoalho de madeira.

Adam estava de pé, todo tímido, no fundo do salão, perto da porta que levava à biblioteca anexa, como se estivesse prestes a escapar por ela a qualquer minuto. Ficou aliviado quando doutor Gray enfim entrou no salão certo tempo após o fim da missa.

Doutor Gray aceitou uma taça de champanhe da empregada Charlotte e juntou-se a Adam, com as costas firmemente apoiadas contra a parede cujos lambris escuros iam quase até o teto.

– Bem, Adam, isso sim é um monte de gente e de barulho. Um preço alto a se pagar, mesmo em troca das deliciosas tortas de carne moída de Josephine. Como vai? – perguntou doutor Gray.

– Até que bem – respondeu Adam, a voz tão amável quanto possível.

Os dois homens ficaram assistindo enquanto os vários moradores do vilarejo perambulavam pelo salão, alternando-se em rodinhas de conversa uns com os outros, mas principalmente servindo-se generosamente das raras laranjas empilhadas em bandejas ou dos tesouros alcoólicos que vinham da adega da família Knight. Frances Knight estava sentada em um sofá florido no meio da atividade da festa, com as bochechas geralmente pálidas coradas por conta do calor vindo da lareira próxima.

– Acho que agora não é o melhor momento para falarmos com a senhorita Knight sobre o chalé de apoio e nossos planos – disse Adam.

– Creio que não. Acho que a noite já está sugando boa parte da energia dela.

Adam fez um gesto com a cabeça na direção da porta aberta à direita.

– Já viu o tanto de livro que tem aqui?

Doutor Gray negou com a cabeça.

– Não recentemente. Creio que haja várias bibliotecas nesta casa. Ouvi dizer que essa, em específico, é particularmente ampla – falou, e percebeu o interesse no olhar do fazendeiro. – Gostaria de dar uma olhada, Adam? Não acho que a senhorita Knight se importaria; ela não é nada além de generosa no que tange à casa.

Adam aquiesceu com empolgação, e os dois homens caminharam devagar do Grande Salão até a biblioteca vizinha.

Ali, na extremidade mais distante do cômodo, encontraram a jovem Evie Stone. Ela estava empoleirada em um banquinho de madeira diante da lareira, esta muito menor do que o exemplar medieval do salão, cercada de ladrilhos vitorianos. A moça se assemelhava a uma criança sentada ali, com as feições de fada, os cabelos curtos e as mãos pequenas segurando algo no colo.

– Oh – disse ela, surpresa, devolvendo o que parecia uma caderneta à estante mais próxima enquanto se erguia.

– Por favor, Evie, não queremos atrapalhar. – Doutor Gray sorriu. – Mas por que não está com as demais pessoas no cômodo ao lado?

Evie alisou o vestido de tricô azul-marinho, amassado depois de ela ficar sentada no banquinho por tanto tempo.

– Bem, uma das razões é que meus irmãos não param de apostar, afanar ou pegar sei lá o que de sei lá onde, então prefiro ficar aqui, longe disso tudo.

– E a outra razão? – perguntou doutor Gray com uma risada. A falta de paciência de Evie com os irmãos mais novos, que tinham entre cinco e treze anos, era conhecida entre os moradores locais.

– Bem, aqui é simplesmente glorioso, não é? Digo, devo ter contado pelo menos dois mil livros, apenas neste cômodo. – Ela pegou um dos tomos de uma prateleira próxima e mostrou para eles. – Veem isto? Esta encadernação especial? Tem a marca da família Knight. As gráficas encadernavam livros especialmente para eles, sabem, com o brasão da família gravado na capa de couro. Como se eles próprios tivessem feito os livros.

Doutor Gray aceitou o livro que Evie oferecia e o abriu. Era a primeira edição do livro *A peregrinação de Childe Harold*, de Lord Byron, publicado em Londres no ano de 1812.

– Evie, por acaso já leu muitos destes livros?

Ela concordou com a cabeça.

– A senhorita Knight sabe disso?

– É claro! Ela está sempre encorajando todo mundo na casa a usar a biblioteca.

– E ela própria passa muito tempo aqui? – perguntou doutor Gray, enquanto tanto ele quanto Adam corriam as mãos sobre as lombadas dos livros em várias prateleiras.

– Acho que não. Pelo menos nunca esbarrei muito com ela por aqui. Ela lê, sim, tem seus favoritos, mas acho que prefere relê-los.

Adam riu, um gesto que surpreendeu os outros dois em virtude de sua raridade.

– Ah, perdoem-me, é só que sou tão culpado disso quanto qualquer outra pessoa.

Evie olhou para o fazendeiro.

– Ah, é? O que costuma reler?

Adam se virou de novo para olhar as prateleiras.

– Vocês sabem.

Doutor Gray sorriu para Evie, virando-se depois para encarar as costas de Adam.

– Adam, não há do que se envergonhar.

Evie arregalou os olhos.

– Austen – Adam enfim declarou.

A menina encarou o fazendeiro.

– Mas Jane Austen é minha autora favorita também. Releio as obras dela o tempo todo. – Ela se aproximou de Adam e tirou dois livros parecidos de uma prateleira diante dele.

– Veja só, senhor Berwick, isso não é incrível? Outra primeira edição. – Ela colocou os dois exemplares nas mãos do rapaz.

Ele os virou para ler a lombada.

– Dois volumes de *Emma*. Que curioso.

Doutor Gray encontrou uma poltrona confortável no canto oposto a eles e se sentou, pressentindo que ficariam muito tempo naquilo.

– Curioso em que sentido? – perguntou o médico para Adam.

– Bem, *Emma* foi publicado em três volumes.

Evie continuou a encará-lo, impressionada.

– E como *o senhor* sabe disso?

Adam abriu o livro.

– Todos os livros dela eram assim, pelo menos até onde sei. Oh – disse ele de súbito, e estendeu o livro para Evie. – Veja. Aqui diz que foi publicado na Filadélfia. Em 1816.

Evie concordou com a cabeça.

– Eu sei. Como um livro impresso na América chegou até aqui, não é mesmo?

Doutor Gray cruzou as pernas, assistindo à interação dos dois com muita admiração. Ele jamais vira Adam tão empolgado – e jamais vira Evie tão sem palavras.

– Talvez – interrompeu doutor Gray – um parente ou amigo tenha enviado um exemplar para cá. Talvez a própria Austen. Evie, a senhorita disse que havia dois mil livros só nesta biblioteca. Já explorou os outros escritórios?

– Apenas o que fica logo acima deste cômodo, no segundo andar. Minha função é espanar os dois primeiros andares, e o último é de Charlotte.

– E quanto a senhorita de fato consegue espanar? – perguntou Adam, todo sério.

Evie riu. Ela nunca passara muito tempo perto de Adam Berwick, que sempre parecera quieto e solitário. Jamais lhe ocorrera que os dois pudessem ter algo em comum, como o amor por Jane Austen.

– Evie – doutor Gray voltou a falar. Ele olhou para Adam, com as sobrancelhas erguidas, e fez um gesto com a cabeça.

Adam retribuiu o gesto sem dizer nada.

– Evie, Adam e eu estamos trabalhando em algo há um tempo. Foi uma ideia de Adam, um pequeno projeto.

– Oh, eu *amo* projetos – disse ela, empolgada.

Doutor Gray e Adam sorriram com a energia juvenil que a menina emanava.

– Nossa ideia é fazer uma espécie de memorial para Jane Austen aqui em Chawton.

Evie se sentou de novo no banquinho.

– Como uma estátua, ou então outro tipo de placa?

– Não, mais do que isso. – Doutor Gray olhou para Adam. – Explique para ela. Afinal, foi ideia sua.

Adam devolveu os dois volumes de *Emma* à estante e deu alguns passos hesitantes na direção de Evie.

– E se conseguíssemos comprar o chalé, o chalezinho de apoio, e o restaurássemos? Algo para fazê-lo voltar a parecer como era na época em que Jane Austen viveu aqui, com alguns móveis, pinturas e coisas do gênero. Daí os turistas realmente teriam algo para ver quando viessem.

Evie alternou o olhar de um homem para o outro.

– Mas de onde tiraríamos o dinheiro? E de onde todas essas coisas viriam?

– São todas ótimas perguntas, minha querida – respondeu doutor Gray. – Decidimos formar uma fraternidade para arrecadar fundos através de doações, e depois compraríamos a casa e os objetos com tal dinheiro. Digo, sempre surgem histórias de como cartas e até mesmo móveis da família apareceram aqui e ali pelas casas de Chawton. Aparentemente, a velha senhora Austen dava muitas coisas para os empregados e suas famílias de tempos em tempos. Quem sabe o que poderíamos encontrar se nos propuséssemos a procurar?

– Quem são os membros? O senhor e Adam?

– Por enquanto, nós dois e mais o senhor Andrew Forrester, o advogado de Alton, e a senhorita Lewis... digo, Grover. – Doutor Gray hesitou um pouco e contemplou Adam antes de acrescentar: – E a senhorita, se tiver interesse.

– Eu? – disse ela, em choque, arregalando os olhos mais uma vez.

– Bem, para ser honesto, em algum momento teremos de abordar a senhorita Knight e contar isso tudo. Ter você ao nosso lado pode ajudar nisso. Digo, a senhorita claramente conhece esta biblioteca como a palma da sua mão.

– Isso é porque eu sou compulsiva – disse ela, séria, e a mente de doutor Gray foi arrebatada pela autoconsciência que ela já demonstrava, mesmo tão nova. – Sou como meu pai. Eu e ele riscamos os tópicos da lista de livros da senhorita Lewis um por um.

– Mas vai além disso, não? – perguntou o doutor Gray.

Ela olhou para o médico com curiosidade.

– Doutor Gray, por que *o senhor* está fazendo isso? Digo, quando eu estava na escola, o senhor estava sempre reprendendo a senhorita Lewis por nos ensinar tanto sobre Jane Austen.

– Sim, doutor Gray, por que justo o senhor? – disse uma voz vinda da porta, e os três se viraram para ver Adeline parada ali, vestida dos pés à cabeça em um traje preto de luto que apenas enfatizava seu rosto pálido e cansado.

Doutor Gray fez um gesto para que ela se sentasse no lugar dele, mas ela negou com a cabeça e caminhou até a estante mais próxima de Adam.

A FRATERNIDADE JANE AUSTEN

Tirou dela um volume grosso que o rapaz acabara de devolver ao lugar. Examinou com cuidado a capa, e depois abriu o livro antes de se virar para os três.

– Nunca havia visto isso antes. O brasão da família Knight gravado na capa. Há muitos destes aqui?

Doutor Gray fez um gesto na direção de Evie.

– Pergunte à senhorita Stone, sua antiga pupila. Ela parece ter herdado sua minuciosidade no que diz respeito aos livros.

– Perceberam que esta é uma segunda edição de *Belinda*? – perguntou Adeline aos presentes. – Foi escrito por Maria Edgeworth, simplesmente a mais importante educadora mulher de nossa história. Essa edição tem um valor imensurável! Faz referência ao casamento inter-racial de um servo vindo da África com uma fazendeira inglesa, cujo trecho foi removido depois na edição. Muito impressionante.

Adeline devolveu o livro à estante e foi se sentar na poltrona que doutor Gray oferecera. Depois, olhou para o rosto de cada um dos presentes antes de dizer:

– E então, já fizeram o convite a ela?

Doutor Gray sorriu com a astúcia da moça.

– Sim, é claro. Ela será um grande recurso para a fraternidade.

– E ela concordou? – Adeline sorriu de volta, fazendo um gesto de cabeça na direção da garota, ainda chocada.

Evie encarou a antiga professora idolatrada e o confiável médico que cuidara dela desde criança, e se pegou pensando se aquela era a grande oportunidade pela qual esperava e para a qual vinha se preparando por todo aquele tempo. Ser parte de algo que normalmente estaria tão além de seu alcance. Ter a oportunidade de contribuir para algo. Saber algo que outras pessoas não sabiam.

– Sim – respondeu ela alegremente.

Capítulo 16

LONDRES, INGLATERRA
MEIA-NOITE DO DIA 3 DE JANEIRO DE 1946

Mimi estava sentada diante das portas francesas abertas que davam para o quarto da suíte do Ritz onde ela e Jack estavam hospedados desde a noite de Ano-Novo. Ela não conseguia dormir e, para passar o tempo, analisava mais uma vez a caixinha que continha os dois crucifixos de topázio. Como era de seu feitio, Jack imediatamente levara ao pé da letra quando ela expressara interesse em adquirir as joias da Sotheby's. Ela precisara explicar para ele, depois do leilão, que não necessariamente queria usá-las no pescoço – na verdade, preferia mantê-las seguras. Achava que ninguém cumpriria melhor essa missão do que uma fã privilegiada como ela. Jack Leonard ficara perplexo, mais uma vez, pelo tipo de amor reverente que Mimi Harrison distribuía a todos – exceto, aparentemente, a ele.

O trabalho com *Razão e sensibilidade* continuava acelerado; para cada fala extra que Jack fazia o roteirista dar à personagem de Mimi, Elinor, enfiava também algumas extras para Willoughby. Jack não era o mais experiente dos produtores, mas tinha um talento especial para ver de longe qual o personagem mais interessante em um roteiro. Na alquimia que era a grande mistura das qualidades únicas e unicamente questionáveis de Jack Leonard, a percepção que ele tinha do ritmo das coisas parecia quase sobrenatural para Mimi. Às vezes, ela acreditava que ele era um viajante no tempo vindo de dois anos no futuro, tão intuitivamente correto era o entendimento que tinha.

Se ela própria pudesse voltar dois anos no passado, jamais acreditaria que terminaria noiva de Jack Leonard, com o anel de Jane Austen no dedo. Ou em meio a uma mudança para Hampshire. Ou – se ela ousasse admitir – consideravelmente apaixonada. A disposição de Jack para mover céus e terras no que dizia respeito a ela era extremamente sedutora e persuasiva. Era como se ela pudesse ver as engrenagens se movendo na cabeça dele, como se pudesse ver suas motivações dissimuladas, mas, ainda assim, a jornada até aquele fim fosse divertida demais, e o destino também era notável. Ela teria se odiado por se apaixonar por ele, mas já era bem grandinha, e certamente não havia riscos de machucar ninguém – exceto, e com toda probabilidade, ela mesma.

Também era extremamente difícil não confundir as ações mais extravagantes e teimosas de Jack com gestos de generosidade, ou ainda com uma prova de seu coração puro e entregue. Ela sabia que tal coração era ao mesmo tempo descomplicado (com as recompensas físicas da luxúria sendo sempre preponderantes) e altamente compartimentado em pequenas câmaras independentes. Naquele exato momento, ela podia ter a suíte máster e a dominância do coração dele, assim como todos os privilégios que vinham com isso – mas também sabia, com base na trilha de conquistas que Jack deixara, que podia muito bem acabar relegada a um quartinho minúsculo no sótão, como Fanny Price em *Mansfield Park*.

Era por essas e outras que, desde a primeira noite em que dormiram juntos, logo depois do leilão na Sotheby's, ela tentava fazer o máximo para evitar que ele tivesse muito dela. Jack, ela intuía, não queria uma mulher que se entregasse por completo de forma gratuita: ele queria usucapião, discricionariedade e direito de primeira rejeição. Para um homem que se aproximava de tudo com velocidade total, provas de amor, pertencimento e galanteio exigiam, aos olhos de Jack, abandono e entrega completos.

Ela precisava admitir, ao olhar para o homem adormecido na cama *king size* atrás dela, que pelo menos fisicamente Jack dava tudo de si.

Talvez a atração química desde o princípio fosse a chave – talvez esse fosse o problema com as demais pessoas. Ela se lembrava da mãe dizendo certa vez que é preciso sentir extrema atração pela pessoa com a qual se casa, porque certo dia isso vira a única coisa que mantém duas pessoas juntas, assim como a única maneira viável de fazer algo dar certo.

Na ocasião, Mimi, a caminho de estudar história e atuação na Smith, achara que a mãe não sabia do que estava falando. Mas a vida com Jack Leonard ao longo dos últimos seis meses vinha mostrando que havia certo sentido no fato de uma parte tão significativa da cultura popular ter relação com o sexo, com fazê-lo ou não, e com as pessoas que têm as outras nas garras. Em seus momentos mais obscuros, lembrando-se de como um professor certa vez se referira à carreira de atuação das mulheres como uma prostituição glamorizada, Mimi temia que grande parte de seu sucesso nas telas viesse de despertar aquele tipo de impressão em completos estranhos. Aquela fora provavelmente uma das maiores motivações para que, conforme ganhava mais e mais impulso em Hollywood, procurasse papéis cada vez mais complexos e menos glamorosos.

Ela enfim entendera que era aquilo o que movia Jane Austen também, com toda a atenção que ela dava aos meninos malvados em sua ficção. Pois, se Fanny Price quase se rendera e deixara Henry Crawford "fazer um pequeno buraco" em seu coração, então não havia esperanças para mais ninguém. O senhor Darcy era o exemplo perfeito de um homem acostumado a estar eminentemente no controle, para em seguida conhecer Elizabeth Bennet e levar apenas segundos para se encontrar tão à mercê da paixão por ela a ponto de começar a fazer as mesmas coisas que condena e proíbe. Aterrorizado pela própria vulnerabilidade humana, Darcy segue fazendo todo o possível para afastar Lizzie, exceto acusá-la de um crime qualquer e provocar sua prisão. Austen parecia conhecer o poder da atração física (como no caso de Mary Crawford e o excepcional Edmund Bertram, ou Wickham e Lydia, ou mesmo os Bennet vinte anos após o enredo). Mimi suspirou diante da ideia de que o grande segredo por trás da ficção de Jane Austen pudesse ser algo tão prosaico e animalesco quanto aquilo.

Jack começou a se revirar na cama, e Mimi viu quando, meio adormecido, ele usou a mão para tatear o espaço vazio a seu lado onde ela estivera pouco antes. Eventualmente, o braço dele começou a ir de um lado para o outro, até que ele enfim abriu os olhos e a viu sentada na sacada.

– Tentando escapar? – Ele sorriu, esfregando os olhos e o maxilar enquanto se sentava na cama.

Ela retribuiu o sorriso e se aproximou, e ele começou a puxar o cordão do robe de seda rosa que ela vestia.

– Alto lá, senhor. Você tem uma reunião em breve. São quatro da tarde no fuso de Los Angeles, lembra?

Ele bocejou e se sentou, e ela ajeitou com afeto o tufo de cabelo cor de areia vários tons mais claro do que a barba que começava a nascer. Ele tinha uma aparência muito californiana e saudável para um homem de negócios da Costa Leste; perto dos advogados da cidade com os quais se reunira ao longo de toda a semana, ele praticamente brilhava.

– Certo, mas depois disso vamos voltar para a cama... A manhã começou cedo demais.

– Aonde vai me levar agora, hein? – Ela foi buscar o telefone, cuja base ficava na mesinha próxima, e o levou até a cama consigo antes de se deitar ao lado do corpo quente e esguio do noivo.

– É uma surpresa.

– É muito longe daqui? Vou ser vendada?

– Você quer ser vendada? – provocou ele.

– Eu nunca quero o que você acha que eu quero, que é geralmente o que *você* quer – ela provocou de volta. – Ou seja, nunca vai dar certo.

– É o que dizem, até dar.

Jack começou a puxar o robe dela de novo, e beijava seu pescoço quando o telefone tocou.

– Não fuja, fique aqui comigo. – Ele atendeu a ligação e cobriu o bocal com a mão. – Vou fechar o negócio, mesmo com prejuízo, e aí podemos retomar de onde paramos.

– Oh, Jack, não dê uma de doido e depois bote a culpa em *mim*. – Ela se enrodilhou contra o corpo dele e fechou os olhos, imaginando para onde ele a levaria em seguida.

Como ela só estivera lá uma vez, e vinda de trem pelo sentido oposto, a princípio não identificou a paisagem. Eles se aproximaram do vilarejo de carro, vindo pela direção sul a partir da periferia de Londres e depois diretamente pela direção oeste, vindo de Kent. Pararam no meio do caminho, no Castelo de Hever, onde Ana Bolena passara uma juventude dos sonhos, cheia de esplendores e conspirações. Mimi considerava bonitos tanto as adições feitas pelos Astor como os jardins, mas a história da jovem mulher que seduzira o rei Henrique VIII sempre a arrepiava. Negara o papel para interpretá-la alguns anos atrás, quando ainda era jovem demais para se fingir de ingênua. Agora, com trinta e tantos anos e livre do contrato que tinha com o maior estúdio de cinema do mundo, via apenas um número limitado de anos de ouro adiante em termos de bons papéis. Era a única razão pela qual a ideia de um refúgio de veraneio em Hampshire parecia tão atraente. Talvez ela até mesmo voltasse a atuar no teatro, uma ideia que Jack achava ridícula.

– Eu não faria isso por dinheiro – explicava ela, enquanto o Aston Martin 1939 alugado deixava as sebes para trás a toda velocidade.

– Isso não existe – desdenhou ele, diante do volante. – Isso de fazer uma coisa sem ser por dinheiro não existe. Isso só significa que a coisa não tem valor para ninguém.

– Teria valor para mim. Você e eu sabemos que a oferta de papéis vem rareando ultimamente. Desconfio que Monte está me sabotando, por isso as poucas ofertas de trabalho que estou recebendo.

– Ele não ousaria. Ele sabe que o tenho na palma da mão.

Mimi negou com a cabeça.

– Não acho que isso o preocupa nem um pouco.

Jack estendeu a mão esquerda e deu um tapinha na coxa dela.

– Bem, *Razão e sensibilidade* vai mudar isso tudo, não se preocupe.

– Eu sei, mas ainda estamos na pré-produção, tudo pode acontecer. Deus me livre, mas e se começarem a aparecer uns fios grisalhos em mim aqui e ali? Pelo menos no teatro posso envelhecer com graça. Além disso, não acho muito saudável deixar *todos* os sonhos da juventude para trás.

Ele disparou um olhar rápido para ela.

– O que mais deixou para trás? Certamente não os seus escrúpulos... Não consigo forçá-la a fazer nada que não queira fazer.

– Não é necessariamente questão de escrúpulos, Jack – provocou ela.

– A menos que seu objetivo seja me corromper. É o seu objetivo?

– De jeito nenhum. Na verdade... – Ele girou bruscamente o volante revestido em couro e virou à esquerda em uma intersecção de três placas brancas com formato de flechas longas. – Acho que foi *você* quem *me* corrompeu. Veja o quanto desviei do meu caminho por sua causa. Produzindo filmes da Regência, arrematando colares caríssimos em leilões para depois você não os usar, aceitando me mudar para as colinas ondulantes da boa e velha Inglaterra...

Ela deu uma gargalhada.

– É um bom argumento. Mas, se bem o conheço, você está ganhando *algo* em troca.

Ele voltou a olhar para ela. Pela primeira vez na vida, Jack Leonard estava com uma bela mulher, mas era a personagem que ela interpretava quem ele mais queria seduzir. Ele queria que Mimi Harrison o amasse apesar da voz da razão na mente dela, assim como uma personagem da amada Jane Austen. Mimi mencionava com frequência um tal Henry Crawford dos livros de Austen, mas, de todos os tomos de sua biblioteca, *Mansfield Park* era justamente o mais grosso, e nem mesmo Mimi conseguira convencê-lo a ler pelo enredo. Um monte de jovens meio aparentados criando uma peça para sair com pessoas com quem não deveriam – esse era o melhor resumo que ela fora capaz de conceber. Mesmo para Jack, aquilo não era o suficiente para fazê-lo ler um livro de verdade. O que era uma pena, porque nas páginas de *Mansfield Park* ele poderia encontrar o passo a passo para fazer uma mulher de bem se apaixonar por um canalha.

– O que eu ganho em troca? – repetiu ele. – Ganho o amor de uma boa mulher. De uma ótima mulher.

Ela fingiu um bocejo.

– Mas que chatice. Isso nunca seria o suficiente para você. – De súbito, Mimi colocou a mão sobre o lado esquerdo do peito e meio que exclamou: – Espera aí, o que está escrito naquela placa?

– Yardley me falou sobre esse lugar, disse que você veio até aqui muitos anos atrás, e também disse que você sempre sonhou em voltar. – Jack estacionou o carro na beira da estrada, em um ponto onde ela cruzava com outra, e desligou os motores.

– Ah, meu Deus, Jack, não acredito nisso. – Ela desceu do carro, alisando a saia de *tweed* sob o casaco de inverno, e levou as mãos às bochechas. – Olha só isso. O melhor presente da minha vida. Sério.

Jack também desceu do carro. Se um vilarejo fosse capaz de dormir, seria exatamente o que Chawton estaria fazendo. Não havia sequer calçadas. Apenas um pub, uma casa de chá e uma pequena agência dos correios pela qual haviam passado.

– Acho que enfim estou ficando ansioso. – Ele se inclinou para tirar as chaves da ignição. – Nossa, mas que ideia, trancar o carro? Nenhum criminoso se importaria em roubar nesse lugar.

– Não, você está redondamente errado – disparou Mimi, e depois agarrou a mão dele e puxou-o pela estrada até estarem diante de uma casa consideravelmente robusta, em formato de L e com dois andares. Ela tinha paredes de tijolinhos vermelhos e um pequeno pórtico diante da porta da frente. As janelas haviam sido fechadas com tijolos.

Ele ficou observando, surpreso, enquanto ela olhava para os dois lados da rua antes de se aproximar da construção.

– Não precisa se preocupar, querida Mimi. Duvido que haja fotógrafos em um lugar como esse.

– Não, não é isso... Só não quero ser invasiva. Nós dois sabemos como isso é. Mas veja só, essa janela... Li em algum lugar que era nessa sala que Austen escrevia.

Mimi se virou para ele, e o olhar que ele viu em seu rosto tornou-se a coisa mais inestimável do mundo para Jack Leonard.

– Havia uma porta, a que dava para o salão de jantar, que rangia, e ela não deixava ninguém consertar – tagarelava Mimi –, então ela escrevia de manhã, enquanto a mãe e Cassandra ajudavam nas tarefas de casa... E, sabe, elas a deixavam escrever, porque sabiam. Porque ela era uma desgraçada de uma gênia, não tinha como não perceber isso. E a porta que rangia fazia com que ela soubesse quando alguém estava entrando, e aí ela colocava o mata-borrões sobre os papéis, e embaixo dele estavam capitão Wentworth, e Anne, e "a senhorita perfura minha alma", e "sou metade agonia, metade esperança", e oh, meu Deus, como isso é fantástico!

– Achei que Henry queria era perfurar outros buracos – foi tudo o que Jack conseguiu acrescentar, e Mimi ainda teve a presença de espírito de empurrá-lo de forma brincalhona enquanto ele voltava a caminhar pela estrada.

– É perfeito demais o fato de que é *disso* que você se lembra sobre as quinhentas páginas de *Mansfield Park*.

Ele nem se preocupou em corrigi-la, dizendo que ainda não lera o livro; não via razão para tal.

– É que é uma imagem tão "vívida" – provocou ele, em vez disso, enquanto a puxava para longe da casa. – Escuta, isso é formidável e tudo mais, mas na verdade eu a trouxe aqui para que conhecesse uma pessoa.

Ela deu um passo atrás para encará-lo.

– Em Chawton? Para o quê, exatamente?

– Yardley que organizou isso. Tem aquela mulher que mora aqui... Lembra dela, a que não sai de casa? Então, ela tem uma propriedade gigante que traz alguma conexão com Austen, e com este chalé, e enfim consegui convencê-la a se encontrar conosco.

Mimi ficou apenas parada no lugar, encarando-o.

– A casa, Mimi. Esta casa. Eu a comprei para você. Quer dizer, eu fiz uma oferta. E ainda não a rejeitaram. – Ele deu uma piscadela marota.

Mimi deu as costas para ele, com a sensação de que iria vomitar.

– Não estou entendendo – falou, enfim, encostando-se na parede de tijolos vermelhos que cercava o jardim do chalé na esquina de conexão das duas estradas principais.

– É o que eu acabei de dizer, eu fiz uma proposta de compra da casa. Bom, para no mínimo conseguir um arrendamento pelos próximos cem anos, já que aparentemente é dessa forma que se fazem as coisas por aqui. De qualquer maneira, Yardley está trabalhando na negociação para mim. Está consideravelmente demorada. Parece que a moça é bem cabeça-dura, reclusa ou não.

– Eu ainda não entendi – repetiu Mimi. – Por quê?

– Porque eu a amo, bobinha. Porque sei o quanto isso significa para você. Bom, pelo menos é o que Yardley me disse, mas não é como se eu não pudesse imaginar sozinho, acredite. Por que isso não seria um sonho se transformando em realidade para uma fã de Austen como você?

– Mas eu não posso *morar* aqui! – gritou ela enquanto disparava em uma corrida, e ele precisou puxá-la de volta pela estrada, pois estavam começando a ver sinais de vida, como o homem de aparência distinta, casaco cinza, chapéu e uma maleta de médico.

– Shh, Mimi, faça-me o favor, é uma coisa *boa*! – chamou Jack, mas ela já desembestara a correr. Tudo o que pôde fazer foi gesticular com a cabeça para o homem que parava para encarar a mulher que fugia, com um olhar confuso no rosto. Jack conhecia aquele olhar muito bem.

– Não é possível, é a... – doutor Gray murmurou para si mesmo. Ele se virou para Jack, que simplesmente deu de ombros de forma pouco cavalheiresca. – Peço perdão, é que sua esposa... parece muito com a...

– Ela só está dando uma de turista – disse Jack, de imediato, cortando-o.

– Ela pareceu muito chateada.

– Não se preocupe com isso, ela só está um pouco enjoada de andar de carro. Por causa das estradinhas estreitas e sinuosas, sabe? De qualquer forma, como vocês falam por aqui mesmo? "Adeus e que o Senhor te acompanhe"?

Jack andou rápido atrás de Mimi, que estava ajoelhada na grama em um parque do outro lado da estrada, nas imediações do campo de críquete do vilarejo.

– Acho que eu realmente vou vomitar – disse ela enquanto Jack se aproximava. Ele estendeu a mão para ajudá-la a se levantar, e Mimi deu mais um empurrão, dessa vez sem brincar. – Jack, não, pare.

Ele começava a ficar irritado.

– Pelo amor de Deus, Mimi, era para você ter ficado feliz. Você não pode ficar feliz nem uma vez, nem por mim?

Ela disparou um olhar na direção dele.

– O que quer dizer com isso?

– Ora, Deus do céu, você não para de falar sobre Darcy e Pemberley, e sobre como Elizabeth se apaixonou por ele depois de ver sua casa...

– Essa parte é irônica, seu grande idiota!

– ... e quão romântico é tudo isso, e como é atraente, e cá estou eu, tentando fazer você ficar feliz...

– Ou atraída.

– Não – disse ele, de forma firme. – Só feliz, acredite ou não.

– Comprando um verdadeiro santuário para mim. O que raios eu faria com um santuário? Eu não posso viver aqui, essa não pode ser a nossa casa de veraneio, isso seria insano. – Ela estreitou os olhos. – Oh, meu Deus, você não é nada doido, não é?

– Não, mas estou começando a achar que você é. Ou eu sou mesmo, mas por amar você. – Ele se virou e saiu com brusquidão.

Ela continuou ajoelhada ali por alguns segundos, depois se levantou.

Diante dela estavam dois enormes carvalhos que margeavam a lateral leste do parque; a curvatura dos galhos formava uma espécie de arco, como o de um palco. Pela clareira, ela podia ver o pôr do sol de um dourado como o das maçãs maduras, algo vindo diretamente de um poema de Yeats, escapando pelos galhos nus das árvores e irradiando sobre as colinas ondulantes em primeiro plano.

Aquilo parecia o paraíso para ela. Jack Leonard estava tentando comprar um pedacinho do paraíso para ela.

Mimi eventualmente voltou para o carro e o encontrou ali, encostado contra o veículo, o mapa em mãos. Ela se aproximou e pousou a cabeça contra o peito dele, apertando-o forte, e, a princípio, ele não retribuiu. Mas depois ela o sentiu beijar o topo de sua cabeça e a chacoalhar devagarzinho pelos ombros, e ela enfim ergueu os olhos para ele e riu.

Ele adoraria ficar ali, encostado no carro, sentindo-a se apertar contra ele daquela forma, mas Jack sabia que tinham uma reunião com Frances Knight. Enquanto desciam pelo gramado na direção do Casarão, todas as memórias de Mimi começaram a voltar de uma vez.

– Sabe, eu fiquei totalmente perdida, e esse fazendeiro, esse moço muito simpático, mostrou os túmulos da mãe e da irmã de Jane para mim, e eu nem tinha ideia de que eles ficavam aqui. Na verdade, lembra que quando nos conhecemos eu havia acabado de atuar em *Esperança e glória*?

Jack lembrava. Ele havia cobiçado aquele roteiro – o filme tivera uma das dez maiores arrecadações de 1944.

– Eu pensava naquele rapaz, que perdeu os dois irmãos na Grande Guerra. Ele não parecia nem um pouco perto de ter superado a situação. Parecia ter se enfiado em uma concha, de certa forma. Achei que talvez o filme pudesse ajudar as pessoas a enxergar como algumas famílias estavam se sacrificando. Ajudá-las a entender.

– A própria encarnação da United Service Organizations, dando suporte moral às tropas do país no exterior.

– Jack, é sério, àquela altura era tudo o que eu podia fazer.

– Não, eu sei... Só estou meio ressentido ainda.

Eles pararam no início do caminho de cascalho. Menos de cem metros adiante ficava o Casarão, praticamente desdenhando deles no topo do pequeno aclive.

Ela tomou o queixo dele nas mãos e o puxou para lhe dar um beijo suave e entregue.

– Eu sinto muito Jack, *mesmo*. Não é que eu não tenha gostado. É que é simplesmente coisa demais, sabe? Para absorver.

– O dinheiro pode comprar qualquer coisa. – Ele deu de ombros como se não fosse nada de mais.

– Eu não sou muito adepta dessa teoria, mas depois dessa eu posso ter de começar a reconsiderar.

Ele entregou o braço a ela, e eles começaram a seguir pelo longo caminho juntos.

Capítulo 17

CHAWTON, HAMPSHIRE
TRÊS DA TARDE DO MESMO DIA

Frances Knight estava sentada em uma saleta, conhecida como a alcova de leitura, que se destacava da entrada principal do Casarão como parte do imponente pórtico de três andares. Era outro lugar perfeito para vislumbrar os visitantes, tanto os esperados quanto os inesperados – e, de acordo com as lendas da família, era um dos lugares favoritos de Jane Austen na casa justamente pela referida razão. Mesmo durante a guerra, os turistas às vezes se aventuravam e percorriam o caminho de carro, sem ousarem abrir o portão que ficava a alguns poucos metros da escadaria da entrada; ficavam por ali mesmo, usando o zoom das câmeras, tirando a foto perfeita da casa em que Jane Austen quase vivera, mas não exatamente.

Após três meses de persistência e uma interação crescente pelo telefone, tanto com Josephine quanto com Evie, Yardley Sinclair enfim conseguira convencer a senhorita Knight a pelo menos aceitar uma oferta pelo chalé de apoio. Ela ainda não falara nada para o pai, pois ele parecia estar em seus momentos finais, e ela se perguntava se não seria simplesmente melhor esperar. Aquela fora de longe a ideia mais calculista e manipulativa que Frances Knight já se permitira ter, e uma pequena sensação de rebelião estranha a tomou enquanto ela sentia o gosto de como poderia ser o futuro depois que o pai partisse.

Sem pressa, Yardley tinha explicado a ela, com toda a paciência de um arqueólogo escavando uma ruína egípcia, que um americano rico estava disposto a pagar muito mais do que o valor de mercado, vários milhares de libras a mais, para adquirir o pequeno chalé. Que o plano dele seria restaurar o chalé imediatamente para que voltasse a ser uma residência única, idealmente usando a disposição original da época de Jane Austen.

Frances percebia que Yardley era um grande fã da escritora e, durante a série de ligações, sempre precisara fazer certo esforço para negar as visitas que o homem sugeria com frequência. Para comovê-la, ele sempre mencionava que o americano e sua noiva haviam adquirido algumas peças da propriedade de Godmersham, e que vender o chalé a eles era uma forma de permitir que os itens permanecessem na Inglaterra, justamente no lar ao qual pertenciam.

Frances sabia que nem o rendimento da propriedade dos Knight e nem o valor que recebia pelo aluguel dos quartos do chalé geravam lucro suficiente para manter o chalé da maneira que ele merecia. E, com a sensação de derrota trazida pelo fato de ser a última da linhagem dos Knight, a venda pelo menos parecia uma chance possível de se redimir, caso a transação fosse efetuada com a pessoa certa.

Yardley lhe assegurara de que o comprador era de fato essa pessoa certa – mais especificamente, que a noiva dele era uma fã tão séria e bem-sucedida de Austen que ele tinha certeza de que ela dedicaria ao local todo o carinho e o investimento que este merecia.

Frances agora estava sentada, olhando alternadamente para a estrada e para o relógio sobre a lareira do cômodo maior atrás dela, no segundo piso. O senhor Jack Leonard e a noiva deveriam chegar às três da tarde, e, exatamente na hora marcada, um homem e uma mulher surgiram vindos da Gosport Road, de onde tomaram a trilha de cascalho até o Casarão. Os dois pararam no meio do caminho enquanto a mulher fazia gestos na direção do cemitério e da igreja abrigados por um bosque de faias, e enfim o homem abriu o portão frontal da casa. Estavam ambos bem-vestidos e pareciam ter por volta de trinta anos; o homem tinha um mapa nas mãos, e a mulher mexia inquieta em algo que transportava em seu pescoço. Ele encarou a casa enquanto se aproximavam, mas os olhos dela iam de um lado para o outro, e mesmo à distância ela parecia pálida e trêmula.

Frances desceu pela escadaria de carvalho dotada de uma imponente balaustrada, de modo a já estar no Grande Salão quando eles chegassem. Um chá da tarde fora servido no aparador diante das janelas compartimentadas, incluindo dois sabores de bolo: um de café com nozes e outro de pão de ló, recheado com a geleia feita usando os morangos do jardim murado e o mel produzido no próprio apiário da propriedade.

Depois de colocar uma bandeja de chá no pufe diante de si, Frances se sentou no sofá desbotado de estampa florida e admirou o cômodo. Não se acomodava ali com frequência, pois achava aquele o maior e mais frio cômodo da casa. Também vivia repleto de memórias de quando ela era jovem, de festas e de reuniões familiares e recepções de novos vizinhos. Agora, era reservado majoritariamente para a festividade da noite de Natal, quando os moradores do vilarejo iam até a propriedade depois da missa para se aquecerem diante da grande lareira. Ela se perguntava se o Natal de pouco antes seria a última vez em que aquilo aconteceria.

Josephine atendeu à porta e levou os dois estranhos ao cômodo enquanto Frances se levantava para recebê-los.

– Senhor Leonard, seja bem-vindo. – A anfitriã sorriu e deu um passo adiante. – E esta deve ser sua amável noiva. O senhor Sinclair falou muito bem da senhorita – contou Frances, dirigindo-se à bela mulher ao lado do homem.

Mimi e Jack esperavam ambos pelo inevitável reconhecimento – pelo olhar chocado, geralmente seguido por um engasgo ou mesmo por um gritinho –, mas Frances apenas continuou sorrindo, como se Mimi fosse meramente a futura esposa de Jack Leonard.

– Prazer, Mimi – disse ela, estendendo a mão.

– Mimi? Que nome pouco comum.

– É apelido de Mary Anne.

Jack olhou para Mimi, interessado.

– Eu não sabia disso.

Frances sorriu.

– É melhor manter alguns segredos antes do casamento.

– "É melhor conhecer o menos possível os defeitos da pessoa com a qual se vai passar a vida" – citou Mimi, retribuindo o sorriso com outro muito branco e encantador.

– Então é isso o que você está fazendo – riu-se Jack.

Frances fez um gesto para que ambos se sentassem no conjunto de sofás floridos diante dela. Imediatamente, serviu as xícaras de chá da bandeja à sua frente.

– Pela conversa com senhor Sinclair, entendo que a senhorita é fã de Jane Austen – disse para Mimi, esforçando-se para não olhar para Jack. A eficiência e energia dele a deixavam nervosa. Ela temia que, caso passasse muito tempo sozinha com ele, acabasse concordando em vender o tapete indiano sob seus pés ou quem sabe um cacho do próprio cabelo.

Mimi concordou vigorosamente com a cabeça.

– Não sou nem capaz de dizer o quanto. Já estive aqui outra vez, sabe, sozinha, muito antes da guerra, antes de me mudar para a Califórnia. Vi o pequeno chalé, a igrejinha e os túmulos. Eu daria tudo na época para ter estado aqui, neste salão. – Ela fez uma pausa. – Espero que... Não tive muito tempo para processar tudo isso, Jack acabou de me contar sobre o chalé. Espero que a senhorita esteja confortável em falar conosco. Sei como deve ser uma decisão extremamente difícil. Eu jamais seria capaz de tomá-la.

Jack a mirou com um olhar de recriminação. Mimi não tinha absolutamente nenhum tino para os negócios.

– Agradeço a preocupação, certamente. – Frances se ajeitou no sofá, nervosa. Começava a achar difícil olhar para Mimi também. A mulher

A FRATERNIDADE JANE AUSTEN

era bela de uma forma quase alienígena, com um maxilar forte em formato de coração, uma covinha no queixo e olhos do mais surpreendente tom de violeta.

— Não vamos olhar para trás, que tal? – interferiu Jack.

Ele sabia que não havia tempo a perder nos negócios – e achava basicamente o mesmo sobre a vida em geral. Se Frances ficasse remoendo muito tempo a decisão de abrir mão de parte do legado da família, ele poderia acabar tendo de lidar com duas mulheres emotivas, e já tivera o bastante de mulheres emotivas naquele dia.

— Temos planos empolgantes, como a senhorita bem sabe – continuou ele. – O chalé seria restaurado e embelezado, para orgulho de sua família. Não economizaríamos em nada.

Conforme as palavras saíam de sua boca, ele mesmo observava os arredores, e via que tudo no Casarão, fosse antigo ou não, parecia existir sob camadas de lembranças tão grossas quanto as de poeira. Sobre a lareira, havia fotos extremamente antigas de parentes em trajes eduardianos, além de antigas pinturas a óleo de outras pessoas do passado da família Knight, mas nenhum sinal de conveniências modernas além das luzes elétricas e de um único aquecedor beirando a parede. A própria Frances parecia muito mais velha do que de fato era – Jack, com seu olhar afiado, teria atribuído a ela cinquenta e tantos anos devido à pele ressequida do pescoço e os profundos pés de galinha – porém, fora informado de que ela era apenas uma década e pouco mais velha do que ele próprio.

— Da maneira com que vejo – continuou ele –, esta é uma situação em que todos ganham. Todos sairiam com algo de que precisam. Yardley me contou que a senhorita é uma mulher muito sensível, e eu gosto de fechar negócios com pessoas sensíveis.

— E por que o senhor precisa do chalé, senhor Leonard?

— Para minha amada noiva aqui. Ela é a maior fã de Austen do mundo... Sério, querida, mostre a ela o anel.

Mimi chacoalhou a cabeça, tímida, mas Jack tomou a mão esquerda da noiva e a virou para Frances, de modo que ela pudesse ver o anel de ouro e turquesa no dedo de Mimi.

– Oh, meu Deus, ele me parece... parece... familiar – comentou a mulher mais velha, em meio a pausas, enquanto reconhecia o anel de sua ancestral famosa, que aparecera recentemente no catálogo da Sotheby's. Agora, ele estava no dedo de alguma americana estranha cujo noivo bruto parecia enxergar apenas cifrões de dólares em todos os objetos nos quais colocava os olhos.

– Certamente é – respondeu Jack. – Mimi é uma fã tão fervorosa que estamos até fazendo um filme baseado em um dos livros de Jane.

Mimi observava Frances com atenção enquanto Jack tentava mantê-la interessada. Algo parecia ligeiramente estranho na mulher, como se ela estivesse se deixando levar pela vida e por aquela pequena interação, mas ao mesmo tempo não estivesse presente por inteira. Era como se pertencesse a outro tempo, com a blusa de gola alta, a saia longa e os cabelos loiros que começavam a ficar grisalhos atados em um coque alto atrás da cabeça. Mas, quando Jack mencionou os filmes, a expressão da mulher pareceu relaxar um pouco.

– Um filme? O senhor é diretor?

– Produtor – corrigiu ele.

– Oh.

Jack pigarreou.

– Bem, na verdade sou mais que isso, e digo por mim mesmo. Sabe, ouvi falar de *Razão e sensibilidade* e contratei esse roteirista, J. D. Bateman, não sei se a senhorita já ouviu falar dele. Enfim, eu o contratei para que escrevesse um roteiro baseado no livro. E que história... – Jack praticamente assoviou.

Frances olhou para Mimi, que sorria quase como se pedisse perdão pelo noivo.

– A senhorita está envolvida com o filme também?

Mimi aquiesceu e bebericou da xícara de chá.

– Envolvida com ele? – exclamou Jack. – Ora, ela é a estrela principal! Ela faz o papel de Elinor!

Frances olhou para mulher com ainda mais interesse.

– A senhorita é atriz?

Mimi aquiesceu de novo.

– Pode-se dizer que sim.

– Atriz? – exclamou Jack de novo. – Ora, ela é uma grande estrela do cinema! Ela é Mimi Harrison! De *Esperança e glória*, sabe?

Frances balançou a cabeça de forma educada.

– Eu sinto muitíssimo. Não vou ao cinema com muita frequência. Tenho certeza de que a senhorita faz muito sucesso – acrescentou para Mimi, com um olhar apologético.

Irritado, Jack começava a ficar ruborizado sob a gola cuidadosamente passada da camisa branca e engomada da Savile Row. Embora não gostasse de ser reconhecido em todos os lugares a que ele e Mimi iam, Jack queria sim ser reconhecido quando isso podia contar a seu favor. Mas também pressentia que a venda do chalé tinha uma motivação puramente financeira da parte da senhorita Knight, e se perguntava qual era o nível de dificuldade em que ela se encontrava – e o quanto ele poderia se aproveitar pelo menos disso.

– Enfim – declarou Jack, tentando tirar vantagem da brusquidão –, o que me diz, senhorita Knight? Podemos fazer isso acontecer?

Frances olhou para Jack, com seus dentes brancos e afiados e seus olhos castanhos semicerrados, inclinado no assento como se estivesse prestes a dar o bote em uma presa.

– Por favor – disse Mimi, estendendo a mão em busca de tocar o antebraço da mulher mais velha –, por favor, não se sinta pressionada. É que estamos muito empolgados. Mas não há necessidade de tomar a decisão aqui e agora.

Jack sentiu aquela enxaqueca irritante começar a voltar. Nada aconteceria se dependesse apenas daquelas duas.

– Até quando ficarão em Chawton? – Frances perguntou, hesitante.

Mimi direcionou um olhar rápido para Jack antes de responder:

– Bem, estaremos em Londres enquanto procuramos uma casa de veraneio. Não é muito longe, podemos sempre voltar. Aliás, adoraríamos.

– Então voltem. – Frances sorriu para Mimi. – E veremos.

As palavras "*e veremos*" ali, para Jack Leonard, eram o equivalente nos negócios a passar uísque no pescoço de uma mulher, e ele se levantou confiante para apertar a mão de Frances com um pouco de vigor demais.

Mimi também se ergueu.

– Jack, você se importa se eu tiver um segundinho a sós com a senhorita Knight? Assunto de garotas – adicionou ela, com uma piscadela.

Ele olhou de uma mulher para a outra.

– Certo, meu bem. Não me vá fechar negócios impulsivos. Ah, e senhorita Knight, devido a toda a fama de minha noiva, peço para deixar a identidade dela apenas entre nós por enquanto, que tal? A última coisa que os Knight iriam querer é um bando de fotógrafos aparecendo aqui amanhã, escondidos nas moitas.

Depois que ele partiu, Mimi voltou a se sentar.

– Preciso apenas dizer à senhorita que, independentemente do que aconteça, isso tudo é uma honra enorme. Ser recebida nesta casa, ter este tempo com a senhorita. Sei que Jack pode ser um pouco... Bem, *intenso*, na maior parte das vezes.

– De maneira alguma. Ele me lembra um pouco meu pai, mas com muito mais energia e paixão.

– Soube que seu pai não está muito bem. Eu sinto muito.

Frances aquiesceu.

– Ele pode partir a qualquer instante agora.

– Oh, eu realmente lamento.

– Está tudo bem. Ele teve uma vida longa e saudável. Tem quase oitenta e seis anos agora... A família é muito conhecida por sua longevidade.

– Mesmo assim, a última coisa que a senhorita pode querer agora são dois americanos bufando em seu pescoço para tomar uma decisão sobre algo tão pessoal.

– O que mais tenho é tempo para pensar, e ninguém com quem discutir isso. Sou a última que restou, como bem deve saber, dos descendentes diretos. Meu pai é o tataraneto do irmão de Jane Austen, Edward Knight, e sinto-me muito privilegiada e cheia de responsabilidades por isso.

Mimi concordou com a cabeça, impressionada, enquanto fazia uma rápida conta, sabendo que o irmão de Jane, o almirante Francis Austen, vivera nos anos de 1860.

– Seu pai, quando garoto, provavelmente conheceu o irmão de Jane Austen. Que incrível!

Frances concordou, e sua expressão enfim relaxou.

– A família comemorava o Natal aqui, no salão de jantar, todos sentados à mesa com esta mesmíssima porcelana Wedgewood. Neste mesmíssimo cômodo, diante desta mesma lareira, todos cantavam cantigas natalinas, bebiam vinho quente e comiam castanhas assadas.

– Exatamente como qualquer outra família.

– Isso mesmo. É uma família, afinal de contas. Minha família. E, ao mesmo tempo, para tantas outras pessoas, é parte da maior escritora que o mundo já conheceu.

– E a senhorita? Ama os livros dela também?

– A senhorita vai se decepcionar... – Frances sorriu. – Mas prefiro as irmãs Brontë.

Mimi riu.

– Isso é tão perfeito.

– Mas não conte a ninguém.

– Não, a ninguém. Especialmente para Jack. Ele pode usar isso para tentar baixar o preço.

Frances percebeu que Mimi conhecia o noivo o bastante, e aquilo a fez se sentir marginalmente menos preocupada pela mulher em comparação a quando a viu pela primeira vez. Pois, se Jack lembrava seu pai, ela podia prever boa parte do que a moça experienciaria nos anos seguintes para sentir sua dose de preocupação por Mimi Harrison.

Mimi se levantou, seguida de Frances.

– Volte mesmo. Com ou sem Jack.

Mimi deu um sorriso grato à mulher.

– Tenho tantas perguntas... Espero que não se arrependa de ter feito um convite tão amável.

– Tenho certeza de que não irei. – Frances retribuiu o sorriso.

Enquanto via, da janela, Mimi e Jack descendo até a estrada juntos, Frances sentiu que fora aprovada em algum tipo de teste cósmico que consistia em resistir aos encantamentos daqueles dois. Juntos, Mimi e Jack tinham o poder de uma bomba jogada em um ataque-surpresa sobre aquele pequeno e inconsequente vilarejo – um autêntico casal *à la* Mary e Henry Crawford fora de controle. Frances se perguntava a quem deveria mencionar a visita, se é que deveria mencioná-la. Questionava se outras pessoas que ela conhecia – Evie ou Charlotte, doutor Gray ou mesmo Andrew Forrester – reconheceriam o nome de Mimi se ela o dissesse.

O sol de janeiro se punha rápido, e ela podia ouvir Josephine perambulando pelo andar inferior da casa, ligando as luzes elétricas e acendendo a lareira em outros aposentos.

Evie entrou de súbito no cômodo, com o espanador em mãos, e estacou no lugar assim que viu a senhora da casa parada diante da grande janela da sala de visitas.

A FRATERNIDADE JANE AUSTEN

– Perdoe-me, senhorita, imaginei que já havia voltado para os seus aposentos.

– Não precisa se desculpar, Evie, foi uma visita mais longa do que eu esperava. Por favor, volte a fazer o que estava fazendo. – Frances era sempre respeitosa demais com seus funcionários; morria de medo de que não quisessem mais trabalhar para ela, pois eram a única presença constante em sua vida além da velha casa e suas memórias.

Evie fez uma mesura curta, mas não fez menção de continuar com suas tarefas. Desde a noite de Natal, estivera desesperada para contar à mulher mais velha sobre a fraternidade que haviam formado e o que esperavam alcançar com ela. Doutor Gray pedira que ela não falasse nada até que pudessem apresentar uma proposta adequada à senhorita Frances sobre a compra do chalé, mas aquela visita organizada pela Sotheby's preocupava Evie, e ela tinha a intuição de que aquela era a hora de falar.

– Evie – começou Frances, sentando-se no sofá. – Estou há um tempo para lhe perguntar: terminou de ler o livro que indiquei?

– Oh, sim, e é incrível, exatamente como a senhorita disse que seria.

– Algumas pessoas o acham estranho e inexoravelmente deprimente, e com sobrenatural demais em alguns momentos. Mas creio que *Villette* é a verdadeira obra-prima de Charlotte Brontë.

– Não achei sobrenatural demais. E fui totalmente arrebatada.

– E lembre-se mais uma vez: tanto você quanto Charlotte têm acesso ilimitado à biblioteca, sempre. Os livros estão simplesmente parados lá. Lembre-se disso.

– Obrigada, senhorita. – Evie continuou parada ali, com o espanador em mãos. – Senhorita?

– Sim, Evie.

A jovem avançou e parou diante do sofá onde a patroa estava até que Frances fizesse um gesto para que ela se sentasse. Foi quando a tenra idade de Evie se mostrou, e toda a empolgação e os planos para a fraternidade foram despejados sobre Frances em frases rápidas.

Frances ouviu com calma, esperando por uma pausa na verborragia de Evie para comentar algo.

– Evie, por acaso você tem alguma consciência de quem eram meus visitantes? Porque o momento não poderia ser mais oportuno. Eles querem comprar o chalé; aparentemente, a mulher é uma grande fã de Jane Austen, assim como você. Mas não, não entre em pânico, ainda não concordei com nada. Para ser honesta, a decisão não é minha, e meu pai parece muito perdido no momento para tomar uma decisão por ele mesmo. Então nada precisa ser definido tão em breve, e esse é meu consolo.

Evie deu um suspiro audível de alívio.

– Mas vai se juntar a nós, senhorita Frances? A fraternidade não é nada sem a senhorita.

Frances estava comovida com o entusiasmo da garota.

– Evie, sei que você gosta muito de *Orgulho e preconceito*, mas devo dizer que é uma grande responsabilidade se comprometer com algo assim. Você não preferiria sair e se divertir com pessoas da sua idade? Conheço tanto Benjamin Gray quando Andrew Forrester muito bem da nossa época na escola; acho que seus tempos de socialização já passaram há muito, e é provavelmente melhor que arrumem um novo passatempo como esse para se manterem longe de confusão. – Frances deu um sorriso gentil. – Estou brincando, é claro. São ambos homens muito bons e honrados. E a pobre senhora Grover é um amor. Mas Adam Berwick? Nunca teria imaginando. E imaginar que foi tudo ideia dele...

– Isso é um sim, senhorita?

Frances aquiesceu diante da insistência da jovem criada. Reconhecia que ela precisava ter reunido coragem para perguntar algo tão delicado, algo que dizia respeito a parte da propriedade de seu patrão moribundo.

– Mas não vamos falar nada sobre a fraternidade para o senhor Knight ainda, certo, Evie? Como tenho certeza de que sabe: ele não é o maior fã de Austen. Vamos manter esse segredinho entre nós.

Evie fez uma rápida mesura e apressou-se em partir, embora Frances desconfiasse de que não fosse para executar suas tarefas. Olhou o relógio sobre a lareira: passava um pouco das quatro da tarde. Embora estivesse consideravelmente cansada devido à tarde movimentada, ainda devia prestar uma visita ao pai antes do jantar.

A visita da manhã não fora muito boa, e ele pediu que ela se retirasse do quarto quando Andrew Forrester chegou à procura de discutir alguns assuntos sobre a propriedade. Ela esperava que, depois de um longo cochilo, o pai estivesse um pouco mais bem-humorado. Mas contar a ele sobre a visita dos americanos apenas azedaria as coisas. Ou pelo menos foi o que Frances disse a si mesma enquanto subia com lentidão a escadaria para vê-lo.

Capítulo 18

CHAWTON, HAMPSHIRE
10 DE JANEIRO DE 1946

Adeline Grover caminhava pela estrada principal do vilarejo em direção ao Casarão, puxando o grosso casaco de lã cinza para se proteger do vento afiado do inverno, surpresa por ver pequenas campainhas-de-inverno surgindo aqui e ali na via quase um mês antes da época. Ainda observava as flores quando ouviu alguém chamá-la.

Ergueu o olhar e viu Liberty Pascal acenando alguns metros adiante.

– Adeline, quanto tempo! Como está? – perguntou a mulher de cujo tom ligeiramente exagerado Adeline se lembrava da época da faculdade, quando ela estudava para ser professora e a outra para ser enfermeira.

– Liberty! O que está fazendo justo aqui, de todos os lugares do mundo? – Adeline parou, e ambas se juntaram às margens da via. Ela percebeu que Liberty parecia extremamente bem, com o cabelo ruivo destacado pelo tom do batom que escolhera passar, que por sua vez combinava com o rubor saudável das bochechas.

– Acabei de aceitar uma vaga de emprego aqui!

– Sério? Com quem? – Adeline não ouvira nada sobre novas vagas de trabalho abertas pelos médicos do vilarejo, ou mesmo em Alton.

– Com o doutor Benjamin Gray.

– Sério? – repetiu Adeline. – Eu não sabia.

– Você é paciente dele, não? Ai, eu sinto tanto, Adeline... sobre o bebê. Tão triste. Você deve estar muito mal.

Mais de um lado negativo da contratação feita por doutor Gray começou a se abater sobre Adeline rapidamente.

– Sim, há muito tempo sou paciente dele. Se bem que venho pensando em mudar. – Aquilo não era exatamente verdade, mas a boca de Adeline às vezes era mais rápida do que sua cabeça, e ela aprendera a confiar na intuição que havia por trás daquele tipo de surto.

– Oh, que pena. Sei que doutor Gray fala muito bem de você.

A ideia de doutor Gray e Liberty Pascal falando sobre Adeline por suas costas, fosse sobre sua saúde ou sobre qualquer outra coisa, começava a fazê-la se sentir consideravelmente incomodada.

– Já percebi que vou adorar este lugar – tagarelava Liberty, cheia de energia. – Não sabia que aqui era tão singular. E você nunca me falou nada sobre isso, né, sua desconfiadinha? Se bem que decidiu voltar para cá para lecionar, então acho que isso já fala por si só.

– Como doutor Gray está? – perguntou Adeline, tão casualmente quanto possível. – Não o vejo desde a missa da noite de Natal do vilarejo, celebrada na nossa igrejinha de paróquia.

– Ah, sei qual é. Uma gracinha. Passamos por ela quando fomos ver o senhor Knight. Na verdade, eu estava lá agora mesmo, dando um banho nele. Que homem triste, muito próximo do fim. Já começou a perder o juízo, mas claro que não sabe disso. Benjamin, ou melhor, doutor Gray, parece ser o único que ainda tem algum controle sobre ele. A filha parece bastante impotente, se quer saber.

Adeline se parabenizou mentalmente por se recordar da língua solta e da notável falta de discrição de Liberty, e decidiu que aquela era uma razão tão boa quanto qualquer outra para encontrar um novo médico. Achava interessante como, assim como fora o caso de Harriet Peckham, doutor Gray insistia em contratar mulheres tão francas e formidáveis.

– Escute, Liberty, adorei esbarrar com você. Poderia me fazer o favor de avisar ao doutor Gray que tenho planos de mudar de médico? Como disse, já estou há um tempo para falar com ele.

— É claro, Adeline. Qualquer coisa para ajudar. Fique bem, viu, querida? — Liberty avançou, deu um abraço forte em Adeline e depois saiu caminhando na direção contrária.

Adeline seguiu caminho para casa. Esbarrar justo com Liberty Pascal, dentre todas as pessoas, não ajudara em nada a melhorar o humor do dia, e ela mal podia esperar para voltar à solidão e privacidade da própria casinha. Não voltaria a ver doutor Gray por mais algumas semanas, para quando estava agendada a segunda reunião da Fraternidade Jane Austen. Estava grata pelo encontro – Liberty introduziria o assunto brevemente, e ele poderia até ficar meio intrigado com a mudança, mas, com sorte, ele nem pensaria mais nisso quando fosse a hora de voltarem a se encontrar.

Horas depois, Adeline estava agachada no jardim da frente de casa, cavando o solo para plantar com certo atraso alguns bulbos de tulipa e limpando as folhas secas para exibir os próprios canteiros de campainhas-de-inverno, quando ouviu o portão de carvalho da entrada se abrir nas dobradiças rangentes e meio soltas. Ficou de pé enquanto doutor Gray se aproximava.

Ele tinha uma incomum expressão de preocupação no rosto – geralmente, ele era bom em esconder os próprios sentimentos, tanto que, com frequência, ela precisava passar boa parte do tempo que tinham juntos tentando fazê-lo ceder.

— A senhora está bem? — perguntou ele de forma abrupta.

Ela apoiou as duas mãos no cabo da grande pá e o encarou, surpresa.

— Sim, na medida do possível. E o senhor?

Ele começou a andar a esmo pelo caminho de ladrilhos do jardim, que se dividia em dois bem diante dela, cercava-a em uma forma oval e depois voltava a se juntar antes de levar à porta vermelha da casa. Ela estava de pé no trecho oval de terra, circundado por uma cerca-viva baixa que Samuel plantara para ela como presente de casamento menos de um ano atrás.

Doutor Gray continuou a caminhar de forma distraída do outro lado da cerca-viva, puxando gravetos secos dos espinheiros e jogando-os no chão sem prestar atenção.

– Soube que contratou Liberty Pascal – disse Adeline, enfim. – Ela foi minha colega na época da faculdade. Uma verdadeira força da natureza. Ela vai laçá-lo rapidinho.

– O que raios quer dizer com isso? – perguntou ele, virando a cabeça de súbito.

– Nada específico. É que é difícil resistir a ela. Linhagem francesa e tudo mais.

Doutor Gray tirou a luva direita e esfregou o maxilar com a mão nua.

– Adeline, por que está me demitindo da posição de seu médico?

– Não o estou demitindo. – Ela enfiou a pá mais fundo no solo até que ficasse de pé sozinha.

– Ah, certo. Está fazendo o quê, então?

– E importa?

– Tem algo a ver com o remédio?

Adeline olhou para ele, tomada pelo puro choque. Ela vinha se esforçando de verdade para descobrir por que ele estava tão chateado, e as implicações nas palavras dele a atingiram em cheio.

– O remédio... que o senhor me deu... Aquele remédio? – As palavras saíram devagar enquanto ela tentava processar a óbvia raiva que ele parecia estar sentindo por ela.

– É por que me neguei a dar mais daquilo à senhora?

– Doutor Gray! – Os olhos dela se acenderam com tal fúria que ele se arrependeu imediatamente das palavras que disse. – Está mesmo me acusando de ser uma viciada de algum tipo? Ou de mudar de médico para que possa receber mais remédios? Logo o senhor?

Doutor Gray tirou a outra luva e enfiou ambas no bolso do casaco, visivelmente frustrado. À procura de um lugar para se sentar, viu um vaso de cerâmica sob uma macieira-brava; buscou o vaso e se sentou sobre ele.

– E então? – interpelou Adeline, ainda raivosa.

Doutor Gray permaneceu encarando o chão, as folhas secas e as sementes ressequidas da florada anterior das hortênsias e dos alhos. Ele percebeu que cuidar do jardim virara a última prioridade de Adeline em meio aos terríveis eventos do outono anterior. Pensou sobre o portão quebrado, e sobre todos os serviços que precisavam ser feitos, e como apenas uma viúva poderia acabar com uma casa e uma propriedade daquela para cuidar sozinha.

– A senhora precisa de alguém para ajudá-la por aqui – respondeu apenas, tentando recuperar as rédeas verbais da situação que começava a espiralar para fora de seu controle febril, o que costumava acontecer sempre que estava perto dela.

– O senhor está mudando de assunto.

– Escute, sinto muito se interpretei mal a senhora. Mas senti que cabia a mim, como seu médico, garantir que nada estivesse acontecendo. Nada nesse sentido, pelo menos.

– Doutor Gray, achei que o senhor me conhecesse bem o suficiente para saber que eu jamais sairia do controle a esse ponto.

Ele a encarou.

– Infelizmente, isso pode acontecer com as melhores pessoas. Sei disso por experiência própria. Escute, sinto muito, mas precisava perguntar. Precisava saber que pelo menos perguntei, independentemente do quanto isso a fosse chatear.

– Que corajoso.

Ele podia ver seu humor ácido voltando, o que o ajudou a fazer a única pergunta que temia mais do que a que acabara de fazer, desde que ela perdera o bebê.

– Adeline, eu fiz mais alguma coisa?

– De modo algum. É que... É um ano novo, entende? E vamos voltar a trabalhar juntos com a fraternidade, e provavelmente é uma boa ideia não misturar as coisas.

Doutor Gray não sabia se acreditava na justificativa.

– Mas eu sou o médico de Adam também, como bem sabe, e da senhorita Knight. Sou muito profissional, afinal de contas... – Mas as palavras soavam dissimuladas, e ele deixou a voz morrer.

– Sei disso. Escute, de verdade, não foi nada em particular. Só sinto que... é hora de uma mudança.

Adeline procurava desesperadamente por um jeito de encerrar a conversa. Nunca vira doutor Gray bravo ou desconfiado com ela antes, nem perto disso. Não estava gostando nem um pouco daquela história, tampouco de quão nervosa ele a estava fazendo se sentir em resposta.

– Quem vai procurar, então? Para cuidar da senhora?

Ela ainda não pensara naquilo – ele a pegara de calças curtas.

– Hum, doutor Westlake. Howard Westlake, o cirurgião que me operou, lá no hospital de Alton.

Aquela resposta pareceu apenas perturbar doutor Gray ainda mais.

– A senhora confia mais nele do que em mim, então, é isso?

– De maneira alguma. Só achei que seria mais fácil começar do zero com alguém que não seja do vilarejo. Que não seja tão... Como dizer? Intimamente conectado ao meu caso.

A imagem da camisola branca de renda toda ensanguentada subitamente tomou a mente de doutor Gray. Pela primeira vez, ele ficou satisfeito por terem compartilhado coisas demais – a ponto de nada poder voltar a ser como era antes.

– Sim, é claro, entendi – cedeu ele, enfim. – Faça o que achar melhor.

Ele se levantou e começou a seguir em direção ao portão de entrada, depois se virou uma última vez para ela.

– Tudo bem se eu mandar Adam aqui para consertar aquele portão para a senhora? Não tenho muito jeito com essas coisas, como todo mundo sabe muito bem.

Ela deu de ombros.

– Faça o que achar melhor.

Ele notou a escolha de palavras dela, repetindo o que ele acabara de dizer – como se para provar que era capaz de ser tão dissimulada quanto ele.

– Então nos vemos em algumas semanas, na próxima reunião da fraternidade, ou então antes, certo?

Ela deu de ombros de novo. Ainda estava um pouco irritada com ele. Ficou pensando em quão perdida ele achava que ela estava, o quão necessitada de ajuda. Não lhe ocorreu que ele pudesse estar projetando as próprias dificuldades em seu estado de luto. Não lhe ocorreu que, entre os dois, era ele quem mais precisava de salvação.

Capítulo 19

CHAWTON, HAMPSHIRE
15 DE JANEIRO DE 1946

Frances estava sentada no sofá florido desbotado do Grande Salão, diante de Andrew Forrester. Josephine, Evie e Charlotte estavam atrás do sofá, a pedido de Frances. Ela tinha esperanças de que o pai deixaria no testamento uma recompensa para os trabalhadores da casa em reconhecimento ao serviço que prestavam, particularmente durante os últimos anos mais difíceis.

Doutor Gray também estava no cômodo, de costas para a janela da fachada, logo à direita da senhorita Knight. Andrew pedira confidencialmente que, como médico pessoal do senhor Knight, ele também participasse da leitura do testamento.

Andrew pigarreou. Era incapaz de encarar Frances diretamente nos olhos – já havia anos. Nos olhos dela, sempre via não apenas a decepção esmagadora, mas também a autorrecriminação. A ideia de que ela, com sua própria passividade e fraqueza, houvesse permitido que aquela vida lhe ocorresse. De que aquilo não era inevitável, afinal de contas.

Andrew começou a ler.

– "Eu, James Edward Knight, estando em minhas plenas faculdades mentais e de memória, no dia 15 de novembro do ano de 1945 do Nosso Senhor... – Frances baixou a cabeça, encarando o colo – "... declaro que este é meu derradeiro testamento e revogo todos os testamentos anteriores feitos por mim. Declaro Andrew Forrester, Escudeiro, advogado da cidade de Alton, condado de Hampshire, meu testamenteiro e, por meio deste, lego a totalidade de meus bens, exceto o que discriminado a seguir, para meu parente homem vivo mais próximo a residir no continente da Bretanha".

Andrew ouviu uma das criadas mais novas atrás de Frances soltar um arquejo e depois ser rapidamente reprimida por alguém – mais provavelmente pela cozinheira mais velha, Josephine.

Frances se limitou a continuar sentada, em silêncio. Andrew podia sentir os olhos dela sobre si enquanto lia, mas se forçou a não retribuir o gesto. Não era hora para tal.

– "As exceções acima mencionadas incluem, primeiramente, o chalé de apoio na Winchester Road, em Chawton, assim como a terra anexa em formato triangular de 2,3 acres contida pelo muro de tijolos e pela fileira de cárpinos no fundo, conforme ilustrado na planta anexa".

– Fico surpresa de que ele não se arrastou até lá em pessoa para medir o terreno – murmurou Josephine, irritada.

– "Tal propriedade deverá ser a residência de minha única filha viva, Frances Elizabeth Knight, até o momento de sua morte ou em uma circunstância de venda em plena concorrência, o que ocorrer primeiro, altura na qual o direito à residência deverá ser revertido à propriedade. Também lego para minha filha uma contribuição de subsistência de duas mil libras anuais, contanto que a propriedade gere este valor e ele não exceda cinco por cento de seu lucro bruto anual. Na planilha anexa, estipulei as taxas nas quais tal contribuição deverá ser reduzida em caso de qualquer queda de rendimento bruto da propriedade".

Andrew sempre achara que os dois últimos eram os termos mais desnecessariamente punitivos e cruéis do documento já mal-intencionado. Duas mil libras eram suficientes para que Frances ainda mantivesse parte de seus maiores confortos, mas nem um suspiro a mais. E aquilo não era garantido caso a propriedade continuasse perdendo dinheiro, como vinha acontecendo, em um ritmo alarmantemente rápido. Era impossível saber quanto da propriedade seria tomada pelos impostos sobre a herança.

Andrew viu, com o canto do olho, a jovem criada Evie fazer algum tipo de gesto para o doutor Gray e depois avançar para se sentar ao lado da lareira de pedra, com a cabeça baixa.

– "Enfim, em reconhecimento à ajuda e ao cuidado a mim dedicados em meus últimos anos, lego: um estipêndio anual de cinquenta libras para senhorita Josephine Barrow e estipêndios anuais de vinte libras cada para senhorita Evie Stone e senhorita Charlotte Dewar".

Andrew pigarreou uma última vez e disse, enquanto dobrava novamente os papéis que apertava com força:

– "Este documento foi assinado, selado e entregue na presença das seguintes testemunhas: Andrew Forrester, Escudeiro, de Alton, Hampshire, e senhorita Harriet Peckham, de Chawton, Hampshire".

O cômodo caiu em um silêncio terrível e constrangedor. Todos sabiam que a senhorita Frances devia ser a primeira a falar, caso alguém falasse algo, mas todos sabiam que ela não diria nenhuma palavra.

Enfim, doutor Gray avançou para ficar ao lado de Andrew, que continuava sentado no sofá.

– Senhorita Frances, o senhor Forrester me pediu para estar aqui hoje por várias razões. A senhorita deve ter dúvidas quanto à lucidez de seu pai no momento da elaboração desse testamento, apenas dois meses atrás.

Frances aquiesceu silenciosamente. Depois de alguns segundos, ergueu o olhar para doutor Gray e deu um sorriso amargo.

– Até o último suspiro, meu pai sabia exatamente o que estava fazendo.

Todos no salão foram surpreendidos. Era a mais assertiva e completa afirmação que a ouviam fazer em anos.

– Ele podia saber, mas há limites, para que a senhorita saiba. Se quiser ir atrás de...

Frances se ergueu e esboçou um gesto sutil com a mão direita, como se para interrompê-lo.

– Não, não quero ir atrás de nada. O que está feito, está feito. O cuidado que recebeu dos empregados foi reconhecido. Era com isso que eu mais me preocupava.

Depois de todo o estresse dos últimos dois dias, aquilo fora demais para a boa e velha Josephine suportar. Frances a ouviu fungar em seu lenço atrás de si antes de enxotar as duas criadas para fora do cômodo e sair com elas.

– Frances... Senhorita Knight... espere – disse Andrew, enfim, e também se levantou. – Pela minha experiência como testamenteiro, digo que pode levar algum tempo para que o herdeiro legítimo seja determinado. Durante esse período, a senhorita tem a permissão de morar no Casarão. Quem sabe, até depois disso. Se o tribunal não for capaz de determinar o herdeiro apropriado após um tempo razoável, a senhorita pode requerer assumir a posição de herdeira imediata mais próxima do senhor Knight.

Frances negou com a cabeça, desanimada.

– Realmente não sou capaz de pensar em nada disso agora. Apenas prepare um aviso de despejo para os inquilinos do chalé de apoio. Ficarei com o primeiro apartamento disponível, sempre de modo a causar o menor incômodo a qualquer um deles.

Doutor Gray deu um passo adiante.

– Sei que Louisa Hartley está planejando se mudar para Bath em breve, à procura de ficar mais perto do filho, assim que se recuperar da cirurgia mais recente.

– Perfeito – disse Frances, sem emoção. – Peço que cuide dos aspectos legais disso, senhor Forrester. E agradeço, senhores, por me darem as notícias. Não deve ter sido fácil.

Ela deixou o cômodo. Doutor Gray avançou e fechou a porta atrás dela, e ele e Andrew se largaram no sofá.

– Meu bom Deus – suspirou doutor Gray.

Andrew abriu a maleta e enfiou o testamento dentro dela antes de fechar as fivelas com raiva.

– Ela sempre foi estoica de uma forma doentia – acrescentou doutor Gray. – Mesmo quando éramos crianças... Lembra?

– Espero que *estoica* seja a palavra certa. Arrepio só de pensar de que outra forma alguém chamaria isso a uma altura dessa.

Doutor Gray teve um estalo.

– Foi por isso que você estava tão preocupado sobre se juntar à fraternidade... Eu jamais adivinharia. Se serve de consolo, você nunca deixou nada disso escapar. Seu aconselhamento jurídico, como sempre, foi impecável. Ainda assim, parece irônico que o velho tenha comprometido o chalé dessa forma, dados nossos novos planos para ele. Nem tivemos a chance de publicar aquele anúncio no *The Times*.

Andrew ficou de pé e andou até o aparador, virando de costas para o doutor Gray.

– Não tenho certeza de que foi uma coincidência.

– Como assim?

– Ben, por que demitiu a senhorita Peckham, no fim das contas?

Foi a vez de doutor Gray se agitar.

– Ela era intrometida demais. Eu sentia que estava sempre sob vigilância da inteligência inimiga. Ela sempre fazia comentários sobre as moças.

Andrew voltou a encará-lo e lhe ofereceu um sorriso pesaroso. A condição de viúvo solitário do doutor Gray era um dos esteios da vida de Chawton – Andrew desconfiava que várias mulheres locais cobiçavam o velho amigo.

– Entendo, Ben, mas temo que ela possa ter feito muito pior. Temo que ela tenha dado uma dica para o velho sobre os planos iniciais que você e Adam traçavam para o chalé. Todos sabemos o quão desinteressado, ou até mesmo rabugento, o senhor Knight era em relação ao legado de Austen. Ter ônibus cheios de turistas vindo até o vilarejo para visitar um museu em homenagem à escritora era a última coisa que ele iria querer. E ele arquitetou os pormenores tão bem que Frances perde o único lugar que tem para viver se o chalé algum dia for vendido para alguém de fora da família.

– Ela certamente foi encurralada pelo velho dessa vez. Caçarolas, preciso de um drinque – grunhiu doutor Gray.

Andrew começou a servir dois copos de uísque do carrinho de bebidas que ficava montado ao lado do aparador.

– Ela sempre viveu encurralada por ele. Literal e figurativamente. Quando foi a última vez que a viu sair de casa? Evie fez uma bela proeza, até onde sei, ao conseguir fazê-la sair na noite de Natal.

– Não está sendo um pouco duro demais, Andrew?

– Acho que ninguém nunca foi duro o suficiente, na verdade. Talvez esse tenha sido o problema todos esses anos. Lembra-se do irmão dela, Cecil? Como era rebelde? A história do acidente de caça... Vou falar uma coisa: o pai deles gostava de crueldade. Ele admirava a crueldade. Passava por cima de tudo e de todos. E ela permitia. Ela certamente era capaz de ver o que ele tramava, e mesmo assim cedia e deixava que a controlasse totalmente. Nenhuma vez na vida ela tentou se impor, e todo mundo podia ver que era exatamente isso que ele queria. O senhor Knight odiava o fato de ela ser assim, tão mansa e submissa, e por isso a punia mais ainda.

– Andrew, convenhamos, não é como se alguém ousasse contrariar o homem.

Andrew franziu de leve o cenho, depois voltou a se sentar e entregou um dos copos de uísque para doutor Gray.

– Ainda acho que está sendo muito duro com ela – continuou doutor Gray. – Está encarando a situação do ponto de vista de um homem. É muito diferente para uma mulher, esse tipo de coisa. Quando estudávamos com Frances, mulheres sequer podiam ser banqueiras ou contadoras, e ainda nos perguntamos por que o velho senhor Knight não confiava seu dinheiro à própria filha. Até a guerra, quais eram as opções que elas tinham? Tornarem-se criadas, professoras, enfermeiras, atrizes? Digo, Cambridge, onde você estudou, ainda não confere grau para mulheres, certo? Se você ignora tudo isso, sabe-se lá onde vai parar.

– Ter casado com uma mulher forte como Jennie foi uma bênção para você, Ben. – Andrew suspirou, com inveja. – Vejo isso em momentos como este.

– Minha esposa era muito inteligente. Aprendi muito com ela.

– Mas ainda tem muito a aprender. Nós dois temos. – Andrew deu um gole longo no uísque. – Por que nós homens somos tão orgulhosos, tão obstinados? Do que exatamente temos medo?

Doutor Gray riu.

– Ai, não vamos nem falar disso. O ano mal começou e já está difícil o suficiente. Primeiro Adeline me despede como médico, e depois...

– Espere, o quê?

Doutor Gray deu de ombros.

– Coisas da vida, acho.

– Ela deu um motivo?

– Não exatamente.

– Bom, acho que deve ser sua primeira vez. Tem alguém no vilarejo que *não* se consulta com você? Isso deve ter doído, especialmente no seu ego.

– Obrigado, Andy, era exatamente isso que eu precisava ouvir neste momento. Mas é provável que seja a melhor decisão, de qualquer forma. Os poderes de observação dela são muito afiados às vezes. Ela não deixa nada passar.

– E é exatamente por isso que eu pergunto: *por quê*?

– O que quer dizer?

Andrew entornou o resto do uísque.

– Não estou dizendo nada.

– Agora falou como um verdadeiro advogado. E também não estou dizendo nada sobre a senhorita Frances.

Eles ficaram se encarando, lembrando dos vários momentos da juventude em que haviam brigado para ficar com Frances ou com outras garotas.

– Tem uma coisa sobre crescer em um vilarejo – disse Andrew, enfim. – Sobre sermos meninos e meninas juntos. É tão íntimo... Como saber se encontramos a pessoa certa? Digo, quais são as chances de que essa pessoa certa seja sua vizinha? Samuel Grover era meu estagiário, lembra?

– Ah, verdade. Sempre me esqueço disso.

– Ele foi convocado quando, em 1942? 1943? Lembro muito claramente do dia em que ele e Adeline ficaram noivos. Ele estava tão empolgado... Parece que ele a pedia em casamento havia muitos anos. Ela não parecia muito disposta.

– Por que está me dizendo tudo isso? – Doutor Gray se levantou sem muita classe, pegou o copo de Andrew e serviu mais uísque para ambos antes de voltar a se sentar.

– Porque acho que Adeline Grover demitiu você por uma razão. Ela provavelmente não foi a primeira paciente mulher a fazer isso.

Doutor Gray negou com a cabeça.

– Não, você está errado. Não tem nada disso. Olhe para mim, sou velho demais.

Andrew riu.

– Agradeço, porque isso vale para mim também.

– Mas por que raios está dizendo isso sobre ela, afinal?

– Ora, não foi nada que *ela* fez. Foi você.

Foi como se doutor Gray tivesse recebido um golpe no estômago. Ninguém jamais descobrira seus segredos, ou pelo menos era isso o que ele achava. A ideia de ter sido transparente para qualquer pessoa, mesmo que fosse para um velho colega de escola como Andrew, aterrorizava-o.

– Está tudo certo, Ben. É que já o vi perder a cabeça antes.

Doutor Gray encarou Andrew, com uma negação na ponta da língua, mas curiosamente queria ouvir mais.

– E, de qualquer forma – continuou Andrew –, não acho que ela tenha percebido. Não ainda.

– Não há *o quê* perceber, porque nada nunca aconteceu.

– Uma coisa não necessariamente exclui a outra. E, além disso, como tem tanta certeza disso? Não é tão improvável... Digo, Adam Berwick é apenas dois anos mais novo do que nós, e sei que ele está constantemente de olho nela.

A cabeça de doutor Gray começou a doer.

– E como raios acabamos conversando sobre isso? Sim, ela é uma mulher muito bela, uma *viúva* muito bela. E me sinto estranhamente responsável por ela. Acredito que isso se misturou à história da bebê e a toda aquela tragédia da qual fui testemunha e na qual falhei com as duas.

– Você não falhou, Ben – corrigiu-o Andrew, gentil. – Não tem como salvar todo mundo, por mais que você se esforce. Sempre será o melhor médico por aqui, e você sabe disso.

– Aparentemente, Howard Westlake é ainda melhor... Ou pelo menos é o que Adeline pensa, já que o escolheu como seu novo médico.

– Ah, um pouco da velha inveja profissional como cereja do bolo. Bem, se você tem tanta certeza de que é só isso...

– Não menos do que a certeza que você tem sobre Frances.

– Então, neste caso, Ben – disse Andrew, com pesar –, tenho pena de nós dois.

Capítulo 20

CHAWTON, HAMPSHIRE
17 DE JANEIRO DE 1946

Frances não podia deixar de pensar no quão irônico era perceber que, somente ao perder o direito de usufruir da propriedade, ela enfim descobrira seu real e impressionante valor. Apenas alguns dias depois da leitura do testamento, Evie havia – em um acesso de raiva por causa da decisão do senhor Knight de reduzir de forma tão miserável as condições da única filha – enfim confidenciado a Frances o que exatamente vinha fazendo na biblioteca ao longo dos últimos dois anos.

Caminhavam juntas pelo pomar de limoeiros, parando junto à velha cabaninha de apoio que, tanto tempo atrás, fora usada para atender grupos de caça na propriedade. Frances se sentou nos primeiros degraus do pequeno abrigo vermelho, que era dotado de quatro grandes rodas, como uma caravana cigana, e mirou o rosto jovem e brilhante de Evie. Frances sempre admirara o espírito da garota, tão diferente do seu próprio. Quando as palavras começaram a brotar de Evie, Frances admirou mais uma vez a energia e a disciplina óbvias que ela empregava em tudo que fazia.

– E eu pensando que você só gostava de espanar aquela biblioteca. Até demais.

– Senhorita Knight, como posso ficar calma em uma situação como essa? – Evie agitou os braços ao redor. – Como pode aceitar a ideia de viver aqui?

Frances deu um sorriso entristecido.

– Mas não deixa de ser uma casa, Evie, você não acha? É mais do que você e seus irmãos têm. Mais do que a maior parte das pessoas têm.

– Mesmo assim, é injusto demais... Tornar sua situação muito mais difícil do que precisava ser, quando ele tinha meios para evitar.

– Sei que parece isso, talvez até seja. Mas cada um de nós tem seus motivos para fazer as coisas, e ninguém deve nada a ninguém. Eu também tomo minhas decisões, mesmo que muitas vezes não pareça.

Evie não tinha tanta certeza se ainda estavam falando sobre a herança, mas achou melhor não pressionar mais. Conhecia senhorita Frances bem o bastante para saber que, se ela quisesse dizer algo, diria – caso contrário, nenhum esforço seria suficiente para tirar algo dela. Nisso, as duas mulheres eram mais parecidas do que sabiam.

– De qualquer forma, tenho uma surpresinha para você, embora quisesse tê-la dado em outras circunstâncias. Lembra-se dos visitantes americanos que me procuraram logo depois do Ano-Novo, querendo comprar o chalé? Bem, a mulher é muito amável, e temos outro encontro agendado para hoje, desta vez só eu e ela. Não tive coragem de contar nada a ela ainda, considerando de quão longe veio. Mas temo que precisarei contar como toda a propriedade está bloqueada, e também sobre minha perda de direitos quanto à decisão do futuro deste lugar.

Evie estava escutando apenas parcialmente, pois, através das árvores, via uma mulher que caminhava animadamente em seus saltos altos, subindo o caminho de cascalho.

– Que estranho – murmurou Evie, sem fôlego. – Ela parece a... Não, calma, não pode ser...

Frances sorriu e levantou-se dos degraus da cabaninha.

– Evie, gostaria de conhecê-la?

Evie ainda espiava por entre as árvores. Ela parecia alta e resistente em seus saltos, mas tudo o que Evie via era a famosa imagem da dona de casa descalça em uma cozinha, tentando bloquear a entrada de um soldado nazista pela porta, com o rosto retorcido em uma máscara de terror. Ou então a princesa polinésia em uma praia tropical, cuidando para que o marinheiro britânico se recuperasse. Ou então a preferida de Evie, a condessa russa do século XIX, com fumaça das caldeiras voando diante de seu rosto, e depois o som das rodas do trem arranhando os trilhos para frear violentamente.

A mulher agora acenava para elas, parada diante do portão de entrada enquanto elas se aproximavam pelo bosque lateral. Com a outra mão, mexia em algo que levava ao pescoço.

– Olá, senhorita Frances! – exclamou ela.

– Desculpe – continuava murmurando Evie –, mas essa mulher parece muitíssimo com...

Frances deu um tapinha no ombro da garota quando alcançaram a visitante.

– Evie, gostaria de lhe apresentar minha nova amiga, senhorita Harrison. Ou Mimi, você deve conhecê-la. Mimi, que prazer encontrá-la de novo. Esta é senhorita Evie Stone, que me ajuda com os serviços da casa e que é uma grande fã de Jane Austen, assim como a senhorita.

Mimi estendeu a mão na direção da garota, conhecendo muito bem aquele estado de choque.

– Olá, Evie, é um prazer conhecê-la. E se seu amor por Jane Austen for pelo menos metade do meu, teremos muito o que conversar.

Pela primeira e única vez na vida, Evie Stone ficou sem palavras.

– Oh, Frances, isso é terrível. Não sei nem o que dizer.

As três mulheres estavam sentadas no andar inferior, no cômodo revestido de painéis de madeira, conhecido como Sala de Reunião das Damas, que se alcançava pela escadaria jacobiana na extremidade sudeste da casa. Frances convidara Evie para ficar e tomar um chá, e Josephine dera à jovem um olhar severo de alerta enquanto colocava a bandeja de prata na mesinha entre a patroa e a visitante famosa.

Frances esperou discretamente até que Josephine tivesse deixado o cômodo e serviu o chá de Mimi com leite e açúcar, como ela gostava ("Tenho um paladar de criança!", dissera Mimi, rindo, na primeira vez que pedira o chá daquele jeito). Frances passou o delicado conjunto de xícara e pires para ela antes de responder:

– Lamento pela senhorita e pelo senhor Leonard. Sei o quanto queriam o chalé.

Mimi negou com a cabeça.

– Nem pense mais nisso. Nunca me senti confortável com toda essa história, de qualquer forma. Jack é persistente como o diab... Oh, perdão pelo palavrão, ele é muito persistente. É quase impossível dizer não para ele.

Frances aquiesceu.

– Entendo completamente. É provável que tivesse dado a ele um cacho de meu próprio cabelo se ele tivesse pedido.

Evie estava sentada entre as duas mulheres, olhando de um lado para o outro enquanto as duas falavam alternadamente, com a cabeça seguindo a conversa em silêncio como se assistisse a uma partida de tênis.

– O que fará agora? – perguntou Mimi, antes de tomar um gole de chá.

– Uma das inquilinas concordou em encerrar seu contrato no final de março, já que ela iria se mudar em breve, de toda forma. Nosso advogado, Andrew Forrester, está cuidando de tudo para mim. Espero me mudar daqui antes da primavera.

Mimi coçou o lado da cabeça, e o queixo de Evie caiu em um gesto de admiração, pois vira com exatidão aquele mesmo gesto em várias cenas de *Esperança e glória*, seu filme preferido da vida.

A FRATERNIDADE JANE AUSTEN

– Mas por que a pressa? Meu pai foi advogado de bens antes de se tornar juiz, e sei um pouco sobre legislação, pelo menos da legislação dos Estados Unidos. A senhorita pode acabar declarada a única herdeira se ninguém surgir a tempo... Por que não esperar até precisar sair? O senhor Forrester, como testamenteiro, não permitiu que a senhorita ficasse?

– O senhor Forrester deixaria a senhorita Frances fazer qualquer coisa – soltou Evie.

As duas mulheres se viraram ao mesmo tempo para olhá-la.

– Parece que o gato não comeu a língua da senhorita Stone, afinal de contas – comentou Frances, em uma tentativa de conseguir uma distração rápida.

– Mas então, Evie. — Mimi sorriu para a garota da maneira mais amigável possível para ajudar a acalmar seus nervos. – Jane Austen. Como começou para você?

Evie estava colocando um pedaço de bolo de limão com glacê em seu prato de porcelana, mas o deixou de lado enquanto se preparava para enfim falar com uma das maiores estrelas do cinema de todos os tempos.

– Eu tinha uma professora, Adeline Lewis. Senhorita Frances sabe quem é. Ela conhece Jane Austen como a palma da mão, pode citar passagens inteiras de cabeça, e ela me emprestou o exemplar dela de *Orgulho e preconceito* quando eu ainda estava na escola, é isso. Fui arrebatada.

– Mas você não está mais na escola? Posso perguntar quantos anos tem?

– Dezesseis.

– Quantos anos tinha quando deixou a escola?

– Catorze.

– Oh, tão jovem. Sente falta?

– Demais – respondeu Evie, de imediato, mas depois se virou para a senhorita Knight. – Mas eu não podia ter encontrado uma patroa melhor. E a senhorita Frances nos dá acesso total à biblioteca, para todos os funcionários, e não há melhor seleção de livros deste lado de Londres.

– Meu pai também tinha uma biblioteca impressionante, embora nada parecida com a dos Knight, tenho certeza. Foi ele quem me apresentou a Austen. Ele lia as obras dela para mim à noite. Encontrei meu pai uma vez em seu escritório, diante da lareira, rindo alto. Eu era pequenininha, tinha uns oito ou nove anos, e perguntei o que era tão engraçado. Então ele leu para mim aquela cena na qual Elizabeth se defende com sucesso de lady Catherine de Bourgh, que a alertava sobre qualquer tentativa de noivado com o sobrinho, senhor Darcy.

– "São mesmo terríveis fatalidades, mas a esposa de senhor Darcy deve ter fontes tão extraordinárias de alegria que não pode ter razões para se queixar" – citou Evie.

– "Garota obstinada e cabeça-dura!" – citou de volta Mimi, com um sorriso. – Exatamente. E eu subi no colo dele, e ele continuou a ler para mim. E pouco depois decidiu começar a ler o livro de novo, dessa vez em voz alta para mim, e fez isso por muitas noites ao longo de anos, passando por todos os livros dela. Exceto *Mansfield Park*. Ele não entendia Fanny Price muito bem. Achava que ela era passiva demais com tantos conspiradores ao seu redor.

– Ele deve ter ficado muito empolgado, então, com seus planos de fazer um filme de *Razão e sensibilidade* – disse Frances.

– Não sei. – Mimi adicionou mais um cubo de açúcar à xícara de chá, e depois completou: – Ele se matou. Quando eu tinha doze anos.

Evie e Frances trocaram olhares.

– Mimi – começou Frances –, eu sinto muito. Que terrível, para todos vocês.

– Foi terrível. Ainda é. A parte mais difícil é imaginar se eu podia ter feito algo para ajudá-lo, para impedi-lo. Não saber é o que mais machuca. Tento com afinco me lembrar de nosso relacionamento, aonde fomos juntos, e não pensar sobre essa dor secreta que ele carregava, porque não posso fazer nada sobre ela, e é isso que me assombra. – Mimi olhou para Frances, cautelosa. – Não deixe nada disso assombrá-la, Frances. Nada sobre os últimos dias de seu pai, ou sobre o testamento novo. Não tem nada a ver com você. Era a vida dele. As escolhas *dele*.

– Ela sabe disso – soltou Evie. – Oh, peço desculpas, senhorita Knight, não queria falar pela senhorita.

– Está tudo bem, Evie, sei que estávamos conversando sobre isso no pomar agora há pouco. – Frances se levantou e alisou a longa saia preta de veludo, depois disse para Evie: – Que tal mostrarmos a biblioteca de baixo para a senhorita Harrison antes que ela vá embora?

Elas desceram a escadaria, atravessaram o Grande Salão e adentraram o cômodo anexo coberto de livros.

– O que acontecerá com tudo isso? – Mimi deu a volta no cômodo, tocando gentilmente as lombadas dos livros encadernados em couro. – É notável, sério. Yardley vem observando o mercado para mim, e aposto que há verdadeiros tesouros aqui. – Ela se virou para Evie. – Yardley Sinclair trabalha na Sotheby's, em Londres. É ele próprio um grande amante de Jane Austen, e me mantém atualizada sobre as coisas. Na verdade, foi ele quem me apresentou à senhorita Knight.

– Ele é também um homem muito persistente – disse Frances.

– É, parece que estou sempre cercada de gente assim, tanto aqui quanto em Hollywood.

Evie arregalou os olhos, pensando em todas as pessoas famosas que Mimi devia conhecer.

– Yardley quer muitíssimo vir visitá-la – dizia Mimi para Frances.

Frances tocou a lombada de alguns dos livros mais próximos, distraída.

– Fiz o que pude para evitar essa visita. Como sempre. Mas suponho que precisaremos de alguém para avaliar todos os bens logo, especialmente sob as circunstâncias.

– Yardley é de confiança, juro. Ele manteria qualquer processo de avaliação confidencial até que a senhorita decidisse o que quer fazer. Ele se considera outro guardião da senhorita Austen. Sei que ele quer muito manter o máximo possível do legado dela na Inglaterra, então ele é muito bom em dividir comigo o que encontra.

– Senhorita Knight – Evie quase suspirou, tentando não parecer rude. – Será que não teria problema... Digo, a senhorita tem alguma objeção a contar para a senhorita Harrison sobre a fraternidade que criamos?

– Claro que não tenho, Evie. Por favor, vá em frente. Tenho certeza de que senhorita Harrison amaria ouvir sobre ela.

Evie contou a Mimi sobre a formação recente da Fraternidade Jane Austen, com a própria Frances sendo a integrante mais recente, além de Adam Berwick, doutor Gray, Adeline Grover e Andrew Forrester – justamente duas pessoas a menos do que o quórum desejado de oito pessoas.

Mimi ouviu com empolgação crescente, e depois exclamou:

– Preciso fazer parte disso. Falo sério. Posso?

As outras duas mulheres trocaram olhares, surpresas, e Evie parecia fazer vários cálculos rápidos em sua cabeça.

– Tem certeza? – perguntou Evie primeiro. – Digo, somos um monte de pessoas que nunca deixam este vilarejo. Pode ser que a senhorita fique em grande destaque, mesmo sem querer.

– Não, eu quero muito. E sei que Yardley iria gostar de se juntar a nós também. Isso soma os oito de que precisam, certo?

– Mas a senhorita não reside aqui – acrescentou Frances.

– Mas planejo, pelo menos por boa parte do ano. Poderiam perguntar ao senhor Forrester se isso seria um problema?

– Claro, se a senhorita realmente quiser. Mas nos dê algum tempo para preparar todo mundo. Temos alguns cavalheiros bastante românticos no grupo...

– Três! – soltou Evie, de novo, erguendo o número de dedos na mão direita.

– Sim, impressionante. – Frances sorriu. – Evie está certa, são três homens terrivelmente românticos.

– Bem, Yardley amaria isso – Mimi exclamou, mas o comentário passou batido para elas.

– Eles também são amantes inveterados do cinema, até onde sei – continuou Frances. – Pode ser que seja informação demais de uma vez.

Mimi achou maravilhoso o fato de as duas mulheres serem tão protetivas em relação ao grupo. Pensou que aquilo mostrava como, tanto na fraternidade quanto no vilarejo de Chawton como um todo, todos conheciam muito bem uns aos outros. Ela saíra de quase uma década em Hollywood sem essa sensação. Na verdade, quanto mais tempo passava lá, menos entendia as pessoas ao seu redor. A ideia de que havia um lugar onde as pessoas não estavam constantemente competindo pelo próprio sustento, mas em vez disso ajudavam uns aos outros para sobreviver à guerra, ao sofrimento, à pobreza e à dor, parecia vinda diretamente de um livro de Jane Austen, mais do que qualquer outra coisa que ela tivesse esperança de encontrar.

Capítulo 21

CHAWTON, HAMPSHIRE
2 DE FEVEREIRO DE 1946

Adeline ficou um pouco incomodada quando Liberty Pascal atendeu à porta assim que ela chegou na casa do doutor Gray para a segunda reunião da Fraternidade Jane Austen.

– Addy – disse Liberty, embora qualquer pessoa que conhecesse bem Adeline soubesse o quanto ela não gostava do apelido. – Você chegou mais cedo.

Adeline notou o chaveiro pendurado no cinto de Liberty e perguntou-se o quanto a jovem já se infiltrara tanto na vida profissional quanto pessoal de doutor Gray.

– Ele é tão certinho com as coisas dele... – explicou Liberty, percebendo o olhar questionador de Adeline. – Eu sou a única que tem acesso ao armário de medicamentos durante o horário comercial. Ele não quer nenhuma cópia da chave largada por aí.

– É uma grande responsabilidade. – Adeline se pegou pensando no motivo de doutor Gray ser tão certinho com as chaves a ponto de nem ele mesmo ter uma cópia. – Você precisa estar por aqui o tempo todo.

Liberty concordou com a cabeça.

– Aluguei um quarto na pensão perto da escola. Seu antigo território, não é? Doutor Gray me disse que você era uma ótima professora.

– Ele disse, é? É uma surpresa, já que ele e os outros conselheiros estavam sempre tentando me demitir.

– Oh, Adeline! – riu-se Liberty. – Você é sempre tão dramática!

A afirmação, vinda da outra jovem, soou tão irônica a Adeline que tudo o que ela conseguiu fazer foi entrar em silêncio ao ouvir outra batida à porta. Conforme avançava pelo corredor, percebeu que jamais adentrara tanto o lugar. Na metade do caminho, uma escadaria levava ao andar de cima. Adeline prendeu a respiração quando viu a protuberância no primeiro degrau, responsável por matar Jennie Gray.

No final do corredor, havia um degrau descendente que dava na cozinha, e o cômodo em formato de galé era muito diferente dos austeros aposentos médicos na área frontal da propriedade. A cozinha, brilhante e alegre, tinha armarinhos pintados de branco, uma série de janelas que se estendiam por toda a parede sobre a pia e uma bancada de madeira de bordo no centro do espaço azulejado. Toques femininos estavam em todos os lugares, das delicadas cortinas de padrão creme e rosa à coleção de utensílios da Cornishware expostos em uma prateleira adornada com renda vitoriana.

Ela examinava um pequeno jarro com listras azuis e brancas de uma das prateleiras quando ouviu um pigarro atrás de si.

Ao se virar rápido, esbarrou em outro jarro, que conseguiu pegar no último instante e devolver ao lugar.

– Me desculpe, o senhor me assustou.

Doutor Gray entrou no cômodo. Ela notou que ele não vestia o terno e a gravata de sempre, e sim uma camisa azul sob um casaco de *tweed* marrom que combinava com a cor de seus olhos. Parecia um marido comum, vendo o que havia para fazer na cozinha.

– A reunião será na sala de visitas – disse ele.

– Eu sei. Liberty está lá na porta recebendo todo mundo, nada tema!

Ele gesticulou na direção da chaleira sobre o fogão de ferro instalado dentro de um nicho onde ficava uma antiga lareira embutida.

– Já que está futricando por aqui, por que não me ajuda com o chá?

Ela aquiesceu e saiu do caminho enquanto ele estendia a mão para pegar um conjunto de cremeira e açucareiro da prateleira inferior bem ao lado dela.

– As colheres e os guardanapos estão naquela gaveta ali. – Ele fez um gesto breve com a cabeça, de costas para ela, e ela foi contar os utensílios.

– Estamos em sete, certo? Ou por acaso Liberty desenvolveu um súbito interesse por Jane Austen também?

– Não tenho nem certeza se Liberty lê, na verdade. – Ele ainda estava de costas para ela. – De qualquer forma, estamos em oito. Senhorita Frances trará não uma amiga, mas dois amigos da cidade.

Adeline contou os talheres e guardanapos e os levou até a bandeja que ele havia acomodado sobre a bancada. Ao mesmo tempo em que ela os colocava no lugar, ele se adiantou para acomodar uma pilha de pires; suas mãos se tocaram de leve, e ela recuou de súbito.

Ele não disse nada, apenas olhou para o monte de utensílios na bandeja por um segundo, como se distraído, e depois se virou para pegar o bule e os saquinhos de chá de uma lata de metal.

A água da chaleira sobre o fogão já fervia. Quando ele passou por ela para pegá-la, Adeline sentiu um frio na barriga. Era como se os dois já tivessem vivido aquela rotina na cozinha centenas de vezes antes, e ela percebeu pela primeira vez como ambos estavam extremamente conscientes sobre o corpo um do outro. Não haviam se esbarrado nenhuma outra vez, mas nunca ficavam a mais de um palmo de distância.

O assovio da chaleira invadiu seus pensamentos, e ele se aproximou para derramar a água no bule.

– Cuidado – disse, passando de novo por ela.

Ela deu um passo para trás e depois percebeu que, para sua própria surpresa, não sentia nenhuma vontade de fazê-lo.

– Está tudo bem? – Ele despejou a água no grande bule Brown Betty.

– Está impressionantemente silenciosa.

– Não consigo fazer duas coisas ao mesmo tempo – tentou dizer ela, suave, enquanto separava oito xícaras em pequenas pilhas.

– Duvido muito.

– Então – disse ela, tentando mudar de assunto –, senhorita Frances contou ao senhor que Mimi Harrison vem? Mal acreditei quando ela disse. Samuel e eu costumávamos ver os filmes dela o tempo todo.

– Aparentemente, senhorita Frances pensava que nós, homens, precisávamos de certo tempo para nos acostumarmos com a ideia. Quando na verdade o que aconteceu foi Liberty Pascal correndo pela cidade e dando gritinhos de empolgação.

– Oh, é por isso que ela está aqui? – Adeline sorriu. – Filmes parecem muito mais a cara dela, pelo que me lembro. Embora ela leia, *sim*.

Doutor Gray devolveu a chaleira ao fogão.

– Provavelmente meu comentário foi um pouco injusto.

– Só um pouco. As coisas estão indo... bem entre vocês dois?

Ele enxugou as mãos em um pequeno pano de prato florido pendurado na porta do forno.

– Bem o bastante. Preciso de alguém por aqui para me ajudar, tanto com a casa quanto com o consultório, e Liberty está sempre disposta a fazer o que quer que eu peça.

– Tenho certeza de que está. – Adeline se arrependeu de dizer as palavras assim que ele ergueu a sobrancelha direita. – Não, escute, ela é ótima. Vai manter as coisas sob controle, como o senhor disse. E, ao contrário da senhorita Peckham, Liberty não conhece ninguém na cidade com quem possa fofocar. Pelo menos, não por enquanto.

Doutor Gray apoiou os dois antebraços ao lado da bandeja de chá e depois olhou para Adeline, como sempre um pouco surpreso sobre como ela era alta.

– Adeline, no Natal, quando eu fui até sua casa...

– Com o meu presente.

– Sim. Mas é sobre sua mãe... Ela disse que Harriet havia ligado.

Adeline se mexeu no lugar, incomodada. Começava a perceber para onde a conversa estava indo, algo que ela dera um jeito de bloquear da mente com sucesso até o momento.

– Sim, ela ligou para minha mãe para contar que o senhor estava a caminho... Ou que poderia estar, acho.

– Nunca falei isso para ela. Nunca contei aonde estava indo. Eu tinha acabado de pegar seu cartão com ela, o cartão de Natal que a senhora me enviou, mas não constava o endereço do remetente. E eu nunca disse nada a ela.

– Entendo. – Adeline se encostou contra a pia. – Essa é... Essa foi... uma das razões pela qual o senhor a demitiu?

– Foi uma delas. Sua mãe... – Ele fez uma pausa.

Ela sentiu de novo um frio na barriga.

– Sua mãe parece pensar... – começou ele de novo, e depois parou.

– Minha mãe respeita muito o senhor, doutor Gray. O senhor salvou minha vida.

– Não, não salvei. Eu fiz com que perdesse a bebê. Eu arruinei tudo.

– Oh, meu Deus, não, claro que não. – Ela se aproximou dele, que desviou o olhar quando seus ombros começaram a tremer. – Oh, Deus, é isso o que o senhor pensa? É isso que o fez ficar tão preocupado comigo durante esse tempo todo?

Ela hesitou, então colocou uma mão no ombro do médico, mas ele continuou a olhar para o chão, com os braços ainda tremendo.

– Doutor Gray, nem por um instante pensei em qualquer outra coisa além da certeza de que o senhor salvou minha vida. Doutor Westlake me disse isso. Disse que, se o senhor não tivesse chamado a ambulância quando a chamou, assim que chegou à minha casa, teria sido tarde demais. Eu poderia ter sangrado até a morte.

– Mas a senhora teve um pequeno sangramento na noite anterior, e havia sentido cólicas, e mesmo assim eu não percebi de primeira. Nesse caso, talvez pudesse ter salvado tanto a senhora quanto a bebê de tudo isso. – Ele se aprumou e se afastou do balcão. – Nunca saberemos no que acreditar.

– *Eu* sei. Não é isso que importa?

Ele suspirou fundo e pegou a bandeja de chá.

– Talvez a senhora acredite apenas no que quer acreditar.

– E por que eu faria o contrário?

– Porque sou seu médico. O médico de todo mundo aqui... E simplesmente é natural que...

– O senhor não é mais meu médico, lembra?

– Como posso esquecer? É a primeira vez na vida que sou demitido.

– Então é uma questão de *ego*...

– Escute – disse ele, sério –, de uma forma ou de outra a senhora esteve sob meus cuidados médicos por anos, e a única coisa que faz sentido é que a senhora me dê o benefício da dúvida.

Ela começava a se sentir confusa de novo, e um pouco enjoada.

– Não estou dando ao senhor o benefício de nada. Acredito no que acredito não porque o senhor *era* meu médico, mas sim apesar disso.

Foi a vez de ele se sentir confuso. Estava prestes a falar algo quando Liberty apareceu na soleira da porta da cozinha.

– Todos já chegaram, doutor Gray. Até a boa e velha senhorita Knight saiu da toca... Acredita nisso?

– Obrigado, Liberty. Pode ir para casa agora. É sábado, afinal.

Mas não parecia que Liberty iria a lugar nenhum. Em vez disso, ela continuou à porta, com o lado direito do quadril apoiado no batente, olhando de um rosto levemente ruborizado para o outro. Havia algo entre os dois, ela simplesmente sabia. Ela mesma achava doutor Benjamin Gray atraente para um velho e ilustre homem – além disso, ele tinha aquele passado solitário de viúvo. Ela se lembrava da época da faculdade, quando Adeline Lewis era caidinha por um dos professores; mesmo com ela praticamente noiva de um rapaz em sua cidade natal, todos tinham quase certeza de que algo acontecera. Adeline sempre tivera uma coisa, uma espécie de confiança, pela qual os homens pareciam tanto intimidados quanto atraídos. Liberty até tentara usar a outra garota como modelo por um tempo, embora nunca tivesse dito a ela.

Adeline Lewis já era confiante demais sem aquilo.

Mimi Harrison e Yardley Sinclair haviam pegado o trem que saía ao meio-dia da Estação Victoria e ia para Alton. Ela passara a viagem contando a ele tudo sobre Frances Knight, sobre a peculiar jovem criada Evie Stone e sobre o entrave que agora prejudicava os planos de todos. Mimi não sabia muito sobre os outros quatro membros da fraternidade, apenas que eram em três homens locais de inclinação "romântica" e uma jovem viúva da guerra.

– Sempre acho interessante como os fãs de Jane Austen são sempre românticos em algum grau... Para mim, ela escreveu os livros com uma pena mergulhada em veneno – dizia Yardley, segurando um copo de papel cheio de café preto da estação de café do trem.

Mimi riu.

– Você está roubando essa citação... Eu já a ouvi no filme *Laura*, de Preminger.

– Nosso trabalho no ramo de leilões é roubar, não sabia?

– *Seu* trabalho. E depois ainda mantém o resto de nós como reféns, e coloca o preço do resgate lá em cima. Belo sistema, esse de vocês.

– Falando sobre reféns... Como anda o seu noivado?

Mimi disparou uma careta para Yardley, que ela sabia não gostar muito de Jack, embora não de forma ciumenta. Yardley preferia homens, como deixara claro para ela no segundo almoço que haviam tido no Rules, ocasião na qual ele flertou com o garçom de uma forma que ela ainda não testemunhara fora de Los Angeles.

– Jack é, por mais incrível que possa parecer, um homem muito amoroso e generoso.

– Com você.

– E é errado eu me importar justamente com isso?

– Mimi, você estudou história na faculdade, não estudou? Por acaso não aprendeu nada?

Ela fez outra careta para Yardley, mas dessa vez com um pouco menos de confiança.

– Você sabe que ele nunca vai mudar, né? – Yardley reforçou a ideia com um suspiro. – Diga que sabe pelo menos isso, ou jamais terei qualquer esperança em relação a você.

– Yardley, isso está ficando injusto. Sempre acabamos analisando os meus relacionamentos, e você sai incólume.

– É que eu não tenho relacionamentos. Você sabe disso.

– Não por escolha.

Ele a mirou diante de si, na cabine da primeira classe, com os olhos brilhantes destacados pelo veludo roxo que estofava o assento alto em que ela repousava. Eles nunca haviam discutido sobre aquilo – mas ele esperava e achava que podia confiar nela.

– É um pouco difícil quando você pode acabar na cadeia se tentar.

– É igual nos Estados Unidos. Conheço vários atores que vivem juntos como colegas de apartamento ou como colegas de pensão, mas apenas na fachada. Conheço um que chegou até a adotar o amante como filho, no papel e tudo, para poder deixar o seguro de vida e os bens para ele no futuro.

— Esse por si só já é um argumento circular contra todas essas leis, você não acha? O fato de as pessoas terem de recorrer, e de fato recorrerem, a artifícios como esse?

— Meu pai era juiz... Já comentei? Ele sempre me dizia: "Confie nas pessoas para tomarem as decisões que dizem respeito às próprias camas, e deixe todo o resto com a lei".

As palavras dela foram um alívio tão grande para Yardley que ele ficou incomumente quieto por vários segundos antes de perguntar:

— Sobre o testamento do senhor Knight, aliás... Como Frances está lidando com isso? Sei que você a viu algumas vezes desde então.

— Ela é uma mulher notável. Tem em si essa calma quase... etérea? Não sei, sobrenatural? Aceitação total.

— Resignação, você quer dizer.

— Não, eu também achava que era. Mas ela tem um propósito maior em mente. Acho que segue um sistema moral muito diferente daquele da maioria de nós.

— Não é isso o que está sempre tentando argumentar sobre a boa e velha Fanny Price?

— Talvez. Não sei. Mas só sei que, em algum nível, ela acredita que tudo acontece por uma razão, e simplesmente se deixa levar pela maré, como uma rolha flutuando pelo oceano. Sem nem tentar encontrar a corrente, simplesmente deixando ser.

— Uau. Quase uma Buda.

— Ah, veja! Chegamos! — Mimi deu um salto, pegando o chapéu e a bolsa. — Yardley, se prepare. Você vai amar este lugar.

Excepcionalmente, Mimi usava botas marrons de montar. Yardley, que não era exatamente alto, agora podia ver o topo da cabeça dela enquanto andavam lado a lado. Ela havia abdicado dos enormes saltos altos de sempre para que ela e Yardley pudessem ir a pé de Alton para Chawton, e Mimi exclamara "Exatamente como Jane Austen costumava fazer!" assim que começaram a subir a estrada íngreme no sentido do vilarejo. Mas ela também queria ser um pouco menos impactante visualmente em sua primeira reunião da fraternidade, pelo menos tanto quanto possível.

Quando passaram pelos terrenos baldios no perímetro triangular dos limites de Alton, viram à frente os vastos campos cultivados, separados da via por sebes de azevinho e abrunheiro. Era possível vislumbrar ovelhas pintalgando os campos verdes aqui e ali, e, à distância, vários cavalos Shropshire abocanhavam os últimos frutos ressecados ainda pendurados nas árvores de um pomar. Do outro lado da via, estava situada uma série de habitações. Algumas eram chalés de colmo e casinhas construídas bem à beira da estrada; outras eram lares mais substanciais – antigas propriedades, mansões e casas de fazenda do passado –, muito mais afastadas da via, precedidas por longas estradinhas particulares.

– Bem, você não estava de brincadeira – disse Yardley enquanto andavam lado a lado, de braços dados. – Alguns desses chalés são tão pequenos e contidos que sinto que uma família de *munchkins* pode surgir deles a qualquer instante.

– Acho que *pitoresco* é a palavra que você está procurando – Mimi riu. – Amo isso.

– Posso imaginar sua cara agora, quando Jack disse que tinha comprado o chalé para você. Você deve ter pensado que havia morrido e ido para o paraíso.

Ela sorriu ao se lembrar do momento.

– Foi *exatamente* como me senti. Então, se você olhar adiante, além do fim da estrada, vai ver os campos começando de novo. O vilarejo fica enfurnado no meio do que parece aquela fazendona maior.

– Sabe, nunca disse isso a você antes, mas quando eu era garoto, sonhava em ser fazendeiro.

Mimi parou para encarar Yardley.

– Pois o senhor é *mesmo* uma caixinha de surpresas.

– Não, é sério, às vezes eu ainda sonho com isso. Um fazendeiro de fim de semana, porém. Essa vida exige trabalho braçal demais e é muito dependente do clima para um trabalho em tempo integral.

Adiante, podiam ver um homem loiro consideravelmente parrudo, com uma boina na cabeça, deixando um dos pequenos chalés ao lado direito da via. Algo nele era familiar para Mimi.

– Ai, meu Deus! – exclamou ela. – Conheço aquele rapaz! Eu o conheci aqui, anos antes, logo depois de ter deixado a faculdade.

– Ah, sim, sua primeira peregrinação. – Yardley viu o homem começar a subir devagar a estrada à frente deles, com a cabeça levemente baixa, levando dois ou três livros no braço. – Ele tem uma aparência bem bucólica... Bem D. H. Lawrence. Você tem um olho bom para essas coisas, preciso admitir.

Ela deu um tapinha brincalhão em Yardley, usando as costas da mão.

– É tão triste... Ele perdeu os dois irmãos na Grande Guerra. Foi uma das razões pelas quais fiz *Esperança e glória* anos depois.

– Oh, sim, eu tinha esquecido – disse Yardley, afetadamente –, você é uma estrela do cinema...

Mimi ignorou a provocação brincalhona.

– Ele me ajudou a encontrar os túmulos, lembra? De Cassandra e da mãe delas. Ele nunca tinha lido nem uma palavra de Jane Austen, porém. É triste... Ele parece, não sei, solitário de alguma forma. O jeito como ele anda... Na época, ele parecia solitário também.

– Para onde estamos indo, aliás?

– Para a primeira casa na esquina da Wolf's Lane, uma com roseiras no canteiro da frente e porta verde. A casa de um tal de doutor Gray.

Eles viram quando o homem de boina andou mais alguns metros e depois se virou para atravessar a rua na interseção entre a Wolf's Lane e a Winchester Road. Ele trocou os livros de braço e bateu à porta verde da casa coberta por roseiras à direita.

– Ora, veja só – disse Yardley. – Um dos nossos românticos.

Eles trocaram um olhar e sorriram.

Capítulo 22

CHAWTON, HAMPSHIRE
2 DE FEVEREIRO DE 1946
SEGUNDA REUNIÃO DA FRATERNIDADE JANE AUSTEN

O primeiro ponto da pauta era dar as boas-vindas a Frances Knight, Evie Stone, Mimi Harrison e Yardley Sinclair à Fraternidade Jane Austen e aprovar Frances Knight e Yardley Sinclair como quarta e quinto administradores do Fundo Memorial de Jane Austen. Já havia ficado decidido que Mimi não assumiria a função e as responsabilidades de uma administradora, dada sua residência permanente nos Estados Unidos. E, assim como Adam, Evie Stone fora poupada de quaisquer eventuais fardos legais, financeiros e administrativos que poderiam derivar do envolvimento com o fundo.

Dada sua outra função como testamenteiro dos Knight, Andrew pontuou rapidamente o potencial interesse de senhorita Knight no chalé e os possíveis conflitos que poderiam resultar da questão. Como seria adequado, a senhorita Knight se absteve de votar sobre o uso do fundo para comprar o chalé ou outra propriedade da qual ela ainda pudesse acabar sendo a herdeira.

– Então – disse doutor Gray para a sala, sentado próximo da janela frontal –, temos cinco administradores, e uma declaração de missão na minuta deste encontro que reflete nosso objetivo de adquirir o chalé como futuro local para um museu em homenagem a Jane Austen. Como presidente, sugiro que, além da proposta feita em dezembro, de publicar um anúncio nos jornais pedindo inscrições públicas, também busquemos o mais rápido possível quaisquer empréstimos bancários que possam ser necessários.

– Precisamos agir assim tão rápido? – perguntou Evie.

– Receio que sim – respondeu Andrew. – Embora ainda não tenhamos razões para nos preocupar, um potencial herdeiro pode aparecer a qualquer momento nos próximos doze meses. Se conseguir uma ordem judicial a seu favor, essa pessoa poderá se desfazer da propriedade ou de qualquer parte dela da maneira que bem entender. Precisamos estar prontos para fazer uma oferta rápida caso isso aconteça, com a esperança de inibir outras ofertas competitivas.

– É claro que, se a questão da propriedade se desenrolar como deve – Andrew olhou na direção de Frances –, senhorita Knight poderá, então, fazer o que bem entender com o chalé, contanto que não o venda por um valor acima do mercado. Um administrador não pode se beneficiar indevidamente, ou ao menos parecer que o está fazendo, com a venda dos próprios bens para o fundo. Mesmo propondo um preço justo de mercado, ainda precisaremos de uma ordem do tribunal para aprovar uma venda dessas, feita por um administrador. No entanto, não vejo nenhum problema real com isso, considerando nossos propósitos beneficentes.

– De quanto dinheiro exatamente precisamos? – perguntou Mimi, sentada no sofá diante dele.

Doutor Gray disparou um rápido olhar para Andrew e pigarreou.

– Mais ou menos cinco mil libras.

– Gostaria de contribuir, então, se puder. – Mimi olhou ao redor, vendo os rostos tomados pelo choque, todos voltados para a estrela do cinema. – Gostaria de fazer uma doação de cinco mil libras para colocar as coisas em movimento.

Adeline se surpreendeu quando viu tanto doutor Gray quanto Andrew negarem cavalheirescamente com a cabeça, recusando a oferta.

– Senhorita Harrison, sério, é muito generoso da sua parte – começou doutor Gray –, mas simplesmente não podemos aceitar tal valor da senhorita. Temo que devamos insistir.

– Posso pelo menos dar algo de valor como caução, então, caso os senhores precisem pegar algum dinheiro emprestado?

Adeline continuou assistindo a doutor Gray praticamente corar com a persistência de Mimi.

– Na verdade, trouxe algo que gostaria de emprestar à fraternidade. – Ela tirou uma caixinha de veludo da bolsa pousada no chão e a abriu.

Dentro, havia dois crucifixos de topázio.

– Foram adquiridos recentemente em um leilão, ironicamente por exatas cinco mil libras.

Andrew se levantou e chegou mais perto, sabendo que se tratavam dos dois crucifixos do catálogo da Sotheby's.

– Posso?

Ele ergueu a caixa contra a janela da frente, até que a luz da tarde de inverno refletisse o âmbar em seus raios tremeluzentes.

– Pertenciam a Jane e à irmã. Foram presentes do irmão marinheiro – contava Mimi. – Até onde se tem conhecimento, são as únicas joias que pertenceram a Austen, além de um bracelete e este anel. Meu anel de noivado, no caso.

Agora um tanto desconfortável, ela tirou o anel do dedo e o estendeu, depois viu quando Adam, o fazendeiro que ela conhecera anos atrás, aproximou-se com timidez. Ele pegou o anel na mão e o mostrou para Adeline, que estava a seu lado.

– Todos esses objetos só irão se tornar mais valiosos – disse Yardley, falando pela primeira vez de seu lugar ao lado de Mimi, no sofá. – Quanto mais dinheiro pudermos arrecadar, e com mais velocidade, melhor.

– Então que tal elaborarmos o anúncio? – disse Andrew para todos no cômodo.

Conforme a reunião prosseguia, Evie Stone continuava no canto mais isolado da sala, sentada em um banquinho do piano que provavelmente pertencera à falecida esposa de doutor Gray. Evie alimentava a própria imaginação sempre ativa enquanto observava os cinco administradores diante dela. Por meses, vira o advogado da família Knight *não* olhar para a senhorita Knight sempre que tinha a chance, e ela fazendo o mesmo, e Josephine, mesmo pouco romântica e calada como era, certa vez deixara escapar que o senhor Knight arruinara a única chance de romance da senhorita Frances com um garoto esperto do vilarejo. Por outro lado, Mimi e Yardley pareciam ser muito próximos, mas de uma maneira fraternal.

Anos de leitura de Jane Austen deixaram Evie atenta a personagens que, por qualquer razão, não podiam ver o que acontecia bem diante do próprio nariz, e naquele exato momento ela estava particularmente intrigada com Adeline Grover e doutor Benjamin Gray.

Doutor Gray estava sentado à direita de Adeline. Enquanto ela anotava coisas, ele ocasionalmente se inclinava para apontar uma ou outra palavra que ela pulara ou entendera errado, e Adeline parecia oscilar entre deixar a mão dele redirecionar a caneta ou afastá-la com um tapa. Em determinada altura, Evie se levantara para servir mais chá, e, quando ofereceu a xícara e a cremeira para doutor Gray, ele imediatamente tirara o bloco da mão de Adeline e se inclinara para que o bule fosse passado para ela em vez de para ele. Ele havia tentado assumir a missão de registrar a reunião, mas Adeline apenas rejeitara a xícara de chá e, com firmeza, retomara o bloco das mãos dele. Doutor Gray era conhecido no vilarejo pelo cavalheirismo, mas a solicitude com Adeline naquele momento foi mais notável pela total rejeição da parte dela.

Algum tipo de disputa acontecia entre os dois, Evie estava certa disso. Na recente celebração da noite de Natal, Adeline estivera em um estado de luto total, pálida e contida, e incomumente – embora fosse compreensível – amarga. Doutor Gray também fora especialmente solícito com ela, de um jeito que Evie reconhecera como sendo algo além de simpatia pela situação de Adeline – e algo que ia além do entendimento da própria Evie.

E havia mais um momento marcado a fogo em sua memória impecável – um de mais de dois anos antes –, quando doutor Gray fora à escola certo dia, quase encabulado, para falar com a senhorita Lewis sobre a ementa de suas aulas. Eles haviam falado sobre o pai de Evie e sobre a lista de livros que a senhorita Lewis dera a ele na ocasião de sua longa convalescência, e doutor Gray havia sorrido de forma provocativa e dito à professora: "Gostaria de ver essa lista algum dia, se possível". Doutor Gray parecia ter tido sempre um interesse que ia além do casual por Adeline, suas preocupações e sua dor, como se ela fosse algum tipo de mistério ao fundo do qual ele tentava chegar.

Evie Stone, na época do alto de seus catorze anos, fora acometida pela impressão de que tudo dito naquela pequena sala de aula não era exatamente o que eles queriam dizer. Ela sequer tinha certeza de que os dois adultos diante dela sabiam o que queriam dizer. Apenas havia uma tonelada de uma energia concentrada naquela sala entre Adeline e doutor Gray, como se eles estivessem sendo contidos de alguma forma por forças externas, ou mesmo por forças criadas por eles mesmos. Afinal, se é que Evie se lembrava bem, senhorita Lewis havia aceitado pouco antes noivar com seu amor de infância, e doutor Gray já era um tanto mais velho e assunto de muita fofoca no vilarejo. Se estavam flertando, era algo sutil e indistinto demais para ser detectável, mesmo para eles. Evie agora se perguntava se era daquela forma que as pessoas terminavam solitárias e à deriva, como senhorita Frances e senhor Forrester. Evie estava determinada a nunca permitir que aquilo acontecesse com ela mesma, porque naquela direção ela vislumbrava uma tragédia silenciosa, mas evitável se as pessoas pelo menos tivessem coragem suficiente de ir atrás do que realmente queriam.

Em momentos do tipo, Evie ficava grata por só ter dezesseis anos e estar focada apenas nas próprias ambições secretas. Haveria tempo o bastante para romances um dia, mas até lá aquele tipo de coisa só atrapalharia, independentemente do quanto Tom ficasse em cima dela nos estábulos, ou do quanto Adam Berwick agisse de forma tão esquisita e tímida.

Mas Evie era de fato muito nova, e talvez não tão esperta quanto ela gostava de imaginar.

Adam Berwick estava sentado do outro lado da sala de visitas, de frente para Evie. Mas ele não olhava para ela de forma discreta ou amorosa. Ele, também, passara a jovem vida em meio a uma névoa de luto e foco único, alimentado pelo próprio mundo de livros. Seus sonhos e ambições por educação superior haviam sido arrancados dele pelo infeliz preço que a Primeira Guerra Mundial cobrara de sua família. Ele trabalhara dia após dia meramente para sobreviver, reservando algumas horas todas as noites para desaparecer nos mundos ficcionais criados por outras pessoas. Esperava encontrar algumas respostas dentro dos livros, respostas que incluíssem a razão de ele não se importar com algumas coisas e de se importar demais com outras. Ele sempre se sentira diferente de todas as pessoas ao seu redor, diferente de um modo tão intrínseco a seu próprio jeito de ser que praticamente bloqueava todo o resto. Era como se outro mundo existisse dentro dele, tão grande que ele não era capaz de enxergá-lo por completo sem ser totalmente arrebatado para fora do próprio caminho. Mas não havia ninguém para ajudá-lo e, por mais que tentasse, não era capaz de fazê-lo sozinho. Não com o próprio temperamento inato, com a falta de apoio familiar e com as lições específicas que fora forçado a aprender ao longo da vida.

A FRATERNIDADE JANE AUSTEN

Quando lera Jane Austen pela primeira vez, Adam imediatamente se identificara com o senhor Darcy, de *Orgulho e preconceito*. Ele ficara preocupado com Darcy, com o fato de ele ser capaz de sentir uma paixão tão óbvia pela heroína Elizabeth Bennet e mesmo assim fazer bobagens sociais tão estúpidas – bobagens com as quais o próprio Adam se identificava, apesar de não ser um homem educado e dotado de propriedades, riquezas e posição social.

Darcy simplesmente não conseguia evitar, essa parte ficava clara para Adam – mesmo que não fosse tão clara para o próprio Darcy. O personagem gastava mais de cem páginas racionalizando todo tipo de comportamentos e reações, apegando-se a detalhes, projetando em Bingley o desgosto de se juntar à família Bennet pelo casamento e destruindo o romance do melhor amigo com a irmã da heroína – isso tudo sem entender as próprias razões para agir assim. Na cabeça de Adam, Darcy gostava de se sentir um grande mestre das marionetes, controlando outras pessoas pelas cordinhas – cordinhas presas àqueles menos aptos do que ele de alguma forma, dependentes de seu intelecto, de seu julgamento ou de sua prosperidade financeira. Ao longo de pelo menos a primeira metade do livro, Darcy parece usar Bingley como um estranho tipo de projeção para si mesmo – tentando alcançar, através do rompimento entre Bingley e Jane, a extinção dos próprios sentimentos por Elizabeth.

Adam aos poucos entendera que, quanto mais lia, mais a própria figura social se tornava uma projeção estranha e triste de seu eu verdadeiro. Era como se ele tivesse decidido cedo não processar algumas atrações não ditas e em vez disso se recolher, e assim sua figura social vivia uma espécie de vida enquanto o eu interior ficava recolhido, inclusive dele mesmo. Agora, tinha perto de quarenta e seis anos de idade, e a mãe não estava muito bem. Um dia ela também partiria, e ele viveria totalmente sozinho naquela casa vazia até que fosse sua vez de partir.

Olhando ao redor do cômodo, ele enfim entendeu que dera à luz aquela ideia da Fraternidade Jane Austen em parte por causa da própria solidão. Não tinha laços familiares essenciais que o atassem a algum tipo de legado, ninguém que sentiria falta dele quando morresse. Estava errado sobre isso, é claro, como geralmente acontece com as pessoas solitárias; todos no vilarejo haviam aprendido a confiar nele para realizar pequenas tarefas em suas propriedades, haviam se acostumado ao agradável e certo som chacoalhante de sua carroça servindo de arauto para a mudança das estações. O jeito com que cumprimentava tocando a boina à porta da biblioteca. O embalar de um filhotinho em seus braços. Os brinquedinhos de madeira esculpidos à mão e deixados na soleira da porta sempre que um bebê nascia.

Ele se sentia satisfeito por estar ali, na sala de visitas do doutor Gray, com a fraternidade enfim tomando forma. Mas também se sentia diferente de todos os outros – exceto Evie, cujas circunstâncias familiares e sede pelo aprendizado pareciam iguais às dele.

E continuava abobalhado pela visão de Mimi Harrison, que imediatamente após as apresentações na soleira da porta de doutor Gray lembrara--se de Adam, do primeiro encontro que haviam tido, mais de uma década antes. Ele considerara aquilo um capricho do destino, a forma como um encontro no campanário de uma igreja de paróquia levara ambos até ali.

Também estava aliviado de ver que Adeline Grover enfim tinha recuperado um pouco da cor – talvez até demais. Estava se mantendo ocupada com as anotações sobre a reunião. Doutor Gray estava sentado diante dela (depois de mudar de lugar a certa altura, causando uma confusão de papéis, canetas, xícaras e cadeiras), com Andrew Forrester de um de seus lados e senhorita Frances do outro. Os três, quando crianças, haviam estudado em uma turma dois anos acima da turma de Adam, na escola do vilarejo, já que senhor Knight fora mão-de-vaca a ponto de não proporcionar uma educação domiciliar para a filha. Na época, Andrew e doutor Gray eram rivais amigáveis, e em certo momento surgiram rumores sobre como formavam um triângulo amoroso com Frances, mas doutor Gray jamais chegara perto de ter uma chance contra Andrew Forrester, até onde Adam sabia. Senhorita Frances tinha uma beleza notável quando jovenzinha, com olhos felinos de um cinza pálido e as longas tranças douradas meio presas e meio soltas sobre o pescoço. Com o tempo, tudo começara a desbotar, até que os olhos se tornassem assombrosamente baços e o cabelo ficasse grisalho e sempre preso em um coque apertado atrás da cabeça.

E por fim havia Yardley Sinclair, sentado ao lado de Adeline, com toda a atenção dedicada às notas que ela tinha à frente de si.

E foi assim, simplesmente assim, bem do jeito que esse tipo de coisa acontece, que Adam Berwick se apaixonou.

Adam levou Adeline para casa, escuridão adentro, até chegarem no portão da frente. Ela pensou em convidá-lo para cear, mas ele parecia distraído e bem diferente de quem costumava ser. Ela se perguntava se a criação da fraternidade fora demais para ele, dado o quão naturalmente tímido era. Ela não se lembrava de ouvi-lo dizer sequer uma palavra durante a reunião. O que era uma pena, porque com as visitas ocasionais do rapaz durante seu período de doença e luto, eles haviam descoberto o amor mútuo por Jane Austen, e ela descobrira nele um leitor de livros extremamente inspirado.

Na caminhada até a residência de Adeline, discutiam a personagem preferida de Adam, Elizabeth Bennet.

– Nunca achei verossímil – disse Adeline – que uma pessoa esperta como Lizzie fosse cair de amores por um canalha como Wickham.

– Foi tudo culpa de Darcy – respondeu Adam –, que a desprezou naquele primeiro baile. Isso a fez recuar... Fez ela *querer* encontrar motivos para desgostar dele.

– "Ela é tolerável; mas não bela o bastante para me tentar". Ai. – Adeline riu. – A pessoa precisaria se esforçar bastante para me conquistar depois dessa, eu garanto. Mas o senhor está certo. Ela fica vulnerável a um embuste como Wickham porque Darcy a machuca, e isso a impede de ver as coisas com clareza.

Algo naquilo começava a parecer aplicável à própria Adeline, mas ela rapidamente empurrou o pensamento para longe da cabeça enquanto repousava as mãos sobre o portão, que cedeu nas dobradiças sob seu peso.

– Doutor Gray me pediu hoje para consertar o portão para a senhora – comentou Adam. – Dou uma passada aqui amanhã de manhã.

– Doutor Gray se preocupa demais.

– A senhora acha? – disse Adam, erguendo uma sobrancelha. – Parece normal para mim. É um bom camarada.

– Tem certeza de que não quer entrar e cear?

Adam negou com a cabeça e virou-se para a via, despedindo-se com um rápido aceno. Ela percebeu que ele tomou o caminho contrário ao que levava até o pequeno sobrado que dividia com a mãe, e perguntou-se aonde ele estaria indo àquela hora da noite.

Ela seguiu pelo caminho do jardim sob a luz do luar, abaixando-se aqui e ali para recolher uma folha ou graveto caído, com a compulsão pela jardinagem voltando bem a tempo da primavera. Assim que levou a mão ao bolso do casaco para procurar as chaves, pensou ouvir um ruído atrás de si e se virou.

Benjamin Gray estava ali, sob o luar, a apenas alguns passos da porta, com as mãos nos bolsos do casaco e sem chapéu.

– Meu Deus, o senhor me assustou de novo. Precisa parar de fazer isso. – Ela se virou para abrir a porta, mas pareceu perceber algo. – Por acaso me seguiu até aqui?

Ele se afastou do pórtico até parar diante dela.

– Sobre o que a senhora e Adam estavam conversando?

– O que disse?

– No caminho até aqui... Sobre o que estavam conversando?

– Não vou falar sobre isso com o senhor – disse ela, irritada, e voltou a se virar para abrir a porta, mas ele a girou com firmeza pelos ombros até que voltasse a encará-lo. – Certo. – Ela suspirou, impaciente. – Estávamos conversando sobre Jane Austen. Sobre o que o senhor acha que estaríamos conversando?

– Está apaixonada por ele?

– O senhor é um maluco, sabia? – exclamou ela. – Praticamente faz com que me demitam, depois me acusa de ser uma viciada em remédios, faz tudo o que pode para me afastar ao longo de todos esses anos...

– O que quer dizer com "afastar a senhora ao longo de todos esses anos"?

– Meu Deus – murmurou ela –, o senhor inclusive contratou minha nêmese da faculdade, uma *espiã* de primeira categoria...

– Adeline, o que raios quer dizer com "afastar a senhora ao longo de todos esses anos"?

Ela baixou o olhar para não encarar o dele, mirando os sapatos.

– Eu não entendo. – Ele suspirou, olhando para a lua cheia e depois voltando-se também para o chão, com a mão direita sobre o cenho.

– *O senhor* não entende? Então cabe a mim entender?

– Adeline, por favor, escute o que vou dizer. – Ele tentou pegar a mão dela, mas a mulher não estava disposta a ceder.

– Escutar o quê? Escutar o quão solitário o senhor se sente, quando tanto meu esposo quanto minha bebê morreram e foram enterrados há menos de um ano? Que momento oportuno da parte do senhor! – A voz dela se elevava com raiva a cada palavra.

– Adeline, por favor, me deixe entrar, e aí conversamos sobre isso.

– Não, pare, está sendo ridículo... *Isso* é ridículo... O senhor não tem o direito, está ouvindo? – Ela virou a chave na fechadura, mas as mãos tremiam tanto que precisou tentar outras vezes até conseguir abrir a porta enquanto murmurava: – O senhor acha que pode simplesmente acordar para a vida e ficar logo com a primeira mulher, a primeira jovem mulher, devo acrescentar, que está livre? Só porque está procurando alguém... Só porque está procurando *algo*... para ajudar o senhor a passar a noite? Como ousa? Como ousa presumir isso sobre mim, de todas as pessoas!

Ela empurrou a porta da frente e desvencilhou-se do toque dele.

– Adeline, eu não presumi... Eu não presumo nada. Certamente, a esta altura, a senhora sabe disso a meu respeito.

– Por favor, vá embora – implorou ela, com lágrimas começando a escorrer pelo rosto. – Não consegue ver como está me machucando?

Ela bateu a porta na cara dele, deixando-o sozinho em meio à escuridão, ouvindo os soluços dela do lado de dentro. Nem que ele quisesse poderia ter tornado as coisas piores. Teria sorte se Adeline algum dia voltasse a falar com ele, sendo que fora até ali aquela noite com planos completamente opostos, consumido pelo ciúme por Adam Berwick e seus presentinhos para as moças.

Ele esperou por mais alguns minutos, até ouvir os soluços enfim cederem, e depois marchou pelo caminho do jardim sem olhar para a pequena casa atrás de si, ainda sem nenhuma luz acesa. Aquilo o fez caminhar quase na escuridão, exceto pelo luar. Ele se sentia tão solitário quanto possível, sem ninguém para guiá-lo além do impessoal orbe lunar lá em cima no céu, brilhando para todos e para ninguém em especial. Não havia ninguém cuidando dele, ninguém que se importasse com seu bem-estar. Ele fora enganado anos antes, e o universo em sua infinita injustiça propusera uma barganha de um lado só: volte e sinta mais dor ou não receba nada em troca.

Então ali estava ele, sem nada em troca. Com a exceção de que, no processo, tinha conseguido se machucar de novo, o que exigira certo esforço da parte dele.

Quando entrou na própria casa escura, a primeira coisa que viu sob o luar foi o chaveiro do armário de medicamentos pendurado no interior da porta do escritório. Ele poderia fazer algo para se sentir melhor – seria muito fácil, e ninguém jamais saberia. Mas, de alguma forma, Adeline saberia – ou, pelo menos, ele daria mais um passo na direção da ridícula bagunça que ela acabara de acusá-lo de ser, e ele não achava que seria capaz de suportar caso afundasse ainda mais no conceito dela, ou no dele.

Sentir-se triste sobre si mesmo daquela maneira costumeiramente tinha o efeito oposto: em geral o fazia se enfiar em uma cova de dor e vício. Mas, naquela noite, ele de certa forma não tinha mais nada a perder, e tudo a ganhar. Ele não se moveria nem sequer um milímetro na direção do que queria caso cedesse naquele momento. Porque caso voltasse a se submeter àquilo, continuaria no caminho que havia definido para si mesmo tantos anos antes, e aquele caminho o levara a um jardim e a bater a uma porta trancada, e ele continuaria fazendo aquilo, de maneiras diferentes, com pessoas diferentes – isso se tivesse qualquer outra chance de chegar àquele ponto.

Ele não estava vivendo sua vida, porque sua vida *era* a dor. Ele estava vivendo fora da vida real, e estava usando as drogas para ajudá-lo com aquilo. Havia semanas que estava longe do armário, desde a promessa que fizera a si mesmo no pequeno cemitério da igreja na noite de Natal – contratar Liberty Pascal (Adeline acabara de chamá-la de "espiã de primeira categoria", e era impossível não sorrir com a escolha de palavras dela, apesar do quão estressado estava) fora de grande ajuda nessa questão, pois a jovem mulher não falhava. Ele estava tentando ser um homem melhor, e, naquele momento, a única razão para tal parecia estar indo embora – mas era aquela a armadilha, afinal de contas. Se ele fosse capaz de resistir à tentação em um momento do tipo, quando não tinha razões para nutrir esperanças, sempre seria capaz de resistir. Era um grande teste cósmico, e só Deus sabia o quanto ele tinha reprovado naquele teste no passado. Mas embora Adeline não fosse mais uma razão para que ele tentasse ser aprovado, ela havia superado as próprias tentações nos momentos de maior dificuldade, e ele aprenderia qualquer lição que pudesse tirar do comportamento dela. Ela sempre fora a pessoa mais inteligente que ele conhecia, e a maneira com que ela o rejeitara no momento em questão provava isso, por mais dolorido que fosse admitir.

Afinal de contas, ele ainda tinha um longo caminho pela frente antes de se tornar o tipo de homem que a merecia.

Capítulo 23

Chawton, Hampshire
Meia-noite, 2 de fevereiro de 1946

Assim que a reunião acabou, senhorita Frances ofereceu quartos para que Mimi e Yardley passassem a noite. Mimi ficou empolgada com a ideia de dormir em uma casa que um dia abrigara vários Austen adormecidos – talvez a própria Jane, em meio aos eventuais cuidados de uma sobrinha ou sobrinho febril, apesar de viver a uma pequena distância do lugar.

Os três haviam cruzado o vilarejo com Evie; Andrew Forrester seguira para o lado oposto, em direção a Alton, e Adam escoltara Adeline até em casa. O sol já começara a se pôr às 16h30 de um dia intenso de inverno, e a sombra da lua cheia esperava pacientemente no céu para fazer sua aparição noturna. Yardley enchia Frances de perguntas sobre Chawton e sua história, e ela respondia a tudo sem hesitar, embora às vezes mencionasse Andrew Forrester como o melhor historiador sobre a cidade que Yardley jamais encontraria.

Depois de uma refeição tardia no salão de jantar e alguns drinques diante do fogo, Evie seguira para o pequeno quartinho no sótão, na ala sul da casa, e senhorita Frances fora para seus aposentos, no lado oposto dos de Evie. No segundo andar, abaixo daquele, ficava o quarto do falecido pai, cuja porta continuava trancada desde seu falecimento e velório, duas semanas antes. Frances se perguntava quando enfim teria coragem, se é que um dia teria, de entrar novamente no quarto e recuperar a papelada que Andrew lhe pedira de forma tão polida.

Os quartos de hóspedes ficavam na ala norte, no segundo andar, um ao lado do outro em um pavimento separado ao qual se chegava pelas escadas que Frances chamava de escadas da Galeria de Tapeçarias. O nome se devia ao fato de que a escadaria era toda decorada com várias tapeçarias medievais da região flamenga, o que deixara Yardley empolgado de uma forma que Mimi jamais vira. Ele estava convencido de que os pares das peças estavam expostos no Museu Metropolitano de Arte de Nova York, e já planejava uma ligação internacional para um dos curadores-sênior do museu para discutir o possível valor dos objetos.

Depois de desejar boa-noite a Yardley no longo corredor externo, Mimi entrou na impressionante suíte ao estilo Tudor que a anfitriã lhe oferecera. Depois de fuçar nas diversas peças do mobiliário – algumas georgianas, outras eduardianas e algumas praticamente medievais –, ela tomou um banho quente na banheira que repousava em uma plataforma de madeira em um dos cantos do quarto, lavando e enxaguando as grossas madeixas que deixaria secar enquanto dormia. Apesar do frio que tomava a casa como um todo, o fogo crepitava em sua lareira – cortesia de Josephine –, aquecedores elétricos haviam sido colocados sob as janelas e uma garrafa cheia de água quente enrolada em lã fora deixada no pé da cama. Ela também encontrara uma camisola branca de algodão à sua disposição; com os óculos escuros, o pó compacto e o batom vermelho que levava na bolsa, ela se sentia pronta para encarar o mundo exterior na manhã seguinte, quer acabassem a reconhecendo, quer não.

Ela subiu na cama e imediatamente mergulhou o rosto nos travesseiros de pena de ganso, tentando não pensar em Jack. Ela sentia falta dele principalmente à noite, quando o corpo dele parecia envolver o seu ao deitarem lado a lado, mantendo-a aquecida, mantendo seus ombros nus cobertos de beijos; quando olhou ao redor do quarto claramente antigo, com cama de dossel e tapeçarias nas paredes, ela se perguntou o que ele pensaria sobre tudo aquilo. Ela telefonara para ele várias vezes nas últimas semanas, depois que ele voltara a Los Angeles após uma escala de alguns dias na Escócia para resolver assuntos de negócios. O mês que haviam passado juntos na Inglaterra servira como uma espécie de lua de mel, embora o casamento estivesse marcado para abril. Quando ligara para contar como a propriedade dos Knight agora podia acabar nas garras de qualquer herdeiro homem, e sobre a fraternidade sendo formada em homenagem a Jane Austen, ele zombara sobre ela nunca mais querer voltar aos Estados Unidos. E, em noites como aquela, enquanto ela encarava a lua cheia pela fileira de janelas de estrutura de chumbo e gradil diagonal, perguntando-se quem mais já vislumbrara a lua daquele mesmo quarto, ela conseguia entender a preocupação implícita do noivo. Mimi sempre fora a favor de andar para frente, mas agora que Hollywood começava a perder interesse por ela – ou, mais especificamente, por seu rosto –, ela podia sentir a atração pela Inglaterra, pelo passado e pelas vidas que viviam nos livros que ela passara a própria vida devorando.

Ela saiu da cama e andou até o telefone de plástico preto que estava sobre a penteadeira, um instrumento moderno que destoava do resto do cômodo. Fez uma ligação a cobrar para Beverly Hills e puxou o telefone o máximo possível na direção das janelas.

– Ei, que horas são? – a voz de Jack parecia um pouco atordoada.

– Meia-noite... Isso significa que aí são o quê? Quatro da tarde? Hora de um coquetel.

– Na verdade, estou me preparando para ir ao estúdio falar com Monte.

Ela riu.

– Diga oi por mim.

– Na verdade, Mimi, é coisa séria.

– Ah, é?

– Sim, estamos negociando juntos com uma nova distribuidora, tentando usar o novo *Razão e sensibilidade* para minimizar os riscos de

Scheherazade. Monte diz que o estúdio vai colocar cinquenta por cento do investimento em troca da nossa cobertura da exposição deles ao prejuízo em relação a seu último filme.

– *Scheherazade* não vai dar prejuízo – afirmou ela, embora estivesse começando a ficar cada vez mais preocupada. Aprendera do jeito mais difícil que, quando havia dinheiro em jogo, poucas pessoas em Hollywood se importavam com qualquer outra coisa.

– Claro, meu bem, e você e eu sabemos disso. É por isso que é um acordo ótimo para nós.

– Para você. É um acordo ótimo para *você*.

– Mas me conte sobre a reunião do clube do livro. Que grupinho bagunçado esse, hein? Quem chorou mais? – provocou ele. – Oh, a quem estou enganando? Sei que foi o Yardley. É sempre o Yardley, aquele frutinha.

– Foi ótimo – cortou Mimi, ignorando-o. – Estou começando a acreditar que pode mesmo dar certo. Sabe, existem poucos lugares na Inglaterra onde ainda é possível tentar um projeto do gênero. Geralmente as casas já foram demolidas há tempos ou estão indisponíveis de alguma outra forma. E isso de podermos estar prestes a trazer justo a casa de Jane Austen de volta à vida...

– Então, eu e Monte estávamos conversando.

Ela o ouviu pigarrear do outro lado da linha. Se não o conhecesse muito bem, acharia que ele estava nervoso.

– Então, certo, aparentemente o custo de *Razão* vai chegar perto de um milhão... Mas a boa notícia é que metade disso vai ser pago pelo seu antigo estúdio.

– Como você acabou de me contar. – Ela sentiu a garganta ficando seca e, prendendo o fone entre o ombro e a orelha esquerda, serviu um copo de água fresca do jarro deixado na mesinha de cabeceira.

– É, então, escuta... Isso não vai ser fácil para você de qualquer forma. Mas o estúdio tem algumas exigências.

– Claro. O equivalente à metade do que pode ser exigido, imagino eu.

– Escuta, Mimi, sei que ela ainda é sua queridinha, mas o estúdio quer ir em outra direção com Elinor.

– Você quer dizer que querem que ela seja mais jovem.

– Não necessariamente.

– E o que raios quer dizer com *isso*?

– É só que... É a energia, entende? Precisamos de um bom complemento para Angela Cummings como Marianne, e eles acham que a química está um pouquinho esquisita por causa da diferença de idade.

– Mas que diabo, Jack, Greer Garson era um ano mais velha do que eu quando fez Lizzie com Oliver... Meu Deus, ela era mais velha até do que *Larry*...

– Mas Garson tinha a força da MGM por trás dela, e eles a queriam no papel.

– Meu *Deus*, Jack... Foi você quem me disse para me desfazer do meu agente e mandar o estúdio à merda!

– Benzinho, benzinho, que tal se acalmar, hein? Assim vai assustar Frances Knight e fazê-la pular de sua cama frígida.

Mimi respirou fundo.

– Não acredito que você está cedendo a Monte nesse nível... Tecnicamente você nem precisa do dinheiro dele, pelo menos até onde eu sei.

Ele ficou em silêncio por um instante.

– Jack...

– Escuta, eu comprei uma empresa na Escócia. Não se trata de nada arriscado, mas usei um pouco do meu fluxo de caixa, e preciso apertar um pouco o cinto agora.

– Não acredito nisso.

– Escuta, Mimi, uma coisa influencia a outra, você sabe disso. Quanto mais eu minimizar os riscos desse lado, mais eu posso assumir riscos por outro. Vou cuidar para não ser muito puxado para o lado deles. A esta altura, você deveria saber que sou assim.

Alguma coisa no tom dele a preocupava mais do que o fato de que estava abrindo mão dela no papel de Elinor a pedido de Monte. Ela sentia que aquele era o Jack Leonard que ela deveria ter conhecido ao longo do ano anterior. E ela era a única culpada, porque ele claramente estivera ali o tempo todo. Às vezes era melhor conhecer os defeitos do parceiro, afinal de contas.

– Não consigo falar sobre isso agora – ela disse ao telefone enquanto colocava a base do aparelho de novo na penteadeira. – Preciso ir.

Ela desligou e socou a parede com a esguia mão direita fechada. Meio que esperou que Yardley, dormindo no cômodo ao lado, socasse a parede em resposta, mas não houve outro ruído. Todos na casa certamente dormiam àquela altura. O dia fora longo.

Ela avançou até a fileira de janelas que dava para a ampla estrada frontal, para o bosque anexo e para as pastagens além dele. O mundo lá fora, tão escuro e misterioso, brilhava sob o luar. Ela estava furiosa com o mundo lá fora, com o mundo que a esperava em casa, o mundo tristemente previsível no qual Monte podia assediá-la e depois ela terminaria na cama com Jack do mesmo jeito, e nenhum deles jamais falaria nada, nenhuma palavra que pudesse fazê-los perder dinheiro ou – mais importante – poder. Porque poder era tudo – não era possível conseguir nada sem ele. Quanto mais ela ficava longe de Hollywood, e quanto menor seu poder de negociação se tornava, mais ela pensava se não seria melhor simplesmente largar tudo de uma vez e não precisar amargar um declínio lento, mas inevitável.

Jane Austen sabia sobre dinheiro e poder também, lembrou-se Mimi, imersa em um ambiente tão especial naquela noite. Austen vira o que a falta de dinheiro significara para as mulheres de sua vida, e aquele medo era o que ela transmitia nos livros em volume mais alto, escondido atrás

A FRATERNIDADE JANE AUSTEN

do desenrolar de tramas mais palatáveis como as do casamento. Austen sabia que nem o maior ato de caridade ou generosidade de parentes homens seria capaz de dar às mulheres uma independência real. Ainda assim, usando seu talento – um talento que nem todo o dinheiro ou poder do mundo poderiam comprar, pois era algo que ela tinha dentro da cabeça e que pertencia apenas a ela –, ela adquirira algum grau de autonomia no fim. O suficiente para trabalhar, viver e morrer em seus próprios termos. Aquela era sua conquista mais notável, o legado daqueles seis livros, revisados, impulsionados e conjurados tão-somente por suas próprias mãos, sem homem algum com poder ou fortuna inevitavelmente maiores para ficar em seu caminho.

Mimi percebeu que aquilo não era exatamente verdade – que talvez a vida de Austen tivesse sido diferente, que seu alcance talvez fosse ainda maior se algum homem na família e no mercado literário tivesse tomado decisões diferentes por ela. Mas Mimi sabia, parada ali sob o luar, ela mesma um peão entre dois homens cheios da grana sem capacidade para ter uma ideia sozinhos, como era mais satisfatório e seguro ser criadora de algo que não acaba com o passar dos anos, apenas fica melhor. Ela entendeu que aquela fora sua própria barganha faustiana – ir para Hollywood e abrir mão dos palcos, onde os pés de galinha e os fios brancos de cabelo não eram visíveis além das primeiras fileiras da casa. Ela ficara rica e famosa em um estalar dos dedos, impulsionada tão-somente por sua beleza e pelas fantasias que despertava. E, como suspeitava, perderia tudo aquilo tão rapidamente quanto conquistara.

Ela estava prestes a se afastar da janela e voltar para a cama quando pensou ver alguém lá longe, à distância, surgindo do bosque. A pequena cabana de caça sobre rodas estava logo ali, no meio do pomar de limoeiros, banhada pela luz da lua. Quando abriu uma das janelas com cuidado, pensou ouvir algo, o barulho de um ferrolho se mexendo, os passos de botas na escadinha de madeira. Era provavelmente sua própria imaginação, quase tão ativa quanto a de Evie. Mas quando Mimi voltou para a cama e adormeceu, muito depois da meia-noite, os pensamentos meio sonolentos se transformaram em uma estranha permutação dos oito membros da fraternidade em vários casais: Evie e Adam, Adam e Adeline, doutor Gray e Frances, Frances e Andrew...

Evie estava sozinha na biblioteca. Já era tarde, e o resto do Casarão fora para a cama havia muito, mas ela achava que era totalmente capaz de funcionar bem depois de apenas quatro horas de sono, então continuara com o trabalho ao longo das primeiras horas da madrugada.

A catalogação estava enfim completa. Movida por um frenesi, trabalhara nos volumes finais ao longo das últimas semanas e, depois de dois anos, terminara de registrar cada nota sobre cada um dos livros na biblioteca. Dois mil, trezentos e setenta e cinco livros, para ser exata. Anotara as datas de publicação e as edições, depois descrevera em detalhes o que havia na lombada e na capa, além de características como a presença de selos de identificação, anotações ou *ex-libris*, a condição da capa, a presença e a quantidade de ilustrações, gravuras ou marginálias e eventuais tomos com as laterais pintadas em dourado.

Ao longo do último outono, ela começara a ir até a biblioteca de Alton em seus dias de folga para pesquisar todas as informações que pudessem ser pertinentes à catalogação já quase completa. Depois, cruzara suas descobertas com panfletos recentes de leilões e recortes de jornais que encontrara na biblioteca maior de Winchester em uma das três viagens bate-volta que fizera à cidade, tentando descobrir mais sobre os arremates recentes e sobre a condição e atribuição de valores a livros similares.

Ela estava empolgada em ter finalizado o trabalho naquela noite, pois quem dormia logo acima da biblioteca era Yardley Sinclair. Quando

A FRATERNIDADE JANE AUSTEN

presenciara a leitura do testamento de James Knight e percebera que um parente homem distante poderia a qualquer momento reclamar o conteúdo da biblioteca para si, Evie jurara a si mesma que terminaria a catalogação o mais cedo possível, para enfim compartilhar com a senhorita Knight uma aproximação razoável do valor total da coleção. Quando soube que um dos avaliadores de bens da Sotheby's estaria se unindo à fraternidade, o mesmíssimo senhor Sinclair com o qual ela acabara tantas vezes ao telefone durante o extenso cortejo profissional que ele fizera à senhorita Knight, Evie ganhou apenas uma outra razão igualmente urgente para completar sua missão.

Pois Evie fizera as contas – e, se ela tivesse no mínimo metade da inteligência que achava que tinha, só aquele cômodo continha o equivalente a milhares de libras esterlinas em livros.

Evie separara em duas prateleiras próximas os volumes que julgara mais importantes, que também eram os mais difíceis de avaliar. Eles incluíam a primeira edição das publicações póstumas em 1817 de *Persuasão* e de *A Abadia de Northanger*, com prefácio do irmão de Jane, James. Também havia edições anotadas dos livros que Austen escrevera e vira serem publicados em vida – alguns com frágeis encadernações em brochura, o que os tornava ainda mais raros do que as versões encadernadas sob medida, mais disponíveis no mercado na época da publicação. Também havia o misterioso exemplar de *Emma* impresso em 1816 na Filadélfia, que de alguma maneira atravessara o oceano; ainda havia exemplares da primeira edição de *Pamela*, de Samuel Richardson, de *Camilla*, de Fanny Burney, e de *Corinne*, de Madame de Staël, além de uma das primeiras edições em francês da *Divina comédia*, de Dante. O valor de uma edição da Third Folio de obras selecionadas de Shakespeare sequer podia ser adequadamente calculado, tão rara era a existência de exemplares para venda, de acordo com a pesquisa que Evie fizera em uma tarde de domingo no Museu Britânico.

E o mais incrível era a carta de Jane para Cassandra, que Evie encontrara no último mês de setembro, enfiada dentro de um velho livro de estudos de alemão. Uma carta que o mundo sequer sabia que existia. Uma carta que respondia a algumas das perguntas que acadêmicos faziam havia décadas – e suscitava muitas outras.

Sentada no banquinho, o caderno com a catalogação completa sobre o colo, ela sentia o êxtase da descoberta. A paixão por aprender. O orgulho de ter realizado algo que ninguém jamais fizera antes. Mal tinha dezessete anos, e os garotos do vilarejo ainda a rodeariam por mais alguns anos, mas ela não era capaz de imaginar um sentimento mais completo, mais satisfatório do que o que experimentava naquele momento. Ela pensou nos famosos exploradores do Ártico atravessando as grandes planícies de gelo, e em Capitão Cook navegando até o Pacífico, e nos homens que haviam iniciado e lutado em guerras através dos séculos, e toda aquela energia masculina buscando ir além, conquistar, dominar. E ela de certo modo havia se voltado para dentro, explorado os confins de uma velha casa negligenciada que já não podia mais ser considerada um lar. Ela vira que havia alguma coisa ali, debaixo do nariz de todo mundo, e não deixara essa coisa escapar ou ser soterrada pelos rigores da rotina diária. Abrira espaço para descobertas em meio a uma vida majoritariamente contida, a vida que o mundo parecia insistir em empurrar em sua direção. Ela via senhorita Frances flutuar pelo mundo como um fantasma, e Adam Berwick sentado sobre sua velha carroça de feno, e doutor Gray andando pelo vilarejo com um estranho olhar distante nos olhos, como se ele estivesse vendo além da realidade, além da dor, vislumbrando um mundo mais amável e gentil. Mas esse era um mundo que não existia. Pois o mundo que realmente existia cobrava seu preço em dor, e na convivência com tal dor, e não deixava ninguém se livrar dela, mesmo enquanto todo o resto ruía.

Ainda assim, mesmo imersa em tal ambiente, Evie Stone escavara algo novo, esclarecedor e capaz de parar o mundo, e fizera isso sozinha e em seus próprios termos. Ninguém jamais poderia tirar aquilo dela.

– Evie, o que raios está fazendo aqui a esta hora?

Ela ergueu os olhos e viu Yardley Sinclair parado na porta que levava ao Grande Salão ao lado. Ele encarava o caderno aberto sobre o colo da menina, no qual ela estivera rabiscando furiosamente. Ele então olhou para trás e, de maneira firme e sem fazer ruídos, fechou a porta e caminhou até ela.

– Eu ia perguntar a mesma coisa ao senhor – respondeu Evie, deixando-o silenciosamente impressionado por sua temeridade.

– Senhorita Frances me mostrou a biblioteca mais cedo, mas não houve tempo para observar melhor. E depois percebi que não estava conseguindo dormir, então decidi descer e pegar algo para ler.

Ele deu mais um passo adiante, e ela fechou o caderno de uma maneira apressada.

– Evie, a senhorita Frances sabe que você está por aqui?

Ela concordou com a cabeça, mas continuou sentada no banquinho.

– Ela sabe o que você está fazendo?

Ela aquiesceu de novo, mas dessa vez mais devagar.

– Mas soube apenas recentemente. Só depois da leitura do testamento.

Ficou claro para Yardley que a garota continuaria imóvel no lugar, então ele puxou uma cadeira e sentou-se diante dela.

– Tudo bem se eu me sentar aqui? – perguntou ele, dessa vez de forma mais suave do que a usada para falar com ela até então.

A garota concordou com a cabeça. Ele se sentou à sua frente e estendeu a mão.

– Posso dar uma olhada nisso?

Várias cenas começaram a passar pela cabeça de Evie, e ela era muito jovem e sem experiência no mundo dos negócios para saber o que poderia estar sob risco se ela compartilhasse tudo naquele instante, mesmo antes de poder dividir as descobertas com senhorita Frances. Ela também ficou incomodada com o fato de Yardley estar onde não deveria àquela hora da noite, em sua primeiríssima visita ao Casarão. Talvez fosse apenas insônia, mas ela fora a que mais o observara na reunião daquela tarde, e ele tinha um olhar muito inquisitivo. A missão que Evie atribuíra a si mesma consistia em proteger senhorita Frances e garantir que ela tirasse tanto valor quanto possível do patrimônio – apenas esperava que nada do que estava prestes a fazer botasse aquilo em risco.

Evie também sabia que Mimi confiava em Yardley com todo o coração, e ela se sentia influenciada por Mimi, tanto quanto estrela do cinema como quanto companheira nos estudos sobre Austen. Então, com alguma hesitação, ela estendeu o caderno e assistiu, com alguma satisfação, enquanto Yardley folheava as páginas com um espanto crescente.

– Meu Deus, Evie! – Ele a fitou com os olhos marejados.

Ela concordou com a cabeça, feliz.

Depois ele começou a rir, enxugando os olhos com um lenço bordado com um monograma que tirou do bolso, e ela acabou rindo também.

– Meu Deus. – Ele se levantou e começou a passar os dedos pelas lombadas de todos os livros na prateleira à direita. – Está tudo aqui... Tudo o que ela provavelmente leu... Tudo o que leu enquanto escrevia aqueles livros incríveis, não é? E todas essas primeiras edições... É inacreditável. É como se fosse um milagre. – Ele girou no lugar e olhou para Evie. – E ninguém nunca prestou atenção nisso antes?

Ela enfim se levantou, e ele percebeu, de novo, como ela era pequena.

– De acordo com senhorita Frances, o pai dela, o falecido senhor Knight, e antes disso o pai dele, não tinham muito tempo para dar atenção a Austen. Não entendiam toda a comoção ao redor dela.

Yardley puxava livros aleatórios das estantes, folheando-os, percebendo como eram detalhadas e precisas as descrições que Evie fizera no pequeno caderno.

– Sabe, Evie, você é nova demais para saber, mas na verdade os livros de Austen esgotaram depois da morte dela. Quando o pai de Frances nasceu, em... Quando foi mesmo que ela disse que foi? 1860? Enfim, nessa época os livros ainda não haviam se aproximado do zênite que teriam na era vitoriana. Foi só na virada do século que o consenso crítico realmente começou a se amalgamar. Creio que a primeira pesquisa acadêmica sobre Austen foi a de Bradley, em Oxford, no ano de 1911.

– Ah, eu sei disso.

Ele voltou a rir.

– Sim, como sou bobinho... É claro que você sabe!

Ela estava guardando o melhor para o final. Caminhou até uma prateleira próxima a ele, tirou o livro de estudos do alemão que era parte de uma imponente coleção de vários volumes e o abriu diante do homem. Dentro das páginas, como se marcasse o livro, havia um pedaço amarelado de papel dobrado, coberto por palavras manuscritas em uma letra inclinada e familiar.

Yardley respirou fundo.

– É sério?

– É a única, porém. Eu realmente tinha a esperança de encontrar outras. Mas é uma bem importante. Explica muita coisa.

– Posso abrir?

Ela concordou com a cabeça.

– Não é tão frágil assim. Acho que ficou aqui por mais de cem anos, intocada. E ela não terminou de escrevê-la, e nunca a enviou. Deve ter sido interrompida no meio da escrita e se perdeu no que estava escrevendo. Ou... – Evie começou a ficar emocionada. – Ou ela já estava ficando doente, acho, pelo menos o bastante para se preocupar. E talvez apenas esqueceu da carta quando coisas maiores assumiram o controle, e parou de se importar com o que tinha a dizer.

Yardley pegou a carta do livro com carinho e sentou-se para lê-la. Quando terminou, precisou de alguns segundos para se recompor. Era a maior descoberta que vira em sua carreira, e um dos mais importantes achados de toda a pesquisa sobre Austen.

– Você percebeu a data? 6 de agosto de 1816? Foi o dia em que ela terminou de escrever *Persuasão*. – Depois começou a rir de novo. – É claro que percebeu.

Evie aquiesceu e chegou perto para se sentar de novo diante dele.

– Cassandra não estava longe; na casa de alguns parentes a uma pequena distância, ao que parece, mas mesmo assim Austen decidiu não esperar nem mais um segundo para dizer o que queria dizer à irmã mais velha. Imagine terminar aqueles incríveis capítulos finais de *Persuasão* e depois ir direto escrever esta carta. Isso diz alguma coisa. Diz sobre coisas que eram incríveis nela...

– E também sobre algumas que não eram tão incríveis – interrompeu Yardley. – E mesmo assim, veja como ela parece viva, real... Como ela parece *humana* agora.

Ele releu a carta, que era interrompida de forma abrupta na metade do verso da página única.

– Então Cassandra interveio, afinal de contas, no romance que começava a nascer entre Jane e o rapaz do litoral.

– Não tenho irmãs, tenho apenas quatro irmãos realmente terríveis. Mas a conexão entre Cassandra e Jane parecia muito intensa. Como se elas duas formassem a própria pequena família. Como Jane e Elizabeth Bennet, aguentando firmes no olho do furacão, sendo tudo uma para a outra, sem deixar espaço para mais ninguém. Entendo que era fácil para Cassandra, tendo perdido o noivo tão jovem, assumir o papel de uma espécie de viúva respeitável. Mas em que posição isso colocava Jane?

– Sabe – remoeu Yardley em voz alta –, sempre achei estranho que a família de um rapaz aleatório de um vilarejo costeiro, um rapaz que Austen supostamente encontrou apenas durante um mês de férias, fosse escrever para informá-la sobre a morte dele. Os dois deviam estar trocando cartas. Ou a família sabia que existia entre eles algum tipo de relacionamento, mesmo que tivesse acabado de começar. – Yardley voltou a se sentar e colocou a carta aberta sobre o colo. – Então ela culpava Cassandra pelo fim do romance. Por todos aqueles anos.

– Os anos perdidos. Todas as cartas desse mesmo período se perderam, destruídas por Cassandra. Sempre soubemos disso. Mas nunca soubemos o porquê.

– Até agora.

– Até agora – repetiu Evie, ainda sentada em seu banquinho, aquiescendo feliz diante do entusiasmo de Yardley com sua descoberta.

– Bom... – Ele voltou a pegar a carta nas mãos e se levantou, empolgado demais para ficar sentado. – Quer dizer então que *Persuasão* foi, de fato, um resumo da vida de Austen. A obra dela sobre a própria grande decepção. A obra sobre a raiva residual que tinha pela irmã.

– Acho que, escrevendo isso, ela tentou colocar um ponto-final na raiva. Acho que ela sabia que não tinha muito mais tempo neste mundo, e queria paz no coração, paz total e completa, e escrever isso marcou o perdão total da irmã. E ela precisava sentir isso, precisava se livrar disso.

– Sabe, é estranho, mas sempre me perguntei se alguém como Jane Austen poderia ter existido nas páginas de seus próprios livros. Se você parar para pensar, se Cassandra não tivesse interferido quando Jane tinha o quê? Vinte e três? Vinte e quatro anos? Enfim, quem sabe o que poderia ter acontecido? Talvez jamais tivéssemos as três grandes obras finais da genial Jane Austen se, no fim, ela tivesse ficado com o rapaz.

– Creio que Austen sabia disso bem demais – respondeu Evie. – Especialmente se pensar que muitas mulheres na época dela morriam durante o parto, como foi o caso de pelo menos duas de suas cunhadas, e ela também temia isso. As cartas que sobreviveram falam sobre isso.

– Evie, sei que nós não nos conhecemos muito bem...

– Ah, não, acho que nos conhecemos, sim. – Ela sorriu para ele. – Acho que somos muito parecidos.

Ele riu novamente.

– Sim, menina, somos mesmo. A catalogação está completa, é isso? Régua passada e tudo?

– Sim, agora à noite. Terminei tudo esta noite.

Ele chacoalhou a cabeça.

– Maravilhoso. De verdade. Escute, você confiaria isso a mim? O caderno?

– Sim – respondeu ela, lentamente. – Mas não posso deixar o senhor ficar com a carta. Fiz uma cópia, no entanto.

– É claro que fez. E não, você está absolutamente certa, não pode arriscar perder ou estragar qualquer conteúdo da carta. E suas estimativas estão bem corretas, aliás. Estamos falando de cem mil libras, pelo menos, ou mesmo mais centenas de milhares. Quem quer que herde isso vai fazer uma das maiores vendas de patrimônio de biblioteca da história. Temos de fazer o possível para manter tudo intacto por enquanto, *tudo isso*. Pelo bem de senhorita Frances e da fraternidade, sim, mas principalmente pelo bem de nosso entendimento sobre *ela*.

– Concordo plenamente – disse Evie. – Esperava mesmo que o senhor pensasse assim.

– Nós dois amamos Jane Austen – respondeu ele com uma piscadela. – Por que não pensaríamos assim?

Capítulo 24

Alton, Hampshire
Fevereiro de 1946

Colin Knatchbull-Hugessen era um indiscreto e tolo homem de quarenta e dois anos de idade. Vivia sua vida de solteiro em uma pequena casa nos subúrbios de Birmingham. Certo dia de fevereiro, conferia o horário das corridas no jornal matinal quando seus olhos recaíram sobre o seguinte anúncio no *The Times*:

Nota sobre o estabelecimento, em 22 de dezembro de 1945, de uma fraternidade dedicada à preservação, promoção e estudo da vida e da obra de senhorita Jane Austen. A Fraternidade Jane Austen está trabalhando junto ao Fundo Memorial de Jane Austen, uma organização beneficente criada para o avanço da educação, sob a legislação aplicável às organizações beneficentes, com o objetivo de comprar a antiga casa de senhorita Austen em Chawton e transformá-la em um museu. Inscrições e doações de valores para o fundo por parte de membros interessados do público, com o intuito de contribuir com este propósito, são bem-vindas, e podem ser enviadas ao Fundo Memorial de Jane Austen, aos cuidados de Andrew Forrester, Esc., High Road, Alton, Hampshire.

No exato momento que Colin passava pelo anúncio sem dar muita atenção, recebeu um telefonema do advogado da falecida mãe, que o informou que James Edward Knight morrera.

O advogado soubera da morte por conta de sua diligência notável. Depois de contratado pela mãe de Colin, décadas antes, passara a fazer com que seu secretário conferisse os principais registros de inventário de Londres a cada três meses, buscando os sobrenomes Knight, Knatchbull e Hugessen. Também enviava o secretário algumas vezes por ano para Winchester, onde ele também conferia o registro local de Hampshire, sabendo que a falecida cliente fora descendente direta de Fanny Austen Knight Knatchbull, a mais velha dos onze filhos de Edward e Elizabeth Knight. O advogado temia que um eventual testamento fosse homologado, e assim a chance de Colin de requerer uma herança de uma família tão vasta e cheia de posses se perdesse depois do período de doze meses estabelecido por lei.

Colin se importava menos com a própria árvore genealógica do que o advogado. A notícia da morte de James Knight não o comoveu nem um pouco. Ele não tinha conexões reais com a família, e quase nenhum interesse em genealogia ou história em geral. Gostava de visitar o pub local e tomar um *pint* – ou dois – toda tarde, apostar em corridas de cavalos, assistir a partidas de futebol e eventualmente dormir com a garçonete do mesmo pub em troca de presentinhos diversos de natureza variada.

Ao telefone, o advogado contou a Colin em detalhes sobre a potencial herança inesperada que ele poderia receber em resultado da morte de seu parente distante conectado à famosa escritora Jane Austen. Na cabeça de Colin, Austen era uma mera escritora de romances, embora ele tivesse gostado da adaptação feita alguns anos antes de *Orgulho e preconceito*, estrelada por Laurence Olivier e Greer Garson. Ele também sabia que as tentativas mais frustradas de dormir com moças de uma determinada idade pareciam conectadas de forma diretamente proporcional ao amor que tinham pela tal mulher – o que provavelmente contribuía para a certa hostilidade que ele sentia pela autora.

O advogado recomendou que Colin fosse em pessoa ao cartório de Hampshire para que, com base na legislação relativa a heranças, preenchesse um documento de reinvindicação da propriedade o mais rápido possível. No meio-tempo, o homem escreveria ao testamenteiro do patrimônio, um tal de senhor Andrew Forrester, para informar a elegibilidade de Colin Knatchbull-Hugessen a requerente, como parente homem mais próximo e vivo de James Knight, do direito à propriedade do falecido – excluindo-se o direito de residência de Frances Elizabeth Knight no chalé de Chawton, o subsídio de subsistência da mulher e as doações em estipêndios aos empregados do local.

Foi essa a carta que Andrew Forrester leu para Frances Knight duas semanas antes da data para a qual a próxima reunião mensal da Fraternidade Jane Austen estava agendada.

Ele pedira que ela fosse a seu escritório em Alton. Suspeitava que ela não visitava a cidade havia anos, embora ficassem nela as melhores lojas, bancos e comércios da região. Mas desde a morte do pai de Frances, Andrew notara uma ligeira mudança na mulher – indo à segunda reunião da fraternidade na casa de doutor Gray, convidando Mimi e o amigo da Sotheby's para passar a noite no Casarão. Ele se perguntava se Frances andaria os quarenta minutos até seu escritório, dado que continuava surpreendentemente saudável para alguém que passava tanto tempo dentro de casa, ou se pegaria o Rolls-Royce do pai e pediria que a levassem de carro. Ele sabia que Tom tinha habilitação e permissão para dirigir o velho veículo de vez em quando, depois de argumentar com James Knight que carros, assim como cavalos, precisam de exercício.

Quando Frances chegou ao escritório de Andrew a pé, ele notou que o cabelo que um dia fora loiro havia se soltado um pouco do coque, que o rosto dela estava rosado por conta do vento invernal e que os olhos de um cinza-pálido resplandeciam com o exercício. De súbito, ela lembrava tanto a jovem mulher que ele um dia amara que ele se pegou encarando-a como se fosse uma velha fotografia em um porta-retratos. Ele fez um gesto para que ela se sentasse, e voltou para a própria cadeira atrás da enorme escrivaninha de banqueiro antes de dar seu típico pigarro introdutório.

– Recebi uma carta esta manhã e, como testamenteiro da propriedade, tenho a obrigação de compartilhá-la com a senhorita – disse, e Frances se empertigou ainda mais no assento. – É do advogado de um certo senhor Colin Knatchbull-Hugessen, que alega ser primo de terceiro grau, com diferença de duas gerações, de seu falecido pai. Ele reivindica, de maneira que temo ser muito plausível, a totalidade do patrimônio de seu falecido pai.

Frances ouviu cada palavra lida por Andrew enquanto ele mantinha os olhos no papel o tempo todo. Quando ele terminou, enfim olhou para ela.

– Bem, então é isso – disse ela, calma. – Ele certamente está correto em sua reinvindicação, e não sou mulher de lutar contra a realidade, como o senhor sabe muito bem.

Era a primeira vez que ela aludia, mesmo que de forma sutil, sobre sua submissão às vontades do pai em relação à proposta secreta de casamento que Andrew fizera para ela em 1917, quando Frances ainda era menor de idade e ele estava prestes a ser convocado pela Marinha.

– Senhorita Knight... – Andrew empurrou a folha de papel sobre a mesa em sua direção. – Ainda acho que é possível questionar a capacidade mental de seu pai no momento da execução do segundo testamento.

Frances negou com a cabeça.

– Andrew, eu estou bem com tudo isso, de verdade. O testamento garante que eu tenha um teto sobre minha cabeça pelo resto da vida, e dinheiro suficiente para as poucas coisas de que preciso.

– Não é questão do que a senhorita precisa ou não. É sobre o senhor seu pai honrar sua vida de sacrifício à família. Doe todo o dinheiro no fim, se assim quiser. A senhorita certamente, pelo menos ao que parece pela carta, usará o dinheiro de forma mais caridosa do que esse tal de Colin Knatchbull.

– Não vejo como nada disso possa ser possível. E não vejo valor em focar no impossível neste momento. Tenho uma vida suficientemente boa, que é mais do que a maior parte das pessoas tem.

Frances raramente pedia coisas, e reclamava de forma igualmente rara. Andrew podia ver que ela precisava ser atendida – que sabia o que era melhor para si naquele momento, independentemente dos erros que ele acreditava que ela cometera no passado. Talvez a estivesse pressionando para tentar compensar os próprios erros cometidos em relação à história que dividiam. Pois, quando ela escrevera a carta final que ele lera já depois de haver embarcado, na qual ela rompia o noivado, ele jurara nunca voltar a falar com ela novamente, isso caso fosse sortudo o bastante para sobreviver à guerra. Em vez disso, voltara como um herói naval, continuara os estudos em Cambridge e construíra a mais bem-sucedida carreira no maior dos condados do país. Enfim, certo dia, em 1932, James Knight adentrara o escritório de Andrew para atribuir a ele o apoio na investigação da morte do filho Cecil, no que a polícia vinha chamando de acidente com arma de fogo. Mesmo naquela época, quando Andrew Henry Forrester começou a receber mais e mais confiança do patriarca falido no que dizia respeito a seus assuntos legais e financeiros, ele se mantivera tão próximo quanto possível da promessa de nunca mais trocar uma palavra com Frances Elizabeth Knight.

Andrew ficara surpreso ao descobrir que Benjamin não tentara conquistar Frances enquanto ele estava na guerra. Mas isso foi porque, em 1918, Benjamin se apaixonara pela bela e jovem cientista do King's College, em Londres, perto do fim dos estudos médicos que haviam impedido que ele mesmo fosse convocado para a guerra. Andrew entendia Ben, sabia que ele era brilhante e cuidadoso, mas falho como qualquer outro homem, com uma propensão ao complexo de salvador. Enquanto isso, a propensão de Andrew, assim como a de Frances, era a de ser mártir, e, por anos, ambos resistiram à ideia de qualquer interação, ao mesmo tempo jamais construindo uma vida junto a nenhuma outra pessoa. Mesmo assim, conforme o estado de saúde do pai dela piorava, Frances e Andrew acabaram se encontrando em um tipo de versão projetada de uma vida de casados, ocasionalmente comendo juntos, caminhando pelos cenários do Casarão para discutir várias melhorias necessárias na propriedade e administrando cada capricho do senhor Knight.

Assim, Andrew ouviu com atenção quando Frances disse que não queria disputar a herança. Um canto reservado de seu coração se perguntava se aquela decisão era, ironicamente, parte e quinhão da maior independência que ela conquistara depois do falecimento de senhor Knight. Para Benjamin, Andrew acusara Frances de se deixar ser encurralada pelo pai, mas a mulher diante dele não parecia presa. Pelo contrário: parecia ter uma calma em si, como se enfim soubesse com o quê, e com quem, podia contar. Pois nunca há tantas pessoas para se confiar quanto se espera – a chave é saber exatamente em quem se confiar, onde e quando, em tempos de alegria ou de tristeza. Como única filha de senhor Knight, dela fora exigida sua deferência e seu dever, enquanto, lá no fundo, ela suspeitava o que ele realmente sentia por ela. Pelo menos não precisava mais fingir. Havia liberdade nisso, por mais emocionalmente cruel que fosse suportar a verdade.

– Bem, então creio que, neste caso, devo responder ao advogado e concordar com essa visita que o senhor Knatchbull-Hugessen gostaria de fazer à propriedade. O documento com a reinvindicação será preenchido em breve, tenho certeza disso. E ele poderá expulsá-la da casa assim que o tribunal aprová-lo como único beneficiário. Ele tem um advogado bastante diligente e astuto; aposto que a aprovação será obtida em tempo recorde.

— Está certo. Evie e eu já começamos a empacotar as coisas. Ela insiste que eu fique com alguns livros da biblioteca para mim e garanta que o resto seja vendido para a Fraternidade Jane Austen. O senhor vê algum problema nisso?

— Não necessariamente, mas a senhorita irá querer que façam uma avaliação o mais rápido possível. Depois, os administradores do fundo podem votar e eventualmente fazer uma oferta ao senhor Knatchbull-Hugessen para comprar o que há na biblioteca e, com sorte, o chalé de apoio também. Mas não me envolva nessa avaliação, certo? Devo me abster, conforme discutido, de qualquer reunião ou votação da fraternidade para adquirir bens, e a oferta deve ser feita diretamente pelo fundo ao herdeiro declarado.

— Quão cedo acha que será essa visita?

— Suponho que a qualquer momento. — Andrew a mirou com uma das sobrancelhas erguidas em expectativa.

— Talvez... — Ela retribuiu o olhar, igualmente cheia de expectativas. — Talvez devamos convocar uma reunião de emergência da fraternidade? Para conversarmos sobre a reinvindicação do senhor Knatchbull, e votar para fazermos uma oferta que inclua os livros e o chalé? Só por garantia, caso ele esteja disposto a se desfazer de tudo rapidamente.

Andrew concordou com a cabeça.

— Mas a senhorita precisará fazer uma avaliação antes. Yardley pode ajudar, embora tema que ele possa sofrer certos impactos em sua reputação profissional se não fizer tudo conforme as regras.

— Nesse caso, tenho boas notícias. — Frances deu um sorriso surpreendente. — Evie já fez uma avaliação, e a entregou para que Yardley aprovasse.

— Mentira.

Ela negou com a cabeça.

– De forma alguma. É realmente impressionante. Ela gastou dois anos inteiros ni...

Andrew ergueu a mão, interrompendo-a, e ela mordeu os lábios em concordância. Depois ele se levantou, juntou os papéis sobre a mesa e enfim encarou Frances Knight nos olhos.

– Só para que a senhorita saiba, e cá entre nós, espero que, como testamenteiro da propriedade *e* como seu amigo, Evie Stone e seu olhar ávido possam ter meus serviços à total disposição.

Capítulo 25

CHAWTON, HAMPSHIRE
19 DE FEVEREIRO DE 1946
REUNIÃO EMERGENCIAL DA FRATERNIDADE JANE AUSTEN

A reunião, rapidamente organizada, deu-se às sete da noite seguinte, na sala frontal da casa de doutor Gray. Cinco membros da Fraternidade Jane Austen participaram: doutor Gray, Adeline, Adam, Mimi e Evie.

Andrew e Frances se abstiveram de participar tanto da discussão quanto das votações. Yardley não conseguiu vir a tempo de Londres para Chawton com Mimi, o que a princípio foi bom, pois Andrew temia que a reputação e o emprego de Yardley na Sotheby's acabassem ameaçados diante do envolvimento dele com uma avaliação amadora que teria repercussões financeiras muito significativas para todos os envolvidos.

Assim, sobraram apenas Adeline e doutor Gray como administradores do Fundo Memorial de Jane Austen com direito a voto. Um total de três votos – a maior parte de cinco administradores – seria necessário para chegar na quantidade de votos requerida de acordo com a lei de reuniões do procedimento parlamentar. Depois de uma conversa rápida entre Forrester e Yardley ao telefone, Mimi foi proclamada procuradora de Yardley naquela votação. O raciocínio dos dois cavalheiros se baseou em três pontos: a Sotheby's não tinha interesse legal ou financeiro, ou sequer interesse prévio, na propriedade dos Knight no momento da votação; Yardley não se beneficiaria pessoal ou profissionalmente do voto e ele estava disposto a assinar um atestado com tal declaração; e, enfim, como diretor da casa de leilões, Yardley tinha a permissão de usar sua expertise para fazer avaliações culturais e literárias em benefício dos objetivos beneficentes do fundo.

Depois que a reunião foi convocada, dado o anúncio da iminente reclamação da propriedade dos Knight por parte do senhor Knatchbull-Hugessen da Grande Birmingham, doutor Gray propôs uma votação sobre apresentar ou não uma oferta ao herdeiro com o objetivo de comprar o conteúdo da biblioteca da Casa de Chawton e pedir o arrendamento do chalé de apoio.

A votação foi rápida.

– Agora, precisamos definir em votação um valor apropriado para oferecer pelo conteúdo da biblioteca, uma vez que não há um valor de mercado atual. Evie? – anunciou doutor Gray.

A jovem se levantou do usual lugar no banquinho diante do piano. Tinha em mãos o caderno que continha a catalogação de todos os dois mil, trezentos e setenta e cinco livros da biblioteca, mais a carta de uma página avulsa. O caderno foi passado de mão em mão entre os outros quatro participantes da reunião.

– Então você está dizendo, até onde entendi, que algumas edições específicas jamais foram vistas em vendas públicas? – começou doutor Gray conforme folheava o caderno, impressionado.

Evie aquiesceu.

– O senhor Sinclair já viu isso? – perguntou Adeline.

– Sim, quando ficou para passar a noite depois de nossa primeira reunião. Ele apareceu de madrugada na biblioteca e me pegou trabalhando. Mostrei a ele alguns dos exemplares, e ele ficou um tempo com o caderno para estudar os valores.

– E? – perguntou doutor Gray, ansioso.

Foi a vez de Mimi falar:

– Hoje, eu e ele demos uma última olhada no caderno, ainda em Londres, antes do trem, e eu o trouxe comigo. É bom que já estejam sentados: ele acha que, baseado nos registros públicos aos quais tem acesso, estamos falando de um valor de cem mil libras ou mais.

– Mais quanto? – perguntou Adam.

Mimi olhou para Adam, que agora estava de pé junto de Adeline atrás de doutor Gray, ambos examinando o caderno por cima dos ombros do médico.

– Bem, só a edição de Shakespeare da Third Folio potencialmente vale dez mil libras ou mais. Também há dezenas de primeiras edições de textos críticos do século XVIII, tanto de ficção quanto de não ficção. O *Primeiro livro de Urizen*, de William Blake, e a primeira edição de *Dom Quixote* também valem, cada um, dezenas de milhares de libras.

– Isso é completamente espantoso – exclamou doutor Gray. – Evie, meu Deus, você sabe o que temos aqui?

Evie tinha o orgulho de uma conquista acadêmica estampado na testa.

– Sim, é claro. Por isso fiz essa catalogação.

O último item no caderno não era uma anotação sobre um livro, mas sim sobre a carta de Jane Austen para Cassandra Austen, datada de 6 de agosto de 1816.

– Foi o mês em que ela terminou de escrever *Persuasão*! – exclamou Adeline.

– Mas... – Doutor Gray olhou para Evie e Mimi. – Meu Deus. Não pode ser.

Evie e Mimi sorriram uma para a outra.

– Pensamos em contar antes, mas senhorita Frances precisava manter tudo isso em extrema confidencialidade, por motivos óbvios – explicou Evie. – Ela e eu éramos as únicas pessoas no mundo que sabíamos disso. Depois Yardley, e por fim Mimi soube nesta tarde.

Doutor Gray começou a ler a cópia da carta que Evie diligentemente fizera – o original ainda estava guardado em segurança dentro de um dos dois mil, trezentos e setenta e cinco livros na biblioteca de baixo. Evie os informou, enquanto ele lia, que conferira a letra extremamente inclinada de Jane Austen no manuscrito de *Persuasão* em exposição no Museu Britânico durante um dos domingos de folga em que fora ao local para ter certeza de que a "tradução" fora competente e completa.

Doutor Gray se largou na cadeira e, sem dizer uma palavra, entregou a cópia para Adeline, para que ela também a lesse. Ela caminhou até a lâmpada próxima do piano e a leu, de pé ao lado de Adam.

Todos no cômodo pareciam sem palavras.

Enfim, Adeline disse:

– E por acaso temos alguma ideia sobre o valor desta carta?

– Não, na verdade – respondeu Mimi. – Yardley procurou em todos os lugares, mas pouquíssimas foram leiloadas. Uma carta foi vendida em 1930 em um leilão da Sotheby's, mas por apenas mil libras.

– Mas não é uma questão de valor – disse doutor Gray.

– É o que passamos a saber – acrescentou Adam, e todos no cômodo se viraram para olhar para ele.

– Sim – declarou Evie. – Isso não tem preço.

– Mas ela ainda está no lugar em que deveria estar, certo? – perguntou doutor Gray. – Não podemos correr o risco de sermos acusados de esconder ou roubar nada.

– Não se preocupe. Apenas troquei os livros de lugar enquanto espanava o cômodo – respondeu Evie. – Se o senhor Knatchbull-Sei-Lá-O--Que-Mais quiser fazer uma avaliação do que há na biblioteca, ele pode ficar à vontade.

– Bem, então, de quanto será nossa proposta? – perguntou doutor Gray para o cômodo.

— Quarenta mil libras — disse Mimi, sem hesitar. — Acompanho os leilões de itens de Jane Austen pela Sotheby's e pela Christie's já faz vários anos. Com a guerra, as coisas se estabilizaram bastante, até recentemente. Se definirmos um valor médio aproximado de cada livro em vinte libras, o valor final seria completamente razoável a qualquer pessoa inclinada a vender rapidamente o conteúdo da biblioteca.

— Mas de onde raios vamos tirar tanto dinheiro? — perguntou Adeline.

Mimi olhou ao redor.

— De mim. — Ela se ergueu. — Sei que estão todos hesitantes em aceitar meu dinheiro, mas pelo que Andrew me disse, contribuições públicas estão chegando de forma muito devagar depois que fizemos o anúncio no *The Times*. Escutem, está tudo bem, esse valor é equivalente a um filme ou dois... Claro, sem querer soar arrogante. Tenho mais do que suficiente, de qualquer forma. E só Deus sabe como meu noivo também tem dinheiro. E depois que os livros que não forem relacionados a Jane Austen forem vendidos, no momento e no local oportunos, o fundo terá dezenas de milhares de libras para comprar o chalé e quantos artefatos relacionados a Austen quisermos. Com isso, suficiente interesse no capital será gerado, garantindo investimentos futuros.

Adeline e doutor Gray trocaram olhares, e depois se viraram para Mimi.

— Mas a senhorita vai nos deixar devolver o dinheiro depois que o fundo lucrar com as vendas?

— Se insistem... — Mimi sorriu. — Tenho a mais profunda fé, tanto em Yardley quanto em Evie, de que a venda do conteúdo da biblioteca vai enriquecer o fundo em várias vezes esse valor.

— Nesse caso — anunciou doutor Gray —, proponho uma votação.

Quando a reunião terminou, era tarde demais para que Mimi fosse a Alton pegar o trem até Londres e depois voltar para o hotel. Adeline ofereceu a ela um dos dois quartos de visita para poupá-la da caminhada de um quilômetro e meio até o Casarão; Mimi aceitou, tão exausta com os eventos empolgantes da noite que estava disposta a deixar de lado mais uma noite em um local mergulhado na história de Austen.

Quando já se aproximavam do jardim de Adeline, sob o luar, Mimi se virou para olhar para a estrada que levava ao vilarejo.

– Doutor Gray parecia estar mais bem-humorado hoje do que na última reunião.

– Creio que é isso que descobertas históricas arrasadoras fazem com os homens – respondeu Adeline.

– Vocês dois também parecem estar se dando melhor. Na última reunião, juro que pensei que a senhora arrancaria um pedaço dele a qualquer momento. Se não for inoportuno querer saber, estava me perguntando: o que há entre os senhores?

– Apenas um mal-entendido, creio eu.

Adeline segurou o portão aberto para que Mimi passasse, ainda um pouco intimidada pela atriz famosa – embora não por culpa da própria. Adeline ficava cada vez mais impressionada com a educação e o profundo conhecimento de Austen que a atriz demonstrava, assim como sua humildade muito honesta. Adeline achava que não era apenas uma atuação – Mimi não parecia ter nenhum ímpeto competitivo, e focava integralmente nas tarefas que assumia para si. Adeline era muito parecida com ela – tinha certeza de que era esse tipo de coisa que a tornava um alvo fácil para mulheres como Liberty Pascal, que espalhavam seus tentáculos em um constante assédio sobre uma variedade de vítimas.

– Sério? Um mal-entendido? Doutor Gray não me parece o tipo de homem que entende mal as coisas.

– Creio que ele pensa que há algo entre Adam e eu. O que é completa e obviamente ridículo.

– Obviamente.

As duas mulheres se entreolharam por um instante, as sobrancelhas erguidas de forma sugestiva, uma esperando a outra falar primeiro.

– É normal por aqui que um médico se interesse pela vida amorosa de sua paciente?

– Ele ficou superprotetor em relação a mim desde o bebê, creio eu. Desde o que aconteceu. Acho que... Sei que ele se culpa.

Mimi abraçou a outra mulher pela cintura enquanto seguiam na direção da porta de entrada.

– Ai, Adeline, senti tanto ao saber de sua perda. Eu deveria ter dito algo antes.

– Por favor, não se preocupe com isso. Doutor Gray também não devia se preocupar, na verdade. Especialmente agora que ele tecnicamente não é mais meu médico.

Mimi ergueu a sobrancelha para Adeline, interessada.

– Sério? Desde quando?

– Desde... um mês atrás? Talvez mais?

Adeline destrancou a porta da frente e Mimi entrou atrás dela.

– Então, como disse, há espaço o bastante lá em cima agora que minha mãe achou apropriado voltar para casa e me deixar sozinha de novo. Na verdade, quando com sorte adquirirmos o monte de livros da biblioteca, poderemos guardá-los aqui; certamente há espaço o bastante. Seu quarto é o segundo à direita. – Adeline mirou o relógio do avô pendurado no fim do corredor. – Ainda não são nem dez horas... Gostaria de tomar algo antes de subir?

– Adoraria! A senhora se incomoda se eu der uma olhada por aí enquanto prepara as bebidas?

Adeline sorriu e seguiu até a cozinha, enquanto Mimi entrava na sala de visitas, à direita. Encontrou um abajur de mesa e o acendeu, e imediatamente notou o banco improvisado diante da janela, quase cedendo com o peso de todos os livros. Adormecido em uma pilha de almofadas havia um adorável gatinho de pelagem marrom e alaranjada. Mimi o achou parecido com a gata malhada que via perambulando pelos jardins do chalé de suporte sempre que espiava por sobre o velho muro de tijolos.

Mexendo nas pilhas, escolheu um livro de aparência particularmente desgastada e encontrou outro abajur perto do sofá. Acendeu a luz e, depois de se sentar, arrancou os saltos com os pés antes de erguer casualmente as pernas sobre o assento.

Quando voltou, Adeline tinha em mãos duas tacinhas de xerez.

– Obrigada pela gentileza. Sempre tomo uma bebidinha à noite com Jack quando ele está em casa. Meu noivo. – Assim que as palavras deixaram sua boca, os olhos de Mimi pousaram sobre a foto de casamento em cima da lareira, ainda novinha em folha em sua moldura prateada. Ela mal conseguia começar a compreender o tamanho das perdas que Adeline sofrera ao longo do último ano.

– Como você está, Adeline? Digo, de verdade? – perguntou baixinho.

Adeline se sentou no sofá diante do de Mimi.

– Não sei com certeza. Sequer sei se há uma palavra para o que estou vivendo. Acho que é com isso que doutor Gray se preocupa mais. – Enquanto falava, Adeline parecia cada vez mais triste e confusa. – Independentemente de qualquer coisa, até agora doutor Gray e eu sempre nos respeitamos, no mínimo, mesmo sendo tão diferentes em tantos sentidos. Ser um homem e uma mulher colocados em cada uma das extremidades de um mesmo trabalho pode ser complicado.

Mimi deu uma risada.

– Sim, eu sei. Estou prestes a me entregar de corpo e alma para alguém que colocaria a cadela Lassie para atuar em um filme no meu lugar se isso o fizesse ganhar mais dinheiro.

Adeline também riu.

– Ele me parece um verdadeiro cavalheiro.

– Ah, *isso* ele é. Ele tem uma fascinante mistura de vulnerabilidade infantil com energia destemida. E de fato me faz querer ser melhor. Não sou exatamente introvertida, como você provavelmente já sabe, dada minha escolha de carreira. Mas voltando ao doutor Gray e a você... Você usou a palavra *respeitar*...

Adeline baixou os olhos para o líquido âmbar na tacinha de xerez e a girou.

– Acho que ele se decepcionou comigo. Sobre como venho lidando com as coisas.

– Ora, Adeline, eu realmente não creio nisso. Não consigo vê-lo julgando você... Justo ele, que também é viúvo.

– Mas justamente por isso: ele também sofreu, e mesmo assim continua seguindo a vida e dando ouvidos aos problemas muito menores de outras pessoas, e ainda faz isso com toda a sabedoria e a calma. Calma demais, eu diria.

– Nem todos os problemas são menores. E ninguém sabe de verdade o que as outras pessoas fazem para superá-los... Você ficaria surpresa. Uma coisa é lidar com algo. Outra é simplesmente sobreviver a mais uma noite. – Mimi viu Adeline erguer o olhar rapidamente em reação ao comentário, como se uma grande ficha estivesse caindo, mas a atriz sabia que não adiantava pressionar no que tangia à relação entre Adeline e Benjamin Gray. – E, de qualquer forma, pelo menos até onde eu sei, creio que doutor Gray não sente nada além do mais solene respeito por você. Talvez até respeito demais. Bom, exceto pelo seu processo de tomar notas nas reuniões.

Adeline riu de novo.

– Ele é muito direto e reto. Ele e Andrew. O que é ótimo, pois sem eles nossas reuniões virariam sessões de horas de debate para decidir quem é o maior canalha: Henry Crawford ou Willoughby.

– E Adam seria responsável por começar. Sabe, é engraçado, nunca tinha pensando direito nisso, mas não tenho certeza se é respeito o que faz Jack sentir-se atraído por mim. Ou eu me sentir atraída por ele, em todo caso.

– Respeito em uma amizade é essencial. É claro que no caso de um casamento também, mas talvez vocês compartilhem outras qualidades e sintam outros tipos de atração que são simplesmente muito mais intensas. Certamente ambos têm sucesso profissional, e é claro que respeitam isso.

– Sim, suponho que sim – disse Mimi, concordando com a cabeça de modo pensativo. – Digo, Darcy e Elizabeth sem dúvida respeitam um ao outro, mesmo sendo tão diferentes. E Anne Elliot e capitão Wentworth, é claro. Já no caso de Knightley e Emma, não tenho tanta certeza. E, mesmo assim, sentem afeição e atração profundas um pelo outro.

Adeline bebericou o xerez, contemplativa.

– Talvez Knightley respeitasse mais Emma se não a enxergasse tão bem. Talvez o que os conecta é justamente esse desejo dele de amá-la, mesmo ela sendo tão transparente. Assim ele pode ajudá-la, ajudá-la a seguir na direção da verdade e fazer a coisa certa sempre que seu espírito indulgente começar a atrapalhar.

– Uau, você realmente não gosta de Emma, não é? Tenho de admitir que ela é minha favorita.

– Oh, eu sei. Adam me contou.

– Contou, é? – Mimi riu. – E como raios ele sabe disso?

– Você contou a ele. Anos atrás. Quando visitou o vilarejo pela primeira vez. Ele realmente queria gostar dela. Mas tanto Adam quanto eu preferimos Lizzie. Doutor Gray, por outro lado, é um grande fã de Emma, assim como você. Ele ama como ela simplesmente vai atrás do que quer, sem escrúpulos, e é capaz de manter longos relacionamentos sem sacrificar nada. Ele a acha muito carismática, fazendo as outras pessoas simplesmente cederem a suas vontades.

Mimi olhava atenciosamente para Adeline.

– Ora, meu bem, parece um pouco com você.

– Ah, não, de maneira nenhuma. Posso ser direta, mas não tenho problema algum em ceder quando necessário.

Assim como Evie, Mimi prestara atenção a Adeline e doutor Gray, usando seus poderes de observação polidos pela profissão, e se comprometer parecia ser a última coisa de que aqueles dois eram capazes.

– Com Samuel, eu cedia todo o tempo – dizia Adeline. – Não fomos casados por muito tempo, mas crescemos juntos, e todas as vezes em que ele me pediu em casamento eu... não estava pronta. Não tenho certeza do porquê... Apenas parecia confortável demais, sabe? Mas ele logo foi convocado, e de súbito algumas coisas não pareciam mais tão importantes.

– Perdoe-me por dizer isso, Adeline, mas concordar em se casar com alguém não deveria ser a mesma coisa que ceder.

Adeline aquiesceu.

– Eu sei. Acho que tudo era embebido demais em nossa história juntos para que parecesse que eu estava de fato fazendo uma escolha. Talvez *ceder* não seja a palavra certa. Talvez seja apenas...

– ... resignar-se? Oh, acredite em mim, querida, eu já estive nessa posição.

– Tudo o que sei é que o amei, de verdade, do fundo do meu coração. E agora estou sem ninguém. E todo mundo quer que eu simplesmente siga a vida. Já faz um ano, dizem, já é hora de superar. Faça caminhadas. Caminhadas longas. Vá ao cinema. Só saia de casa e viva.

Mimi chacoalhou a cabeça, triste.

– Adeline, meu pai se matou quando eu era muito nova, e isso me impacta até hoje. Aquele ato terrível e irreversível é uma parte de mim. E nunca serei completa novamente por causa disso. Você não é o problema: a perda é que é.

Adeline ergueu os olhos para Mimi com lágrimas escorrendo pelo rosto. Era a primeira vez que se permitia chorar desde a terrível noite em que discutira com doutor Gray no jardim.

– E sim, é triste, mas ninguém mais entende sua perda. Ela pertence a você. Impacta apenas *você*. E adivinha? As outras pessoas não precisam entender. – Mimi fez uma pausa. – Mas você precisa. Precisa de fato entender por completo como isso a mudou, para que realmente possa seguir e viver, mas já como essa pessoa mudada, que agora pode desejar coisas diferentes. Que agora pode querer ter outras pessoas ao seu redor. E sim, se Deus permitir, outras pessoas para amar. Você ainda é tão nova... Foi agraciada pela oportunidade de ter tantas décadas pela frente por uma razão. E elas não devem ser desperdiçadas.

Adeline chorava a plenos pulmões. Aquilo era exatamente o que ela temia ouvir.

E, ainda assim, era exatamente o que precisava ouvir.

Capítulo 26

CHAWTON, HAMPSHIRE
21 DE FEVEREIRO DE 1946

Colin Knatchbull-Hugessen andava pelo salão de visitas do pavimento principal do Casarão, tomando em suas mãos objetos aleatórios – primeiro da lareira de madeira ornamentada com entalhes medievais, depois do aparador encostado à parede revestida com placas de carvalho.

– Esse prato é do conjunto de porcelana da família – disse Frances, sentada na beirada do sofá florido. – Escolhido por Edward Austen, com Jane junto. Vê o pequeno brasão familiar na borda?

Colin devolveu o prato oval da Wedgwood ao lugar.

– Nunca liguei muito para os livros dela. A senhorita tem muitos empregados por aqui?

– Apenas um punhado, temo. A propriedade não tem capacidade para sustentar muito mais do que isso. Mas são todos empregados antigos, exceto pelas duas criadas mais jovens, e eles manterão as coisas funcionando para o senhor.

Ele olhou para ela com algum interesse.

– Criadas mais jovens, é?

Frances começou a ficar incomodada com o olhar do homem.

– Além de Josephine, que o senhor conheceu à porta. Há ainda Tom Edgewaite, que cuida dos estábulos e jardins. Também contratamos um fazendeiro local, Adam Berwick, para cuidar dos campos e pastos.

Colin agora perambulava na direção da biblioteca ao lado, e Frances se levantou para segui-lo.

– Uau. – Ele assoviou. – Que montão de livros. A senhorita leu todos?

– Não, na verdade. Tenho meus favoritos... Evie separou estes aqui, nessas duas prateleiras mais baixas. O resto está na família há gerações.

– Esse lugar daria uma ótima sala para uma bela tevê. – Ele se virou para o centro do cômodo. – A senhorita tem uma?

– Sinto dizer que não. Tenho apenas um rádio na sala de estar e outro na cozinha.

– Televisão é a nova onda. Ouvi dizer que a bbc logo vai voltar, agora que a guerra acabou. Mesmo assim, uma boa televisão custa algumas centenas de libras, pelo que me disseram. Melhor vender boa parte disso tudo aqui e fazer algum dinheiro. – Ele pegou aleatoriamente um dos livros de aparência mais antiga. – Isso tudo deve dar o suficiente para umas duas televisões, acho.

Frances precisou morder o lábio para não dizer nada. Não era de sua natureza ser nem remotamente dissimulada, mas tinha as vozes de várias pessoas na cabeça – a de doutor Gray, Evie e até mesmo Yardley Sinclair –, e todos haviam sido bem incisivos com ela, dizendo que ela não devia nada àquele, como Evie chamara, "besta". Que ela era completamente livre para sair da casa sem nenhuma obrigação de ajudar Colin Knatchbull-Hugessen a conseguir mais dinheiro do que já iria fazer.

Entediado com a biblioteca, Colin seguiu para o salão de jantar, e Frances o seguiu de forma relutante.

O salão de jantar sempre fora um de seus cômodos preferidos, com a monárquica longa mesa, as janelas panorâmicas com bancos largos e o grande piano no canto. Colin no mesmo instante se sentou diante do instrumento.

– Eu sou um grande músico, não sei se a senhorita sabe. Escuta só. – Ele sorriu e começou a bater nas teclas para tocar "O bife".

A FRATERNIDADE JANE AUSTEN

Frances não sabia se era capaz de suportar mais. Era difícil acreditar que compartilhava um mililitro de sangue sequer com aquele homem. Tal pensamento geralmente a faria se sentir esnobe, mas Colin era tão desagradável que era fácil não se importar com aquilo.

Ela mostrou para ele o restante do pavimento principal, e depois subiram pela escadaria norte. Colin percebeu as caixas ao lado do primeiro degrau e, em um raro lapso de humanidade, perguntou:

– Deve ser difícil abrir mão de tudo isso. A senhorita está bem?

– Ah, sim. É importante que a propriedade permaneça intacta e seja passada adiante, o mais longe possível. Somos apenas guardiões do local, na verdade. Agora é simplesmente a vez do senhor.

– Bem, isso é o que eu chamo de uma atitude sofisticada. Sim, é sim. Uma atitude muito sofisticada.

Ele fez um gesto para que ela seguisse na frente, e ela subiu as escadas. Quando chegaram ao escritório do segundo andar, que também continha várias prateleiras de livros (dos quais Evie levara com bastante discrição os mais valiosos para a biblioteca de baixo durante a limpeza), ele deu outro assovio.

– Mas, rapaz, e não é que tem mais? – Ele se virou ao chegar na metade do cômodo, e Frances se preparou para dizer o que os outros membros da fraternidade a haviam treinado para falar, apenas dois dias antes.

– Vai exigir algum tempo e dinheiro para avaliar tudo o que há na casa, creio eu – disse ela, tão casualmente quanto possível.

Colin olhou para ela, preocupado.

– Bom, não quero perder nem um segundo, e muito menos um xelim a mais do que o necessário, *nesse* tipo de coisa.

Frances aquiesceu, solene.

– Afinal, tempo é dinheiro.

– Exatamente – concordou ele, começando a pensar que a velha solteirona não era tão biruta quanto parecia.

– E veja, tenho condições de fazer uma oferta nos livros.

– Ah, é? Como?

– Temos uma pequena fraternidade aqui. Apenas... Ah, sete ou oito pessoas, a maioria moradores locais, e arrecadamos algum dinheiro para comprar coisas relacionadas a Jane Austen.

Ele franziu o cenho.

– Sério? Que curioso.

– Sim – disse Frances com um sorriso quase envergonhado. – É nosso pequeno passatempo, entende? A vida em um vilarejo não proporciona exatamente as atividades mais empolgantes.

Colin ouvia o que ela tinha a dizer com atenção conforme o mundo de corridas de cavalos, partidas de futebol e garçonetes saidinhas ficava mais longe a cada palavra.

– Enfim, nossa fraternidade ficaria feliz em comprar alguns desses livros de suas mãos. Os daquelas prateleiras ali, por exemplo. E os das duas prateleiras inferiores da biblioteca lá embaixo, que são os livros que eu gostaria de ter comigo.

Ela continuou falando o quanto pôde enquanto Colin ponderava sobre a vida na qual estava se metendo.

– Mas, é claro, se o senhor preferir contratar alguém para avaliar tudo isso... – Ela viu um olhar vidrado tomar a expressão geralmente animada do homem. – Afinal de contas, entre os dois cômodos há cerca de três mil livros...

– Três mil...

– Sim, mais ou menos, algumas centenas para mais ou para menos. Uma catalogação e avaliação levaria alguns meses, talvez um ano. Especialmente se o avaliador decidir analisar cada livro em detalhes, página por página.

Mas Colin Knatchbull-Hugessen não tinha um ano para perder. Nunca tivera. Vivia entre jogos, corridas e horas de operação em apostas. Ele queria o dinheiro, e o queria o mais rápido possível.

– Quanto? – interrompeu ele.

– A fraternidade estaria disposta a oferecer quarenta mil libras pelo conteúdo da biblioteca.

Frances se lembrou da expressão de todos naquela terceira reunião da fraternidade, convocada às pressas duas noites antes, e do momento em que Mimi se levantou e ofereceu o dinheiro de uma vez.

Colin se recompôs e começou a bater o dedo indicador no queixo.

– Isso liberaria parte do patrimônio em dinheiro para o senhor, enquanto decide o que fazer com a propriedade – esclareceu Frances com um olhar amável. – Neste exato momento, infelizmente, todos os lucros da propriedade estão sendo revertidos diretamente para seus custos de operação.

Colin parou de bater o dedo no queixo.

– Como é?

Frances tentou se lembrar do que Andrew dissera sobre o estado dos registros financeiros da propriedade.

– Bem, como o testamenteiro me informou, e provavelmente informará ao senhor, temo inclusive que a propriedade esteja hoje em dia operando um pouco no negativo.

– No negativo? Como?

– Bem, toda vez que a propriedade passa para um novo herdeiro, os impostos sobre a herança comem uma porção tão grande do patrimônio que o herdeiro precisa se desfazer de uma pequena parte dela para continuar: um campo ou outro aqui, um pequeno celeiro ou chalé ali... E vem funcionando, até certo ponto. Mas, agora, tudo o que temos é o Casarão, o pequeno chalé de apoio perto da estrada e o que há dentro dele.

– O pequeno chalé onde a senhorita vai morar.

Ela concordou com a cabeça.

– Assim, de acordo com o testamenteiro, com os impostos cobrados sobre a propriedade e os custos crescentes de operação, estamos em um leve apuro. Ele sugere eventualmente converter também esta casa em apartamentos e alugá-los. Isso geraria um pouco mais de dinheiro para manter as coisas funcionando, embora não exatamente o bastante. É claro, o senhor poderia vender o chalé o mais rápido possível para conseguir mais fundos imediatos.

Mas Colin não tinha tino para os negócios. Só de ouvir Frances falar sobre as preocupações financeiras que o esperavam adiante, estava ficando com dor de cabeça. Era muito mais fácil despejar um punhado de moedas em uma mesa de feltro e deixar o destino agir. Às vezes ganhar, às vezes perder. Sem esforço algum. Aquilo era mais o estilo de Colin.

– Vou ter de pensar sobre tudo isso – disse ele, sem intenção alguma de fazê-lo.

Sem que Frances Knight soubesse, ele já tinha um comprador em potencial para a propriedade. Uma companhia de clubes de golfe e complexos hoteleiros da Escócia recentemente abordara seu advogado depois de ouvir sobre a herança da boca de um dos diretores da empresa, que tinha uma conexão distante com Chawton. A companhia, que estava sempre de olho em grandes propriedades prestes a falir e serem vendidas por conta de algum tipo de déficit financeiro, estava observando a propriedade de Chawton Park, pois a considerava cheia de potencial para um hotel com campos de golfe, com o chalé de apoio servindo de sede e salão de jantar para as esposas e convidados dos hóspedes.

Livrar-se de alguns livros velhos e mofados era uma coisa – a grande questão para Colin era manter a propriedade o mais intacta possível e vendê-la a um comprador qualificado e altamente motivado. Era óbvio que, se o fizesse, Frances Knight perderia seu lar para sempre – mas certamente alguma boa alma do vilarejo teria pena dela. Afinal de contas, disse ele para si mesmo, não era disso que a vida em um vilarejo se tratava?

– É claro. – Frances sorriu tão graciosamente quanto possível. – Leve todo o tempo que precisar.

Capítulo 27

Chawton, Hampshire
Na mesma tarde

Enquanto Colin Knatchbull-Hugessen contava moedinhas ao passear pelo Casarão, doutor Benjamin Gray se encaminhava para fazer a visita que mais temia. Ele andou pela Winchester Road na direção de Alton e virou em uma pequena rua. Parou diante da primeira casa na extremidade de uma fileira de sobrados meio geminados, conferiu as próprias roupas e depois deu uma batida firme e decidida na porta.

Ela se abriu após alguns minutos e revelou a velha senhora Berwick, já em seus setenta e tantos anos.

— Aconteceu algum acidente? — Foram as primeiras palavras que saíram da boca da senhora, algo que doutor Gray estava acostumado a ouvir sempre que aparecia sem aviso-prévio na casa dos moradores mais antigos do vilarejo.

— Não, está tudo bem. Adam está?

— Não, está fazendo uma entrega na fazenda dos Wyard. — Ela empurrou os minúsculos óculos de leitura pela ponte do nariz para inspecioná-lo melhor. — Deve estar de volta para o chá, caso queira voltar depois.

— Na verdade, senhora Berwick, vim ver a senhora. Posso entrar?

Ela puxou o xale para apertá-lo ao redor dos ombros e deu um passo para permitir a entrada do médico. A casa tinha apenas quatro cômodos: a antessala onde estavam, a cozinha nos fundos e dois quartos no andar de cima. Doutor Gray se lembrou da antiga fazenda de pelo menos um acre dos Berwick, que ficava a poucos quilômetros do centro do vilarejo e que agora estava ocupada pela sofrida família Stone, e de toda a dificuldade que se abatera sobre os dois clãs ao longo dos anos. Pela primeira vez, pensou em como aquilo tudo era irônico – como Evie Stone e Adam Berwick haviam crescido na mesma casa antiga de fazenda, talvez dormido até no mesmo quarto, e acabado ambos fazendo parte da Fraternidade Jane Austen, apesar de todas as diferenças de temperamento, ambição e idade. Ele se perguntava o que um homem menos lógico e mais místico do que ele faria com aquela constatação.

A mãe de Adam apontou para um sofá diante da lareira embutida, que tomava toda a largura do cômodo. Doutor Gray se sentou e viu as várias pilhas de livros no chão ao lado.

– Adam está bastante distraído desde que esse grupinho de vocês começou com essa bobagem de Jane Austen.

Doutor Gray deu um sorriso indulgente. Ao longo dos anos, aprendera muito bem a nunca contradizer desnecessariamente uma mulher como Edith Berwick – estava economizando energias para a batalha muito diferente que tinha pela frente.

– Eu me pergunto se a senhora sabe por que vim.

Ela estreitou os olhos, mas não disse nada. Ele podia ver que ela não cederia nem um milímetro.

– Edith... Senhora Berwick. Acho que passou da hora. De contar a Adam. As coisas mudaram para vocês dois de forma dramática e muito súbita nesta última semana. A senhora com certeza soube sobre o testamento do senhor Knight, certo?

Ele a viu engolir em seco, nervosa, sem desviar o olhar.

– Sim, é claro. E o que isso tem a ver comigo e com Adam?

– Adam é o herdeiro mais próximo – disse doutor Gray, da forma mais rápida e direta possível.

– Ele não é nada disso.

– Edith, por favor. A senhora não pode privá-lo de tudo isso sem que ele saiba. – Doutor Gray olhou ao redor da sala escura. – Ele poderia comprar de novo os campos que antes eram dos Berwick, ficar com a casa e com os estábulos, e poderia manter as coisas ou mudá-las conforme achasse melhor. Mas, conhecendo Adam, ele manteria a velha propriedade funcionando, manteria o lugar como centro de nosso vilarejo, como nos velhos tempos. Só Deus sabe o que aconteceria se ela caísse nas mãos de outra pessoa.

– Existe uma outra pessoa, então?

Pelo visto ela sabia mais do que estava deixando transparecer.

– Sim, um tal senhor Knatchbull-Hugessen, da Grande Birmingham. Ele está no Casarão neste instante, enquanto conversamos. A senhorita Frances está apresentando o lugar para ele. Senhorita Frances, esta que, como nós dois sabemos, não merece nada do que está acontecendo. Não que o velho tenha surpreendido alguém com sua vingança.

Doutor Gray imaginou se o caso dele seria beneficiado ou prejudicado ao criticar o antigo patrão da mulher, senhor Knight.

Ela chacoalhou a cabeça vigorosamente.

– Não vou contar para ele. O senhor não pode me obrigar. O senhor fez um juramento.

Doutor Gray suspirou de forma audível.

– Sim, eu fiz. E é por isso que tudo permanece sendo nosso segredo há mais de vinte anos. Janeiro de 1919, certo? Nunca vou me esquecer. Jamais. Estava aqui para ajudar o velho doutor Simpson, que estava tendo de lidar sozinho com a epidemia.

– Não vou contar para ele – repetiu ela, como se não tivesse ouvido nenhuma palavra do que o médico dissera.

– Com quem a senhora se preocupa mais? Com a senhora mesma ou com Adam? Pois, como médico dele, acredito que ele está bem o bastante para receber a notícia, principalmente se isso significa herdar tudo aquilo. Não sei se diria o mesmo há alguns anos. Mas agora ele está entre amigos, bons amigos, e nós cuidaremos dele, assim como a senhora fez todos esses anos, sozinha.

– Ele amava o pai mais do que tudo. Ele não vai aguentar. Eu sei.

Doutor Gray a observava com cuidado. Sabia a propensão que ela tinha de agir em benefício próprio, o interesse presunçoso e o deleite que sentia diante da desgraça dos outros. Seu cinismo. O asco de si mesma, que se manifestava em todas essas outras coisas. Ele não gostava da mulher – nunca gostara. Ela jamais saberia – ele sempre a cumprimentava com um sorriso gracioso na rua ou com um toque respeitoso no chapéu, concordava com a cabeça de forma paciente enquanto ela cuspia veneno ao falar dos outros moradores do vilarejo... Ele sempre aparentava tê-la em alta estima, como sabia que precisava ser. Era como ela exercia o pouco controle que tinha sobre o vilarejo – através de técnicas terroristas complementadas por uma língua afiada e inclemente. Ninguém queria se indispor com Edith Berwick, e ele podia apenas imaginar o preço que aquilo cobrara da saúde do pobre Adam.

Era uma das razões pelas quais, desde que ele soubera do novo testamento, estivera dividido sobre contar tudo ou não. Mas a hesitação começara muitos anos antes, durante a epidemia de gripe espanhola que assolara Chawton e o mundo perto do fim da Grande Guerra, quando doutor Gray ainda fazia residência. Depois de apenas alguns dias de febre, senhor Berwick começara a sofrer uma hemorragia inexplicável e fora levado às pressas para o hospital de Alton. Lá, doutor Howard Westlake, que voltara recentemente da guerra como médico e herói local, sugerira uma transfusão de sangue imediata usando técnicas que aprendera no *front*. Adam doara sangue imediatamente, sendo supostamente a pessoa cujo sangue teria mais compatibilidade com o do pai, mas nem assim senhor Berwick pôde ser salvo. Eventualmente, doutor Gray precisou contar a verdade para a senhora Berwick: com base na incompatibilidade dos tipos sanguíneos dos dois, era impossível que Adam fosse filho do senhor Berwick.

Doutor Gray tivera de supor a história verdadeira, já que a viúva Berwick entrara em choque pelo luto. Posteriormente, anos mais tarde, muito depois de ele ter se mudado de novo para Chawton para assumir o lugar de doutor Simpson, ela certo dia contara tudo a doutor Gray, em um momento raro de confiança e franqueza. Ele não conseguia mais lembrar o porquê – tudo o que sabia era que, nos anos seguintes, em vez de agir como se ela estivesse na palma da mão dele, senhora Berwick agira como se ela soubesse de algum segredo do médico, tamanha era a esperteza ardilosa de suas técnicas. Era como se ela estivesse apenas esperando que ele traísse o próprio juramento e desse com a língua nos dentes.

Ele se perguntava por quanto tempo ela seria capaz de resistir no que tangia ao filho. Questionava-se se a ideia da fortuna esperando por Adam triunfaria sobre ela e seus erros do passado, pois, por maiores que fossem as dificuldades pelas quais a propriedade estava passando, ela ainda rendia milhares de libras por ano. Doutor Gray estaria mentindo se não reconhecesse, pelo menos internamente, que tinha grande desejo em ver a propriedade inteira ficar com alguém como Adam – que tinha um grande comprometimento com o legado de Austen e com o vilarejo de Chawton no geral –, caso não pudesse ficar com Frances.

Doutor Gray se acomodou no assento. Esperara até aquele dia para dizer qualquer coisa, pois tinha a esperança de que, no fim, Frances ainda tivesse chances de acabar como herdeira.

– Por que veio agora? – perguntou senhora Berwick, como se pudesse ler a mente dele.

– Achei que era hora.

– Mas o senhor já sabe disso há semanas. Adam me disse que também estava presente durante a leitura do testamento. – Ela encarava doutor Gray de modo agressivo. – Talvez saiba há até mais tempo, suspeito, dado o tipo de mulherzinha que costuma empregar, como aquela Harriet Peckham.

– Não posso falar mais sobre isso. A senhora mesmo é minha paciente, e tenho certeza de que entende minha necessidade de discrição. Mas as coisas mudaram recentemente, e de forma muito dramática, como já disse. E, no fim, sempre achei que seria melhor se a senhora tomasse a decisão sozinha. Respeito sua decisão, qualquer que seja ela, isso garanto à senhora. Mas seu tempo está acabando, agora que senhor Knatchbull deu as caras. E queria ser absolutamente claro sobre isso com a senhora.

– Meu garoto não ia querer nada daquilo.

– Creio que está equivocada.

– Eu sei que estou certa. Todos saberão, e a vergonha recairá sobre ele assim como sobre mim, e nem toda a terra e o dinheiro do mundo valeriam isso.

– Sei como a senhora se sente; caso contrário, acho que a senhora mesma teria contado ao senhor Knight quando tivesse a oportunidade. Não contou nada a ele ou a Adam por uma razão, mesmo passados tantos anos desde a morte de senhor Berwick. Mas por favor, pense sobre quais são realmente seus motivos.

Com isso, ele se levantou. Ela continuou sentada, olhando para frente com os olhos vidrados. Ele deixou a casa sentindo um certo grau de alívio. Fizera o que era possível por Adam sem quebrar a confidencialidade de nenhum paciente – de outra forma, estaria de mãos atadas. Também estava aliviado, pois a velha senhora não quisera explorar a conexão entre o fato de ele estar se pronunciando naquele momento e o interesse da fraternidade no pequeno chalé no fim da estradinha. Doutor Gray admitia o próprio interesse na situação toda, mas já passara semanas tentando gerenciar a questão. Consolava-se com o fato de que, por todos os anos em que conhecera Adam Berwick, nunca o vira mais engajado, ou vivo, ou feliz. Doutor Gray sabia que a Fraternidade Jane Austen era uma ótima razão para tal, e sabia ainda que o sonho de adquirir o chalé e transformá-lo em um monumento em homenagem à autora preferida fora inicialmente um sonho de Adam. E que, como resultado, aquele segredo não dizia mais respeito apenas a doutor Gray ou à senhora Berwick. Adam merecia saber da verdade, para que pudesse usá-la para os fins que bem entendesse.

Na manhã seguinte bem cedo, Liberty Pascal, usando um tom de batom mais intenso que o usual, apareceu à porta do escritório de doutor Gray. Com frequência, ela se encostava ao batente daquele jeito engraçado, como se estivesse implorando por um convite para entrar e descansar um pouco. Ele se admirou mais uma vez com a aparente capacidade que tinha de contratar, sem saber, pessoas conectadas a Adeline, e ainda por cima com uma atitude tão competitiva em relação a ela.

– Pois não, senhorita Pascal?

– Adam Berwick veio ver o senhor. Não vi o nome dele na agenda de consultas.

– Tudo bem. Por favor, deixe-o entrar.

Doutor Gray raramente ficava emotivo no trabalho – tinha orgulho disso. Mas foi de súbito acometido pela imagem de Adam tendo de revisitar algumas memórias agradáveis do passado, e depois tendo de integrá-las à realidade do que de fato estava acontecendo. Ninguém gosta de saber que as coisas não são como parecem.

Alguns segundos depois, Liberty reapareceu com Adam atrás de si. Ele tirou a boina quando entrou no escritório, e doutor Gray viu Liberty disparar um sorriso exageradamente grande ao fazendeiro antes de fazer uma minúscula mesura e deixar os dois homens sozinhos.

– Entre, Adam, por favor. – Doutor Gray se levantou e fechou a porta antes de voltar a se sentar atrás da mesa.

– Não quero falar muito sobre isso – começou o outro homem, embasbacado.

– É claro, Adam, eu entendo completamente. Deve cuidar de si mesmo, e de sua mãe. Deve ter sido muito difícil para ela contar. Não posso nem imaginar.

Adam agarrava a boina com tanta força que os nós dos dedos começavam a ficar brancos. Ver o pobre homem daquele jeito partia o coração de doutor Gray – o coitado nunca tinha descanso. Mesmo assim, lá estava ele, tentando se conectar com pessoas como o próprio doutor Gray, Adeline e Evie, tentando construir algo além do próprio mundinho. Aquilo exigia muita coragem de um homem como ele. A terrível Primeira Guerra Mundial e a grande quantidade de dor atordoante que sofrera privara Adam Berwick de algo essencial anos antes: de um entendimento do que é a esperança e de um entendimento de como às vezes isso é tudo o que uma pessoa pode ter. Assim como o fato de que, às vezes, a esperança pode ser suficiente.

– Não queria que você soubesse disso apenas para que a fraternidade tenha chance de ficar com o chalé. Precisava que você soubesse disso, Adam, como seu médico e como seu amigo. Você é um homem forte, veja ao que já sobreviveu. Vai sobreviver a isso também, e se acertar com os sentimentos, independentemente do que decida fazer. Mas é você quem deve tomar todas as decisões.

– Meu pai...

Doutor Gray podia ouvir a dor na voz de Adam conforme ela vacilava.

– Eu sei. De novo: não precisamos falar sobre isso. Mas, como médico, deixe-me dizer uma coisa: de todos os laços de sangue e de família que vejo ao meu redor, dia após dia, e de todos os bebês que nascem e de todas as lágrimas que os pais derramam, tudo o que me lembro é do amor.

Você foi amado, Adam. Você é amado. Seu pai o amou, e você tem boas memórias dele, e é isso que realmente importa. E você precisa guardar essas memórias, da forma que preferir.

Adam limpou o nariz com um lenço que tirou do bolso.

– Meu pensamento continua voltando para o chalé, e para todos os livros e coisas... E se perdermos tudo? Isso sem falar em senhorita Frances, perdendo a única casa que lhe resta.

Doutor Gray se ergueu um pouco e se apoiou sobre a mesa, encarando Adam mais de perto.

– Você não precisa se preocupar com isso agora. Eu só queria... A senhora Berwick também... Só queríamos que você tivesse essa informação. Mas não interessa a mais ninguém o que vai fazer com ela. E não entre em pânico sobre senhorita Frances ainda... Afinal, pode ser que o senhor Knatchbull decida nunca vender o chalé.

Doutor Gray estava tocado, porém, pelo conflito visível que tomava o homem – conflito que o próprio doutor Gray contemplava. Se eram guardiões de algo maior do que eles mesmos, cada um tinha a responsabilidade de pensar além de seus próprios interesses, algo incrivelmente difícil de se fazer.

– Quero que alguém me diga o que fazer.

Doutor Gray deu o primeiro sorriso genuíno em dias.

– Confie em mim, Adam, todos nos sentimos assim às vezes.

– O que o senhor faria?

– Para ser honesto? Não sei. É justamente o que torna tudo isso complicado. Essa questão diz respeito, total e unicamente, a você. Como tudo na vida. Nenhum de nós pode dizer o que faria no lugar de outra pessoa sem sentir todas as dores e delícias de ser quem ela é.

Adam devolveu o lenço para o bolso frontal do casaco.

– Quero propor uma votação.

– Como é? – perguntou doutor Gray, surpreso.

– Na fraternidade. Quero contar aos membros. Quero que *o senhor* conte para eles, e que depois todo mundo vote. Senhorita Frances me disse ontem, quando dei um pulo no Casarão ao voltar dos Wyard, que esse tal senhor Knatchbull está bem focado no dinheiro que pode conseguir com a propriedade. Ela acha que podemos conseguir os livros, disse que não deve ser muito difícil convencê-lo a vendê-los. Mas todo o resto, e o chalé... Não tem como saber. Então eu quero uma votação, uma votação oficial e tudo mais, e o mais rápido possível. Confio em todo mundo na fraternidade.

Doutor Gray o observou atentamente.

– Adam, não conhecemos todo mundo tão bem assim... Senhor Sinclair e senhorita Harrison são quase estranhos ainda, por mais que eu respeite e goste dos dois.

Adam negou com a cabeça, sem ceder.

– Não, está tudo bem. Confio neles. Confio no senhor. – Ele disparou um olhar direto e emocionado a doutor Gray. – O senhor soube disso todos esses anos, e nunca disse nem uma palavra.

Doutor Gray estendeu a mão com o intuito de tocar o ombro de Adam em uma demonstração incomum da compaixão que sentia pelos pacientes em seu íntimo, mas que estoicamente escondia ao cumprir suas obrigações profissionais.

– Adam, isso foi importante, é claro. Mas, de certa forma, se parar para pensar, não é tão importante assim. Não muda nada. Não muda o que você compartilhou com seu pai. O resto, incluindo o papel de sua mãe nisso, é secundário, ou pelos menos é nisso que acredito. Há o cerne de nossas vidas, e há todas as outras coisas menores que o rodeiam. E é você, só você, quem decide o que vai considerar digno de um lugar. Não deixe que ninguém o faça acreditar no contrário.

Adam aquiesceu.

– Mas, ainda assim, quero a votação.

Capítulo 28

CHAWTON, HAMPSHIRE
23 DE FEVEREIRO DE 1946
SEGUNDA REUNIÃO EMERGENCIAL DA
FRATERNIDADE JANE AUSTEN

O tópico da reunião da noite foi demais para Andrew Forrester.
— Então estamos aqui para realizar uma votação, uma única votação, para decidir se Adam deve reivindicar seu direito sobre a herança da propriedade dos Knight? Reinvindicação esta que será baseada na alegada paternidade de senhor Knight, um fato que mesmo Adam não conhecia até um ou dois dias atrás?

Doutor Gray concordou com a cabeça. Estavam reunidos de novo na sala de estar. Todos haviam comparecido, exceto Adam, o que era mais um alívio do que qualquer outra coisa, dada a magnitude da decisão que tinham diante deles.

Mimi encontrara Yardley na estação naquela tarde de sábado, já que sequer voltara a Londres depois da primeira reunião emergencial, quatro noites antes. Ficara com Adeline na primeira noite, e depois se mudara para o quarto de visitas no Casarão. O ar puro do interior estava lhe fazendo bem — ela parecia mais encantadora do que nunca.

— Mas você já sabia disso? Desde quando? — Andrew perguntou a doutor Gray.

— Não posso entrar em detalhes, Andy, como bem sabe — respondeu doutor Gray. — Mas tenho uma autorização por escrito, tanto de Adam quanto da mãe, para revelar a natureza da reinvindicação para os membros atuais da fraternidade. Estes são para seus documentos legais; como testamenteiro, deve guardá-los com extrema confidencialidade. – Doutor Gray entregou os papéis para Andrew e depois se sentou.

– Pobre Adam – disse Adeline. – Primeiro perde toda a família, e depois isso. Como ele está?

Doutor Gray pousou as mãos nos braços da poltrona mais próxima do fogo, onde estava, e encarou o chão.

– Não posso dizer muito, é claro, já que ele continua sendo meu paciente, mas ele me pediu que nos reuníssemos hoje para votar a respeito de seus próximos passos, pois seu emocional está em frangalhos demais, creio eu, para que ele consiga tomar a decisão sem nossa ajuda. A votação de modo algum é para determinar algo ou para obrigá-lo a fazer qualquer coisa, é claro. É apenas para ajudá-lo a decidir.

– Não deve ter sido uma decisão fácil para o senhor, tampouco, contar essas coisas – destacou Adeline.

Doutor Gray ergueu os olhos, surpreso com o tom compreensivo de Adeline. A impressão era de que vários meses haviam se passado desde que ela o tratara com tudo, menos compaixão. Podia não ser nada de mais para os outros, mas, para doutor Gray, as palavras trouxeram conforto e esperança – justamente a esperança que ele, assim como Adam, perdera tanto tempo antes.

Andrew leu as duas procurações diante de si.

– Quer dizer então que essa reinvindicação é potencialmente válida? Não há dúvidas sobre isso? – Doutor Gray aquiesceu. – Além de você, Adam e a mãe são as únicas pessoas que sabem... Senhor Knight nunca soube sobre isso, certo?

– Sim, o que torna as palavras usadas no testamento, "meu parente homem vivo mais próximo", tão importantes. Sem a palavra *legítimo*, e corrija-me se eu estiver errado, qualquer pessoa com um laço de sangue pode reivindicar a herança.

– Sim, correto, é assim que funciona – respondeu Andrew. – Bem, nesse caso, vamos discutir em grupo e convocar uma votação, obviamente comigo e senhorita Frances nos abstendo, além do próprio senhor Berwick. Isso significa, de acordo com a lei das reuniões segundo o procedimento parlamentar, que a maioria dos oito membros da fraternidade, cinco, devem votar "sim" para que uma resolução seja aprovada. Isso deixa os cinco que têm direito a voto em uma situação bem complicada.

– Bem, na verdade eu sequer acho que há o que ser votado aqui – Adeline se pronunciou de novo. Ela estava sentada no pequeno divã ao lado de Evie. Mimi e Yardley estavam no sofá diante dela. Andrew puxara outra poltrona por entre os sofás para colocá-la diante da lareira, em cujas extremidades sentavam-se doutor Gray e Frances. Ela continuou: – Digo, claramente Adam está em conflito por causa das novidades, e com razão está chateado. E não vejo como deixar que todo o vilarejo saiba a história por trás disso fará um homem tímido como Adam se sentir qualquer coisa senão menos seguro do que já é.

– Não tenho tanta certeza assim se Adam é inseguro ou apenas calado – disse Yardley.

– Mas o senhor não o conhece tão bem quanto nós – retorquiu Adeline. – A vida no vilarejo é bem intensa de certo modo, ninguém perde nada. Não existe o conceito de anonimidade, não dá para se esconder em um dia ruim, como é possível fazer na cidade. Os vizinhos forçam a pessoa a se confessar, usando a grande proximidade que têm.

– A senhora faz isso parecer tão tentador... – disse doutor Gray, deixando escapar o tom de provocação em resposta ao aparente retorno dela.

– O fato de que meus vizinhos sabem tudo o que faço, cada casa que visito ou não visito, não é o que me faz continuar a morar aqui.

– Sem dúvida, saber que haverá um coro de aprovação ou desaprovação, independentemente de sua escolha, torna qualquer decisão mais complicada – sugeriu Frances.

– Entendo – disse Mimi. – De certo modo, é como Hollywood.

Todos se viraram para olhar para ela.

– Sim – Evie deixou uma gargalhada escapar –, é exatamente o que falam sobre Chawton.

Mimi sorriu, como se repensando o que dissera.

– Quero dizer, é uma sorte morar em um lugar onde tantas pessoas se importam com você. O truque é entender *por que* elas se importam. O que amo sobre Chawton é que vocês se importam uns com os outros porque têm uma história juntos. Conhecem os pais e os avós das outras pessoas, suas crianças correm soltas no quintal da família uns dos outros e, quando os tempos são difíceis, vocês se ajudam a superar. Em Hollywood é exatamente o oposto. Todos vão a Hollywood para ter um novo começo e construir uma história, às vezes até inventam um novo nome. O meu é Mary Anne, aliás, não Mimi.

– A senhorita está brincando! – exclamou Evie. – Está prestes a filmar *Razão e sensibilidade* como Elinor, e seu nome real é Mary Anne?

– Sim. Irônico, não? Se bem que agora nem mesmo isso está tão certo assim: do nada, decidiram que querem uma atriz mais nova para o papel de Elinor, para combinar com a atriz ainda mais nova que vai interpretar Marianne.

Adeline e Frances trocaram um olhar.

– E senhor Leonard vai permitir que isso aconteça? – perguntou Frances.

– Suspeito que a ideia tenha sido dele – respondeu Mimi, erguendo as sobrancelhas, o que fez com que Adeline e Frances trocassem outro olhar. – De qualquer forma, em uma cidade na qual as pessoas sequer sabem seu nome real, muito menos de onde veio, o que amarra você no lugar? O que a mantém com os pés no chão?

– Ah, isso é o que mais temos por aqui, garanto – respondeu Adeline. – Ninguém em Chawton quer que os conterrâneos alcem voos maiores.

Não vou nem falar sobre o sistema educacional. Há uma razão para Evie ter estudando por conta própria na biblioteca todos esses anos. Não que você não tenha gostado de cada segundo – ela disse, dando um sorriso para a garota.

Foi a vez de doutor Gray e Andrew trocarem olhares, entendendo que a pauta da reunião estava saindo rapidamente de controle.

– Então, Adeline – interveio Andrew –, a senhora acredita que Adam tem muito a perder, tanto emocionalmente quanto em termos de reputação. Evie e Yardley, o que acham?

Evie hesitou. Yardley estava no sofá diante dela, e por alguns segundos eles se encaram de forma consciente, ambos lembrando a noite na biblioteca, em que ela revelara aqueles muitos segredos para ele. De fato, eram muito parecidos, e na referida noite haviam jurado manter a biblioteca e a coleção de artefatos relacionados a Jane Austen espalhados pela casa tão intactas quanto possível.

– Posso falar primeiro? – perguntou Yardley. – Sei que sou um estranho para todos aqui, mas realmente acho que Adam é capaz de lidar com seja lá o que aconteça. Acho que ele se sente apoiado por todos vocês, e pela fraternidade, e pelo que estamos tentando fazer. E, falando de forma profissional, o risco de perder todos aqueles itens, isso sem falar do próprio imóvel, é muito considerável. Depois que abrirem mão do patrimônio, pode ser que não voltem a ver nem mesmo o saleiro da família Austen. Sequer exploramos toda a superfície do restante da casa, as pinturas, os móveis e sabe-se lá mais o quê. Ainda não mencionei, mas senhorita Frances me mostrou uma escrivaninha de mogno no quarto do pai dela outro dia, e pode ser que ela seja a maior descoberta de todas. A Sotheby's vendeu uma por mais de dez mil libras setembro passado, só pela mera possibilidade de ser a que Jane Austen usava quando viajava. Creio que a verdadeira, porém, seja essa. Podemos estar falando de dezenas de milhares de libras ao olhar apenas para aquela pequena escrivaninha.

– Bem, o que é de fato irônico – disse Andrew –, já que foi a escrivaninha que o velho usou para modificar o testamento de modo tão miserável.

Todos se viraram para olhar para Andrew, surpresos com o tom amargo do advogado.

– Evie – continuou ele, ignorando os olhares –, ainda não ouvimos o que tem a dizer. Você é a guardiã do caderno com a catalogação. O que acha? Concorda com Yardley?

Evie não estava acostumada a ficar em uma posição de destaque como aquela. Olhou para senhorita Frances de forma quase desolada, com medo de dizer algo que machucasse a ela ou a Adam, mas enfim falou:

– Não sou ninguém profissionalmente, mas acho sim que Yardley tem um argumento válido. Com base em toda a pesquisa que fiz, depois de ver tudo o que foi perdido ao longo dos séculos, de tentar encontrar o que se perdeu... Por mais que seja difícil para Adam, isso poderia significar a destruição de uma das coleções mais culturalmente importantes que existem por aí. Não há como escapar desse fato.

– Bem, não seria uma destruição completa – rebateu doutor Gray. – Digo, sim, ela viveu aqui por dez anos, e foi aqui que escreveu pelo menos seus três últimos livros... Por outro lado, viveu muito tempo em Steventon, onde passou a maior parte da vida, e quase o mesmo tempo em Bath. Sabemos onde ficam seus outros lares, e o de Bath particularmente ainda resiste. E mesmo que Adam não reivindique a herança, talvez ainda possamos comprar a biblioteca de Colin: segundo senhorita Frances, ele tem um desinteresse desconcertante pelos livros. Talvez possamos fazer o mesmo com outros dos objetos, como a escrivaninha. As coisas não seriam totalmente perdidas, e talvez com o tempo possamos encontrar outro lugar igualmente adequado.

– Isso é sério? – perguntou Adeline.

– Não falaria nada se não fosse sério – respondeu doutor Gray, na defensiva.

Adeline deu de ombros.

– É que isso não tem a cara do senhor, geralmente tão obcecado com a ideia de as coisas continuarem exatamente como são.

Doutor Gray se ajeitou na poltrona quando percebeu Andrew observando-o com curiosidade.

– Posso falar uma coisa? – perguntou Mimi. – Talvez soe muito emotivo de minha parte, mas em todo caso sou atriz, então o que mais poderiam esperar? É que eu sei muito bem como é viver tendo arrependimentos, arrependimentos verdadeiros, em relação à vida de alguém. Não quero sentir o mesmo com Adam, de jeito nenhum.

Ela fez uma pausa. Todos no cômodo caíram em um silêncio incomum. Mimi dominava os telões de mais de seis metros de altura ao redor do mundo por um motivo. Ela continuou:

– Também sei como é perder o pai e me sentir impotente diante do fato, e sempre ter me perguntado se podia ter feito alguma coisa para salvá-lo. Luto e arrependimento abrem um buraco dentro da gente que é impossível de ser preenchido de novo. E, acreditem em mim, eu tentei. Suspeito que alguns de vocês também já tentaram, em relação às próprias perdas que sofreram ao longo dos anos. E a realidade sólida e esmagadora é que esse espaço jamais será preenchido. É preciso aprender a viver com ele; o vão não pode ser substituído por dinheiro, objetos ou obras de arte... E nem mesmo por outra pessoa, por mais que aprendamos a amar e a confiar de novo.

Mimi fez uma pausa. Olhou ao redor do cômodo e soube. Nunca, por mais talentosa que fosse, entendera tão bem sua audiência.

– Então, pelo que me parece, estamos votando para abrir um buraco no coração de Adam, e depois esperar que de alguma forma ele consiga sobreviver com ele. E bem, não consigo fazer isso. Não quero fazer isso. Porque, se estivermos errados, ele é a única pessoa que terá de conviver com isso todo dia, cada segundo de sua vida. E nada vale isso.

– Concordo – disse Adeline. – E digo mais: creio que Jane Austen também concordaria.

Doutor Gray se recostou na poltrona.

– Vamos votar, então? Espere! Frances, ainda não ouvimos sua opinião. O que acha, como a pessoa que tem o maior interesse nisso tudo?

Frances estava sentada perto da lareira, com as mãos entrelaçadas sobre o colo.

– Acho que tenho um irmão – murmurou ela, enquanto lágrimas escorriam por seu rosto.

Era tudo de que precisavam saber.

Capítulo 29

CHAWTON, HAMPSHIRE
ABRIL DE 1946

O dia do casamento de Mimi com Jack Leonard se aproximava rápido. Ele não ficara muito feliz com o comprometimento de parte significativa de seu dote, como costumava chamar por brincadeira, para que a Fraternidade Jane Austen comprasse uma pilha de livros de uma velha mansão caindo aos pedaços. O valor de quarenta mil libras equivalia ao cachê de vários dos filmes de Mimi, e ela estava pensando em nem trabalhar em novos.

Haviam se encontrado pela primeira vez na piscina um ano antes, e Jack agora começava a ficar um tanto agitado. Conhecia a sensação muito bem – a marquinha de sol no dedo anular vinha se consolidando cada vez mais. Era uma das razões pela qual ele queria um noivado rápido: não confiava em si mesmo para permanecer interessado o suficiente e aceitar se privar por muito tempo. Mas Mimi queria que o casamento fosse na igrejinha de paróquia de Chawton, e isso exigira certo amaciamento do reverendo Powell depois que os planos de adquirir o chalé como casa de veraneio caíram por terra.

Depois disso, nunca disposto a ser o lado perdedor em um negócio, Jack começara a ver a propriedade de Chawton Park e o pequeno chalé menos como um refúgio para a noiva e mais como uma oportunidade de investimento. Era um praticante ávido de golfe, e recentemente adquirira ações que lhe garantiam direito de voto em uma companhia escocesa de desenvolvimento de campos de golfe, chamada Alpha Investimentos

Ltda. Fora ele que levantara, junto ao conselho, a ideia de comprar toda a propriedade dos Knight para desenvolvimento futuro. Havia várias semanas, sabia de cada detalhe das ocasionais atualizações de Mimi sobre a Fraternidade Jane Austen, das dificuldades financeiras da senhorita Knight e da recente declaração legal de senhor Knatchbull como herdeiro depois de uma votação bizarra da fraternidade cujos detalhes Mimi se negara a dar.

– Mas, essencialmente, vocês cinco votaram *contra* questionar a reinvindicação do senhor Knatchbull usando as informações que têm. É isso?

– Sim, basicamente – respondera ela ao telefone.

A questão que ele fizera logo depois – "Tem certeza de que a fraternidade entende a própria missão e seus valores?" – não pegara muito bem.

Assim, agraciado por tais informações confidenciais, e com a ajuda dos exorbitantes impostos sobre a herança que precisavam ser pagos e pelo clima insosso da economia do Reino Unido depois da guerra, Jack viu uma oportunidade de comprar a propriedade das mãos do desafortunado Colin Knatchbull – e, para tal, aconselhou a diretoria da empresa a fazer uma oferta não muito alta assim que possível.

Jack estava menos interessado no conteúdo da biblioteca, que Mimi lhe descrevera com um nível de detalhes atordoante. Qualquer que fosse o valor potencial dos livros, que ele era capaz de avaliar apenas por baixo, duvidava que o interesse da época por Jane Austen fosse se sustentar por muito mais tempo. E a própria fraternidade parecia um grupo de desencaixados com expertise quase nula e sem tino para os negócios: um médico do interior, uma velha dama, uma professorinha, um fazendeiro solteirão, um leiloeiro meio bicha, um advogado que não gostava de conflitos, uma empregadinha e uma estrela de Hollywood.

A avaliação pré-guerra do Casarão, dos campos anexos e do pequeno chalé ficou em cerca de cem mil libras. Quando Mimi contou a Jack que senhorita Frances oferecera a Knatchbull quase metade desse valor em troca de uma pilha de livros, Jack praticamente caíra do sofá. Os sócios da Alpha Investimentos jamais pagariam sequer uma fração daquilo, então Jack ignorou essa parte e deixou que Mimi doasse o valor da compra para a fraternidade. Isso a fez ficar toda excitada – e ele gostava que todas as suas mulheres ficassem em um estado de excitação.

Uma semana antes do casamento e da quinta reunião da Fraternidade Jane Austen, o diligente advogado de Colin Knatchbull entregara a papelada para vender o conteúdo da biblioteca, exatamente como estava, ao Fundo Memorial de Jane Austen pelo valor de quarenta mil libras. Adam Berwick levara a carroça até a porta da frente do Casarão no dia seguinte mesmo e, em uma espécie de cordão humano, os oito membros da fraternidade e os três funcionários de longa data de Frances haviam carregado todos os dois mil, trezentos e setenta e cinco livros. O deslocamento levou boa parte do dia, pois os livros precisavam ser mantidos rigorosamente na mesma ordem em que estavam nas prateleiras para corresponder aos registros na catalogação de Evie Stone – isso facilitaria uma eventual avaliação oficial. Depois, a carroça de Adam cruzara o vilarejo para levar os livros até a casa de Adeline Grover, já que ela tinha dois quartos vagos no andar de cima onde poderiam estocar tudo.

Agora, tudo o que a fraternidade podia fazer era se sentar e esperar que Knatchbull concordasse em vender, no momento certo, o velho chalé de apoio – o local ideal para o proposto Museu de Jane Austen.

– Ora, ora, veja só – disse a mãe de Adeline, à janela da sala de estar, na manhã do casamento. – Senhor Berwick está aqui com o Rolls da família Knight. Nem imagino o porquê.

Senhora Lewis olhou por sobre o ombro e deu um sorriso sugestivo na direção da filha, que estava sentada na cadeira de balanço diante da lareira, relendo uma cópia de bolso de *Orgulho e preconceito*.

– Largue o livro, meu bem. Tem um cavalheiro aqui para vê-la, e ele chegou com estilo. – Senhora Lewis fechou um pouco a cortina da janela. – Ai, esses livros todos, e agora aqueles lá em cima, tudo caindo aos pedaços... Não consigo nem imaginar o que se passa pela cabeça de vocês.

– Mamãe, pode recebê-lo à porta para mim, por favor? Estou quase terminando este capítulo.

Senhora Lewis chacoalhou a cabeça.

– Que bobagem, você já leu essa mesma história mil vezes. Pode muito bem receber sua própria visita. E, Adeline, por favor, seja gentil.

– Mãe! – disse Adeline, com um suspiro, fechando o livro com relutância. – Eu já disse que me arrependo daquilo. Sou sempre gentil com Adam, ele é um homem muito doce. *Embora* – ela ergueu a voz para dar ênfase ao que falava – eu não diga isso de forma romântica.

– Por que todo mundo sempre fala assim sobre Adam? Ele é um homem amável, muito gentil e uma bela vista para os olhos do jeitinho dele.

– Bom, para começo de conversa, ele não tem interesse algum em alguém como eu.

– Que absurdo! Quem mais chamaria a atenção dele por aqui? Não a pequena Evie Stone, com certeza. Muito esquisitinha e astuta. Peguei-a fuçando na estante lá em cima da última vez que veio visitar.

– Mãe, eu disse que ela podia. Ela me convenceu de que alguns velhos exemplares da biblioteca da família Knight podem ter sido espalhados pela vila e além dela ao longo dos anos, e ela está sempre procurando os que possam ter o brasão da família.

Senhora Lewis chacoalhou a cabeça para a filha.

– Não entendo é nada sobre o que vocês estão aprontando.

– E, *além disso* – continuou Adeline, exasperada –, Adam é bem mais velho do que eu.

– Mas que bobagem! Claro que não é. E, de qualquer forma, homens mais velhos sempre dão parceiros mais maduros e adequados. Além disso, quão mais velho ele é?

— Só uns anos mais novo do que doutor Gray, acho. – Adeline observou a mãe de perto a fim de avaliar sua reação, lembrando-se de como ela fora dura com o médico do vilarejo quando morara com ela, no inverno anterior.

— Sério? Bem, aos quarenta ainda é possível ser produtivo, contanto que não tenha a vida atravancada pelos filhos.

— Ai, mamãe – Adeline sorriu para ela –, espero que saiba o quanto me ajudou, apesar de ter a vida atravancada por mim e tudo mais...

Bateram de leve na porta da frente.

— Tudo isso para depois ser trocada por uma pilha de livros mofados – respondeu senhora Lewis, cujo senso de humor era afiado e direto como o da filha, enquanto Adeline ia atender a porta.

Adam e Adeline tomaram uma xícara de chá com senhora Lewis e subiram depois de um tempinho, como haviam feito na maior parte dos dias daquela semana. Sentavam-se no quarto de visitas, Adeline de pernas cruzadas no chão e Adam sobre um caixote virado, cada um com uma série de fotografias que Yardley tirara do pequeno caderno de Evie. Passavam pelos caixotes de madeira cheios de livros, quase em um êxtase silencioso, garantindo que o número marcado na caixa correspondesse ao conteúdo e à seção assinalada do catálogo. Marcavam as discrepâncias com caneta vermelha direto nas fotografias, gratos ao descobrirem apenas algumas incongruências nos cerca de cem livros que já haviam avaliado. Era um alívio particular, dada toda a pressa envolvida no deslocamento da biblioteca na semana anterior.

Ainda estavam mergulhados na tarefa uma hora depois, quando Frances Knight os surpreendeu ao aparecer de súbito à porta. Adam começou a se levantar, mas Frances fez sinal para que ele continuasse sentado.

— O casamento vai começar em breve. Não vão se aprontar? Embora deva dizer – Frances sorriu para Adam, que estava vestido com um terno antiquado, mas bem ajustado –, que senhor Berwick... Digo, Adam... já está muito bonito esta manhã.

Adam praticamente corou – em todos os anos nos quais trabalhara para senhorita Frances, sempre a admirando, ela nunca se dirigira a ele de maneira tão informal e brincalhona. Ele ficara muito grato com o fato de que a notícia recente sobre sua paternidade apenas tornara mais afetuoso o tratamento que ela lhe dedicava. Assim que soubera da notícia, ele também não processara imediatamente um detalhe da decepção da mãe: a questão de que agora ele tinha uma irmã, e que ela era alguém tão incrível quanto Frances. Arriscando um pouco, Adam começava a perceber que a vida não desiste totalmente de quem não desiste totalmente dela.

– Pergunto o mesmo a você, Frances, dado que o almoço comemorativo acontecerá no Casarão em apenas algumas horas – respondeu Adeline.

Frances balançou as mãos, resignada.

– Josephine tem as coisas funcionando em perfeitas condições e sob controle. E temo ter uma questão urgente para contar a vocês, algo que não pode esperar.

Adeline e Adam encararam Frances, preocupados, já que ela nunca exagerava suas descrições.

– É uma ótima notícia ver que já estão se dedicando a essa tarefa. – Ela tirou uma carta do bolso direito do saiote volumoso. – Andrew Forrester me trouxe esta carta hoje bem cedo. Ele a recebeu, como meu advogado registrado. A carta é para me informar de que, dada a declaração do tribunal de que Colin Knatchbull é herdeiro da propriedade de meu pai, toda ela será vendida imediatamente a uma companhia de construção de campos de golfe chamada Alpha Investimentos. A carta também avisa que minha acomodação gratuita no chalé de Chawton está sendo, a partir deste momento, cancelada pela Alpha. E o que é pior: o noivo de Mimi, Jack Leonard, faz parte do quadro de investidores, então suponho que tenha um dedo nisso. Andrew e eu viemos juntos para contar isso a vocês. Ele já está vindo, apenas parou no chalé no caminho para avisar os outros inquilinos o quanto antes.

Adeline se levantou com cuidado, colocando de lado os livros que vinha analisando. Evie transmitira a todos uma rigorosa responsabilidade, e todos viviam com medo de acidentalmente bagunçar a ordem dos livros dentro das dezenas de caixotes de madeira.

– Posso vê-la? – Adeline estendeu a mão para a carta que senhorita Frances segurava com força. – Não entendo... E onde a senhorita vai morar? – Adeline se sentou em um dos caixotes e olhou para Frances, triste.

– O que o senhor Forrester disse? – perguntou Adam.

– Ele disse que o testamento de meu pai deixa extremamente claro que minha acomodação gratuita não configura nenhuma obrigação legal dos futuros proprietários depois de Colin. Andrew tinha a esperança de que eu pudesse adquirir algum tipo de amenização dessa cláusula com o tempo, mas infelizmente o fato de ainda não estar morando no chalé não permite que recorramos a quaisquer leis de direito a residência.

Adam e Adeline encararam senhorita Frances, ainda confusos pelas complexas legalidades da situação atual.

– Basicamente – suspirou ela –, se eu estivesse vivendo no chalé por tempo suficiente, poderíamos alegar que tenho o direito de ficar. – Ela fez uma expressão que, para eles, pareceu o primeiro olhar de desgosto sobre toda a situação. – Eu estava mesmo me perguntando por que senhor Knatchbull e seu advogado estavam tão complacentes com minha permanência no Casarão até depois do casamento.

Adam mirou o livro que tinha no colo, incapaz de encarar Frances ao dizer:

– É minha culpa. Eu só precisava me pronunciar.

Frances estendeu a mão e tocou no ombro dele.

– Nem pense nisso, Adam, por favor. Sei que eu mesma não estou pensando dessa forma, e sei que não sou a única. Foi por isso que votamos, afinal de contas.

– Mesmo assim, isso é terrível, Frances – disse Adeline.

Senhorita Frances pegou a carta da mão de Adeline e a colocou de novo no bolso do saiote.

– As coisas vão se ajeitar de alguma forma, como sempre. Mas sinto mesmo é por todos na fraternidade. Acho que Evie, em particular, vai ficar devastada. Ela trabalhou muito duro. E ainda descobrimos tudo isso justamente no dia do casamento de Mimi.

Adam consultou o relógio de bolso.

– O senhor Sinclair estará na estação às dez e meia. – Ele se levantou do caixote e limpou a poeira dos joelhos.

Frances se virou para Adeline e explicou:

– Emprestei o Rolls para Adam hoje para que ele possa buscar Yardley com estilo.

Adam estendeu a mão e ajudou Adeline a se levantar do próprio caixote. Ela ficou parada, encarando Frances com tristeza antes de perguntar:

– E o que fazemos agora? Esperamos até depois do casamento para falar algo sobre o chalé? Só sei que passei o dia do meu casamento sentindo frio na barriga, e olha que meu noivo era um amor.

Senhorita Frances suspirou.

– Mimi geralmente é tão esperta... Creio que ela está em um momento peculiar de sua carreira, e Jack Leonard representa uma espécie de plano de fuga para ela.

– Bem, certamente posso me identificar com isso – respondeu Adeline. – Mesmo assim, é preciso coragem para contar isso a ela poucos minutos antes do casamento. Além disso, fora as coisas relacionadas a Jane Austen, nenhum de nós conhece um ao outro tão bem assim.

– Talvez – respondeu Frances. – Mas nunca é a hora errada, ou tarde demais, para mostrar a alguém que nos importamos.

Escutaram um pigarro vindo da porta, e os três se viraram para ver Andrew Forrester parado ali.

– Lamento interromper, mas é melhor todos nós irmos andando para a igreja.

Frances olhou para o cômodo, repleto de livros com os quais crescera.

– Deve ser difícil – comentou Adam –, ver tudo isso aqui.

– Não, de maneira alguma. Na verdade, é justamente o inverso. Estão sendo muito mais apreciados aqui. O importante é que estão sendo amados, preservados e analisados.

Adam viu Andrew disparar um olhar curioso para Frances, mas decidiu que era melhor manter todo mundo andando. Virou-se para Adeline para perguntar:

– Gostaria de uma carona quando eu voltar da estação, para levá-la à igreja?

– Não – disse ela, com um suspiro incomodado. – Acabei me comprometendo a ir a pé com doutor Gray e Liberty, Deus me acuda. Ela vai falar até ficarmos doidos.

– Doutor Gray parece gostar disso – disse Frances enquanto os três se juntavam a Andrew no patamar da escada antes de descerem juntos. – Todo esse ânimo, digo.

Adeline se virou quando chegaram ao primeiro degrau da escada para olhar para ela.

– O que está dizendo?

Frances deu um sorriso inocente.

– Benjamin Gray está sozinho há muito tempo. Creio que Liberty seria um ótimo partido para ele.

– Liberty Pascal? – exclamou Adeline, tão alto que Adam, Andrew e Frances olharam para ela, surpresos.

– Liberty é bem bonitona – acrescentou Adam, dando uma piscadela.

– Nem comece. – Adeline deu uma cotovelada brincalhona nele. – Você nunca fala nada, e quando fala me vem com *essa*?

Adam segurou a porta da frente aberta para que Frances e Andrew passassem e depois se virou para Adeline, que estava de braços cruzados no meio da antessala.

– Aproveite a caminhada – provocou, e ela bateu a porta na cara dele.

Doutor Gray e Liberty seguiam para a igreja juntos, e no caminho fariam uma breve parada na casa de Adeline Grover. Doutor Gray tomara um banho especialmente cuidadoso naquela manhã, ajeitando os cabelos e até mesmo se dando ao luxo de usar um pouco da água de colônia que a falecida esposa comprara para ele na Jermyn Street, na ocasião do que acabou sendo o último Natal que haviam passado juntos. Ao aplicar algumas gotinhas no maxilar depois de se barbear, olhara para o frasco, e a memória daquele Natal parecera, de modo estranho, em paz com sua vida atual. Não o puxara de forma magnética, como suas memórias faziam com frequência antes; não drenara nada do momento, e sim o completara de alguma maneira. A memória lhe lembrou de quem ele era, do que queria, e do que ainda merecia ter. Aceitou que Jennie iria querer que ele continuasse vivendo, e que a decisão de fazê-lo não alteraria o amor que sentira por ela, que ele sabia ser infinito e forte. Ele não tinha arrependimentos quanto àquilo. E Jennie o amara de forma igualmente infinita. Ela gostaria que ele fosse feliz e satisfeito de novo.

Mas ele também sabia que ela *não* iria querer que ele ficasse com Liberty Pascal.

Liberty falava sem parar, segurando seu braço enquanto caminhavam juntos. Como sempre, tagarelava sobre Adeline Lewis Grover e sua beleza. A preocupação dela com a vida amorosa de Adeline soava estranha e infeliz para doutor Gray – desde a noite no jardim, quando ele perdera a cabeça, vinha evitando Adeline, embora Liberty estivesse sempre por ali para informá-lo sobre o que a jovem viúva estava aprontando.

– Ai, eu amo casamentos – comentava Liberty. – Gosto de dizer que não há nada como um casamento para gerar um pouquinho de romance... O senhor não acha, doutor Gray?

– Não saberia dizer. Não há muitos casamentos por aqui. Chawton é um vilarejo bem pequeno.

– Ora, mas o senhor deve ter ido ao de Adeline, no último mês de... Quando foi mesmo? Há um ano, em fevereiro? Que tristeza. E não faz tanto tempo. O senhor foi?

– Fui aonde? – perguntou doutor Gray, distraído.

– Ué, ao casamento de Adeline e Samuel.

– Sim. – Ele aquiesceu.

Ela fez uma careta. Era como tentar tirar leite de pedra.

– Bem, tenho certeza de que foi um dia muito romântico. Amores de infância e tudo mais. Se bem que Adeline é mais complicada do que parece. Digo, na faculdade, todos nós nos perguntávamos sobre esse garoto que a esperava. Ele parecia um anjo, sem dúvidas, mas... Não sei. Tudo parecia meio desequilibrado. Para o lado *dele*, digo.

Doutor Gray mirava o mar de narcisos que ainda ondulava nos jardins dos sobrados naquela parte da rua.

– Havia um professor, sabe? – A voz de Liberty conseguia soar ao mesmo tempo sussurrada e alta.

– Sei.

– Oh, bem, talvez ela só estivesse com um pouco de medo. Mas todo mundo se perguntava se o casamento com Samuel era uma espécie de obrigação, já que ele estava indo para a guerra... Eles ficaram noivos logo antes de ele ser convocado, não?

Doutor Gray mal escutava, apenas se lembrando da imagem de Adeline de pé no altar, com seu vestido cor de creme, os cabelos soltos em ondas sobre os ombros e uma pequena coroa de rosas que destacava o perfeito tom róseo de suas bochechas.

– Na verdade, não era só esse professor – continuava Liberty. – Adeline aparentemente tinha um fraco por homens mais velhos, sempre se jogando em cima de viúvos solitários e coisa do gênero. Ela me disse algo assim na faculdade uma vez. Disse que...

Liberty parou de falar. Doutor Gray estacou no lugar e olhou para ela. As palavras de Adeline naquela noite no jardim – "me afastar ao longo de todos esses anos" – ecoaram em sua mente como um toque de trombeta há muito abafado.

– O que acabou de dizer?

Liberty mordeu o lábio. Geralmente estava sempre dois passos adiante de doutor Gray, mas naquele dia ele a acompanhava no mesmo ritmo, que era rápido demais.

– Ora, veja só eu, falando sem parar enquanto já chegamos. Vou entrar e buscar Adeline. Enquanto isso, o senhor fica aqui e relaxa, que tal?

Liberty correu pelo caminho do jardim até a casa de Adeline enquanto doutor Gray testava as dobradiças do portão, que agora abria e fechava sem dificuldade. Adam Berwick dera uma passada lá, afinal de contas.

Foi quando ouviu a buzina e olhou para trás, para ver o próprio Adam ao volante do Rolls-Royce da família Knight, com Yardley Sinclair sentado no banco do carona.

– Doutor Gray! – exclamou Yardley, inclinando-se por sobre Adam para chegar mais perto da janela do lado do motorista.

Doutor Gray caminhou até a estrada para cumprimentar os dois homens enquanto o carro diminuía de velocidade, tocando a aba do chapéu com um sorriso.

– Está aproveitando o passeio? – gritou por sobre o barulho do motor, que desligava.

– Esse tal de Adam é um belo motorista – Yardley gritou de volta.

Quando se aproximou do carro, doutor Gray ouviu um barulho estranho vindo do banco de trás. Quando espiou pela janela, viu um filhotinho de *border collie*, sentado e arfante.

– E quem é esse?

– Dixon. – Yardley olhou para seu motorista com um sorriso. – Um presente para Adam, para animar o rapaz aqui.

Adam, no entanto, estava bastante sorridente naquele dia, o que era gratificante para doutor Gray, tanto como seu médico quanto como seu amigo, dado todo o estresse pelo qual o homem passara ultimamente. Era maravilhoso enfim vê-lo confortável sendo quem era. Mas doutor Gray também se perguntava se a chegada da primavera não estava fazendo os pensamentos de Adam serem mais do que alegres, e quem no pequeno vilarejo poderia ser o motivo de tudo aquilo.

– Mal posso esperar pelo fim de semana – dizia Yardley. – Passei a semana com comichão de colocar as mãos naqueles livros.

Doutor Gray fez um gesto com a cabeça na direção das janelas do andar de cima da casa de Adeline, bem atrás dele.

– Estão todos lá em cima. Dois quartos vagos cheios até o teto com caixotes e mais caixotes de livros.

– Vamos convocar uma reunião da fraternidade na segunda de manhã, antes que eu volte para a cidade, certo? – Yardley sorriu para Adam ao volante. – Com sorte, isso vai me dar tempo o bastante para adiantar a avaliação física dos livros. Fins de semana de casamentos podem ser cheios de distrações.

– Bem, não estarei ocupado – disse doutor Gray assim que Adeline e Liberty surgiram juntas pelo caminho do jardim.

Yardley deu um assovio.

– Ora essa, Benjamin, com certeza o senhor pode muito bem encontrar uma coisinha, ou talvez duas, com as quais se ocupar em meio às comemorações.

Adam buzinou de novo, e Yardley riu enquanto o carro acelerava. Doutor Gray tirou o chapéu para esfregar as têmporas – estava ficando com enxaqueca, com todo o falatório a seu redor. Não fazia ideia de como chegaria vivo ao casamento.

Meia hora antes do casamento, que se daria ao meio-dia, Mimi estava sentada no quarto de visitas do Casarão, onde Frances hospedara tanto ela como Jack em cômodos separados na noite anterior. Maquiava-se com cuidado, sentindo saudades dos dias em que apenas se sentava em uma cadeira e os maquiadores do estúdio faziam todo o trabalho, e então percebeu como não sentia falta de muitas outras particularidades. Amava Chawton – amava as conversas noturnas com Evie e Frances diante da lareira do Grande Salão, amava os passeios de carroça com Adam Berwick e as longas caminhadas pelos campos próximos na direção de Upper e Lower Farringdon, amava se sentar no pequeno pub com Yardley durante suas visitas, rindo com outros moradores do vilarejo quando o amigo fazia comentários petulantes.

Já Jack não parecia amar o lugar tanto assim. Não conseguia se acostumar com muitos detalhes: as torneiras separadas de água quente e fria ("Quero só uma água *quentinha*!", reclamava, enquanto quase queimava aos mãos), o racionamento (Jack precisava de uma certa quantidade diária de açúcar e cafeína para funcionar), a garoa que se fingia de chuva, o pessimismo que se fingia de humor seco. Jack parecia nunca conseguir se conciliar com o último aspecto da personalidade britânica. Ele era um repositório de energia e autoconfiança, sempre indo lá e fazendo as coisas, e precisava de um mundo que respondesse ao que ele vendia. Porque ele estava sempre vendendo algo.

Mimi sabia que passar vários meses do ano na Inglaterra seria difícil para Jack, e ficava grata pelo fato de que Chawton era perto o bastante de Londres para supri-lo com ocasionais cargas de luxo. Ainda não haviam encontrado uma casinha para alugar, dada a baixíssima oferta e demanda em um vilarejo com apenas quatrocentos imóveis ("A esta altura", Frances a alertara, "vocês literalmente estão *à espera* da morte de alguém"). Mas Mimi ainda não perdera as esperanças, e estava disposta a ser paciente até que uma propriedade ficasse disponível. Nesse meio-tempo, Jack parecia estar se interessando pelo sul da França – ouvira que, em alguns meses, mais de vinte países apresentariam filmes no cassino de Cannes durante a inauguração de um festival internacional que rivalizaria com o de Veneza. Jack estava convencido de que se tratava de uma boa hora para comprar uma propriedade em Cannes, antes que a cidade entrasse no circuito mundial – e pelo menos seus instintos comerciais não haviam decepcionado até o momento.

Mimi ouviu a batida à porta do quarto, e a cabeça de Frances surgiu pela fresta.

– Acabamos de voltar da casa dos Grover. Adeline e Adam estavam mergulhados até os joelhos em livros.

– Mal posso esperar para dar uma passada lá depois da lua de mel. Os de Burney já são meus, hein?

– Pode ficar com os livros dela. – Frances sorriu e se aproximou para se sentar na beira da cama. – Sabe, eu quase me casei uma vez.

Mimi se virou de súbito na cadeira diante da penteadeira.

– Não sabia. Você nunca falou nada sobre isso.

– Bem, é porque foi uma espécie de noivado secreto. Só nossos pais ficaram sabendo. E nunca passou disso.

– Eu o conheço? – riu-se Mimi, pensando que a pergunta era absurda.

– Na verdade, sim. Foi com Andrew Forrester.

Mimi pousou o rímel da Max Factor na penteadeira.

– Está brincando. Não, espera, não está brincando, não é mesmo? Ai, meu Deus, faz tanto sentido agora.

Frances a olhou, curiosa.

– O quê?

– A preocupação dele com você. A inquietação. Mesmo sempre tão avesso aos riscos em tudo que diz respeito à fraternidade, sempre tão preocupado com a possibilidade de contrariarmos alguma lei e acabarmos na cadeia, ele sempre a estimulou a disputar a herança com Colin Knatchbull em todas as etapas do processo de reinvindicação.

– Realmente não acho que tenha algo a ver com isso.

– Frances, convenhamos, ele vive de acordo com cada palavra da lei. Mesmo assim, tenho certeza de que ele queimaria aquele segundo testamento caso pudesse se livrar das consequências. O que raios aconteceu?

– Faz muito tempo, eu mal me lembro. Ficamos noivos, e meu pai não consentiu, e fui persuadida a romper o noivado.

– Isso é um pouco irônico, não acha?

– Depois ele voltou da Grande Guerra, continuou os estudos em Direito e conquistou muito sucesso na região. A habilidade que tem de vislumbrar riscos com muita antecedência tornou-se lendária no grande condado de Hampshire.

– Isso já é ironia demais, Frances.

– Acredite em mim, sei muito bem – ela suspirou, resignada.

– Quer dizer então que poderia ter providenciado um herdeiro, afinal de contas, se não fosse seu pai; mas depois seu pai tirou de você seu único lar porque nunca providenciou um herdeiro para ele. Isso é trama de um filme de Bette Davis.

Frances começou a tirar a carta escondida no bolso direito do saiote.

– Um casamento ruim, no entanto, é pior do que casamento nenhum.

– Sim, creio que sim, embora Charlotte Lucas provavelmente tivesse algo a dizer sobre isso... – Mimi beliscou o rosto para ruborizá-lo e depois começou a aplicar o ruge como os maquiadores a haviam ensinado, sem aplicar muito por se tratar de um evento diurno.

– Mimi, você já ouviu falar de uma empresa chamada Alpha Investimentos Ltda.?

– Não, por quê?

– Andrew estava pesquisando o rendimento anual deles por uma questão do trabalho. Descobriu que Jack consta na diretoria da empresa.

Mimi agora passava o batom rosa que comprara na Chanel, em Paris, poucas semanas antes.

– Ah, certo, sei que ele tem reuniões na Escócia de vez em quando por conta de algum negócio por lá. Algo relacionado a golfe, não tenho certeza. Nunca escuto quando ele começa a falar sobre golfe.

Frances estendeu a carta para Mimi.

– Andrew recebeu isto de um dos diretores da Alpha hoje mais cedo. Parece que eles... Bem, aqui, acho que você deve ler por si mesma.

Mimi terminou de passar o batom, esfregou os lábios e depois deu leves batidinhas neles com um lenço que retirou da caixa prateada da Kleenex sobre a penteadeira.

– Frances, francamente, no dia do meu casamento? – Mimi pegou a carta e levantou-se para lê-la, depois se largou na beirada da cama ao lado.

– Espere, você perdeu tudo? Até o chalé?

Frances aquiesceu.

– Mas onde vai viver? E onde colocaremos os livros? E o museu...? E tudo *por isso*? Por um *clube de golfe*? – Ela praticamente cuspiu as três últimas palavras, amassando o papel nas mãos com irritação. – Meu Deus. Ele me usou... Ele nos usou... Usou as informações que confiei a ele...

– Hesitei mesmo em contar tudo a você antes do casamento. Digo, são só negócios, você sabe bem, e, se parar para pensar, Colin poderia facilmente ter vendido tudo para outra pessoa, e Jack tinha todo o direito de...

Mas Mimi já saíra correndo.

Frances olhou ao redor do quarto e suspirou, depois se sentou na cama sem tirar os pés calçados em botas do chão. Percebeu algo se amassar entre as dobras pesadas do saiote longo conforme se ajeitava. Ela se sentou, surpresa, e tirou do bolso esquerdo uma única folha dobrada de papel, com seu nome anotado em uma letra apressada. Fazia tantos anos desde que vira aquela letra – décadas, até – que começou a ler a carta sem ter ideia de quem era o remetente.

Cara Frances,

Esta carta está tão atrasada que um homem mais sábio provavelmente consideraria inadequado enviá-la. Mas sou incapaz de deixar o passado como está. Peço que me permita dizer o quanto sinto por todos os anos que passamos sem nos falar, por meu orgulho ilegítimo e, principalmente, por não compreender sinceramente seu espírito único e inimitável. Devo tudo a você, isso garanto.

Paciência em matéria de amor nunca foi minha virtude; mesmo assim, ao me apressar, acabei correndo uma corrida sem destino, com amargor, e acabei ferindo minha única companheira. Posso apenas ter esperanças de que tenha sido mais sábia e gentil consigo mesma do que eu – já que eu, em minha negligência, falhei tristemente em sê-lo.

Escrevo esta carta na antessala do chalé de Chawton, onde acabou de me deixar, e a coloco em suas mãos hoje, no dia do casamento de Mimi, no espírito de amizade que espero ferventemente que mantenhamos, hoje e para sempre.

Seu maior admirador,
Andrew

Frances dobrou a carta e a devolveu ao bolso do saiote. Estava muito confusa. A carta falava sobre o passado, mas não exigia nada além. Apenas acrescentava mais uma tensa ocorrência à lista já desconcertante de eventos: a descoberta recente de que tinha um irmão, a venda meio clandestina do conteúdo da biblioteca debaixo do nariz de Colin, a carta daquele dia encerrando o direito dela de viver no chalé de Chawton e o consequente desabafo com Mimi sobre o papel do noivo dela em tudo aquilo. De súbito, pareceu a Frances que, quanto mais tentava sair, quanto mais buscava conexões externas, mais obscuras as coisas ficavam.

Era, mais do que tudo, um sinal de que deveria mesmo ficar dentro de casa.

Mas Frances sabia que precisaria se levantar daquela cama em questão de minutos, entrar sozinha na igreja, informar a todos os convidados de que o casamento não aconteceria e depois encarar Andrew, em particular, com tanta serenidade quanto possível.

Ela se deitou na cama com um suspiro final e deixou as memórias a arrastarem para ainda mais longe, para sua infância, e para todas as pessoas famosas que haviam visitado o Casarão ao longo dos séculos e que, assim como Mimi Harrison, haviam dormido naquela mesma cama. Até mesmo o príncipe de Wales, quando ela era apenas uma garotinha de quatro anos. Ele cutucara sua bochechinha rosa no jantar e pedira para se sentar ao lado dela, e ela jamais esquecera aquilo. Muitos dos homens que haviam visitado o lugar pareciam ter percebido a falta que ela sentia de um pai – de um amoroso e afetuoso, ao menos, um que realmente a compreendesse em tal afeição –, e haviam dado a ela uma inocente atenção especial. Naquele tipo de gesto, Frances poderia ter visto o arco inteiro de sua vida caso alguém tivesse lhe dado uma bola de cristal – justamente o que, naquele instante, apesar dos sons de gritos e vasos sendo atirados no cômodo ao lado, ela esperava ter dado a Mimi.

Capítulo 30

Chawton, Hampshire
20 de abril de 1946
Dia do Casamento

O casamento fora cancelado.

Frances entrara na igreja de paróquia pouco antes do meio-dia, batera à porta de madeira, aberta para deixar entrar o ar primaveril, e anunciara que Mimi Harrison acabara de receber notícias difíceis do exterior e não se casaria naquele dia. Os convidados haviam sido dispersados contra a vontade, e a multidão que se aglomerara do lado de fora da igreja, incluindo vários fotógrafos de Londres, havia soltado um grunhido coletivo pelos esforços desperdiçados.

Os oito membros da fraternidade eram os únicos que sobraram. Sentaram-se juntos nos bancos frontais da igreja enquanto reverendo Powell se ocupava no santuário, longe o bastante para não ouvir a conversa.

Evie e doutor Gray debatiam a carta do diretor da Alpha Investimentos, até então ignorantes de tudo que se passara antes do aparecimento agourento de Frances à porta da igreja. Mimi estava sentada com a cabeça apoiada no ombro de Yardley, com os olhos manchados de preto por causa do rímel. Do outro lado do corredor, Adeline segurava o buquê de Mimi, feito de peônias rosadas, rosas e ranúnculos. Adam estava sentado ao lado dela; Frances e Andrew estavam de pé, um pouco afastados dos outros.

— Preciso agradecê-la, Frances — disse Mimi, enfim —, por ser tão honesta comigo. Muitas pessoas não teriam tido a coragem.

– Bem, Andrew – disse doutor Gray –, suponho então que não haja mais esperanças de conseguirmos sequer um lugar para senhorita Frances se instalar.

– Eu não diria isso. – Ele disparou um olhar rápido e indecifrável para Frances.

– Podemos providenciar uma contraproposta pelo chalé? – perguntou Yardley. – Fazer alguma oferta irrecusável?

– Mesmo que a maior parte dos membros concorde – respondeu Andrew –, ainda estaríamos em apuros se, como um fundo beneficente, fizéssemos uma oferta muito acima do valor de mercado. Nós podemos até achar que o chalé vale qualquer montante, e provavelmente algum dia ele de fato será inestimável, mas neste momento ele não vale mais do que umas trezentas libras, e isso não é nada para uma empresa como a Alpha.

– Mas não podemos nem tentar? – perguntou Evie.

– Me perdoe, Mimi, mas Jack faz parte da diretoria, certo? – perguntou doutor Gray.

Ela se aprumou um pouco no banco onde estava jogada e aquiesceu.

– Porém suspeito que meus poderes de persuasão sobre ele sejam mínimos neste momento.

– Mimi... – Andrew avançou um passo. – Você disse agora há pouco que Jack deve ter usado as informações que você compartilhou com ele para fechar negócio com Colin, certo?

Ela aquiesceu de novo.

– Também peço perdão, minha querida, mas não há nada, nada mesmo, que você saiba sobre Jack e seus assuntos, sejam de negócios ou não, que possamos usar? Parece no mínimo justo, dadas as circunstâncias.

A fileira inteira virou a cabeça para contemplar Andrew Forrester.

– Andrew Henry Forrester! – exclamou Frances. – Está sugerindo...

Ele ergueu a mão.

– Não estou sugerindo nada. Não estou sugerindo que a *fraternidade* faça nada. Só Mimi sabe em seu íntimo o que pode ser feito. – Ele olhou para todos os rostos que o encaravam e, pela primeira vez na vida, decidiu abandonar a reserva e falar o que pensava: – Frances, acho que também sabemos o que pode ser feito. Deixe-me colocar um teto sobre sua cabeça, e meu coração em suas mãos. Ninguém jamais mereceu tanto.

E, ali mesmo, diante de todos os outros membros da Fraternidade Jane Austen, Frances Elizabeth Knight começou a soluçar de maneira incontrolável.

– Frances, por favor, não chore – murmurava Andrew, remexendo nos bolsos do casaco até encontrar um lenço para consolá-la.

Ela continuou chorando. Era, de longe, mais emoção do que qualquer um deles já a havia visto expressar.

– Não tenho literalmente mais nada, Andrew, você sabe disso – conseguiu dizer, enfim, entre lágrimas. – Sabe melhor do que ninguém.

– Frances, meu amor, isso não importava para nenhum de nós trinta anos atrás... Por que raios importaria agora?

Ela limpou os olhos com as costas da mão e sorriu para ele com ternura pela primeira vez em muito tempo.

– Tem certeza?

– Frances, acabei de vê-la ter seu mundo arrancado, e você encarou a situação como nenhuma outra mulher na Inglaterra teria feito. Sinceramente, seria uma honra ser seu esposo.

Yardley correu até o altar para trocar algumas palavras com reverendo Powell, que imediatamente concordou, como representante da Igreja da Inglaterra, em conduzir a cerimônia e dispensar a necessidade de uma autorização.

Adeline saltou de pé e, com um gesto de cabeça vindo de Mimi, enfiou o buquê nas mãos trêmulas de Frances. Evie foi correndo até o Casarão buscar Josephine e Charlotte, sabendo que elas jamais a perdoariam se perdessem um evento há tanto esperado.

Frances se virou para Mimi.

– Você se importaria com isso?

– Oh, Frances, é a única coisa que faria tudo isso valer a pena.

Aceitando as palavras como bênção, Frances Elizabeth Knight deixou Andrew Henry Forrester tomá-la pelo braço e levá-la até o altar.

Doutor Gray estava sozinho no pomar de limoeiros, ouvindo os sinos badalarem às três da tarde. O casamento fora algumas horas antes, e a fraternidade usufruíra do banquete de almoço do casamento cancelado de Mimi no pátio, cortesia de Charlotte e Josephine. Imediatamente depois, Yardley fora com Adam para a casa de Adeline para começar a avaliar os livros, Mimi adormecera no quarto de visitas, Evie fora ajudar senhorita Frances a fazer uma mala de última hora para a lua de mel e Andrew voltara correndo para Alton para resolver algumas papeladas antes de pegar o trem para Brighton com a nova esposa.

Doutor Gray olhou para os campos que o cercavam, para o jardim murado no topo da colina, para a cova de lobo que circulava o pomar para manter as ovelhas afastadas. Lembrava-se de caminhar por ali sob a chuva com Adeline no verão anterior, das várias visitas ao leito de morte de senhor Knight, da celebração da noite de Natal e da leitura do testamento pouco depois, um evento que agora enxergava como a grande reviravolta da vida de todos eles. Ele se permitiu voltar ainda mais no tempo, para o enterro da falecida esposa no cemitério, para o dia do próprio casamento, décadas antes, na pequena igrejinha de paróquia, e para os dias de brincadeira no bosque com Frances e Andrew quando não passavam de crianças.

Todas aquelas memórias, as maiores e as menores, eram iguais em um único – porém muito significativo – aspecto: todas pertenciam ao passado, eram matéria invisível, não podiam deixar rastros ou marcas no presente. Apenas a vida atual era capaz disso: apenas aquele segundo, aquela hora, aquela pequena fração de tempo que se passava antes mesmo que se pudesse completar o pensamento. Era tudo efêmero e infinitamente confiável ao mesmo tempo.

Se doutor Benjamin Gray pudesse transformar alguns poucos segundos do passado em algo permanente, seria a sensação do roçar da bochecha de Jennie em seu pescoço. Ele sentia muitas saudades daquilo, sentia saudades de seu toque amoroso, sentia saudades de ser amado.

Mas tinha sido reduzido a um viúvo solitário que precisava de salvação. Só Deus sabia de onde Liberty Pascal tirava algumas das coisas que falava – mas, no que tangia a Adeline Grover, ela nunca parecia estar errada. Doutor Gray não conseguia parar de pensar sobre os comentários sugestivos que ela fizera durante a caminhada até a igreja.

Fazia muito sentido, de um modo estranho. Ele sempre sentira como se Adeline estivesse tentando acordá-lo para a vida de alguma maneira, desde quando se encontravam com mais frequência, na época em que ela era professora na escola do vilarejo – como se ela o estivesse provocando a tomar determinado tipo de ação. Ele agora percebia que, em certo nível inconsciente, ele vivia pedindo aquilo para ela. Presumira que, na época, o conflito entre os dois tivesse apenas a ver com a escola – com a ementa, com os outros membros do conselho, com a resistência coletiva ao jeito dela de lecionar.

Mas agora doutor Gray via que não era sobre nada daquilo – esperava que assim fosse. Era sobre ele.

E ele soube que Adeline se importava.

Ele se virou do pomar de limoeiros e seguiu em direção ao bosque, depois subiu por um pequeno aclive dentro do jardim murado que se abria em dois "cômodos": um recinto cheio de pés de lilases plantados de forma simétrica e, atrás dele, um espaço ainda mais amplo cheio de roseiras, hortas e pés de árvores frutíferas, cercado de todos os lados por enormes muros de tijolinhos. Em cada uma das três paredes externas havia uma porta de madeira pintada de vermelho, que ele não sabia muito bem para onde levava. Percebeu que, em todos os anos que visitara a propriedade, nunca abrira nenhuma daquelas portas.

Quando entrou no segundo espaço reservado do jardim murado, a primeira imagem com que se deparou foi Adeline sentada em um banquinho encostado na parede mais distante, com o pequeno exemplar de *Orgulho e preconceito* que ele lhe dera no Natal aberto sobre o colo.

– Ora, olá. O que está fazendo por aqui? – perguntou, surpreso.

– O que *o senhor* está fazendo aqui? Brincando de esconde-esconde com Liberty?

– Só estou me escondendo. – Ele sorriu e se aproximou para se sentar ao lado dela no banco. – Bem, tudo está bem quando acaba bem.

– Definitivamente foi um feito digno de Shakespeare, todos esses casamentos ao mesmo tempo.

– Ou digna de Austen.

Ela riu.

– É bom ver alguma coisa funcionando, para variar, depois de tanto tempo.

– E ainda dizem que não há como voltar atrás.

– O senhor acredita nisso?

– Não, não mais. Não depois disso tudo. – Ele a mirou com o canto do olho. – Ninguém é mais rígido e inflexível do que Andrew Forrester.

– Ninguém, só o senhor – retrucou Adeline.

– Provavelmente está certa. – Ele concedeu um sorriso discreto.

Ficaram ali em silêncio por alguns minutos, escutando os estorninhos e tentilhões cantando na copa das árvores do pomar.

– Não nos sentamos juntos assim há um bom tempo – observou Adeline, enfim.

– Desde o verão passado, acho eu.

Ela fechou o livro que tinha sobre o colo.

– Discutíamos *Emma*, se não estou enganada.

– E o quanto velhos homens são obtusos.

– Knightley não é tão velho.

– Velho o bastante para ser mais esperto – disse doutor Gray. – Se bem que talvez a idade não tenha nada a ver com isso. Evie, por exemplo. Ela tem o quê, dezesseis anos? E já decifrou todo o cânone da literatura britânica do século dezenove.

– O que *você* gostaria de ter decifrado?

– Você – disse ele, baixinho. Ela apoiou a cabeça em seu ombro, e ele percebeu que queria guardar aquele momento para sempre. Que queria, enfim, atar tais segundos para transformá-los em algo permanente de novo, por mais efêmeros, fúteis e passageiros que os referidos momentos também fossem.

– Estava bem óbvio, se quer saber. Eu praticamente entreguei as respostas da prova de bandeja.

Ele riu.

– E eu reprovei miseravelmente.

Ela mirou o rosto belo e triste do médico.

– Eu amei Samuel.

– Eu sei, Adeline. Sei mesmo.

Ela começou a chorar, e ele segurou as mãos dela dentro das suas.

– Ninguém jamais entenderá – disse Adeline, entre lágrimas.

– E isso é importante para você?

– Não. – Ela enxugou os olhos com a barra da luva. – Mas eu sei que teria sido importante para Samuel.

– Você faz um grande desserviço ao supor coisas assim sobre ele. O senhor Knight teve esse poder sobre Frances, ao longo de toda sua vida, e veja como abusou dele. E, de qualquer forma, e se você estiver errada?

Ela se afastou um pouco no banco.

– Nunca vou saber. É o que torna tudo mais difícil.

– E nunca vou saber se poderia ter salvado sua bebê. Ou Jennie. Ou, francamente, tantas outras vidas. Mas fiz o meu melhor. Isso eu sei. E, quando não fui capaz de fazê-lo, pelo menos puni apenas a mim mesmo.

Ela estendeu a mão e tocou a bochecha dele com a palma marcada pelas lágrimas.

– Não vai fazer isso de novo, não é mesmo?

– Você sabia?

Ela o beijou onde o tocara, incapaz de olhá-lo nos olhos.

– Só recentemente. Mimi disse algo inocente, mas que me fez pensar. E depois vi Liberty com a chave do armário de medicamentos. Achei que você estava decepcionado comigo, com minha fraqueza... E só depois percebi que você estava apenas tentando me salvar do que poderia estar fazendo consigo mesmo.

– Já parei com isso, juro. O que mais me teria feito contratar uma espiã de primeira classe como senhorita Pascal?

Adeline teve de rir de si mesma.

– Mas sempre será difícil. Isso sempre estará diante de mim, Adeline, e não atrás de mim. Essa é a natureza faustiana da coisa. Você deixa a coisa entrar, e ela nunca mais vai embora.

Ela se aprumou para olhá-lo nos olhos.

– E então, o que fazemos agora?

Ele a puxou para o colo e mergulhou o rosto em seu pescoço, permitindo-se sentir a maciez de sua bochecha, permitindo-se afundar em seu encanto, por mais efêmero e passageiro que fosse.

– Já tentou abrir alguma daquelas portinhas? – ele enfim perguntou, apontando além do banco.

Ela riu, entre lágrimas.

– Não, agora que comentou.

– Então proponho fazer o salário de Liberty Pascal valer a pena.

– Benjamin Gray... – murmurou Adeline, feliz, enquanto seus lábios encontravam os dele.

Epílogo

CHAWTON, HAMPSHIRE
23 DE MARÇO DE 1947
PRIMEIRA REUNIÃO ANUAL DA FRATERNIDADE JANE AUSTEN

A fraternidade agora consistia em quarenta e quatro membros. Eram pessoas de diferentes classes sociais, que haviam visto o anúncio discreto nos jornais locais de Hampshire e de Londres:

Nota sobre a primeira reunião anual da Fraternidade Jane Austen, que é dedicada à preservação, promoção e estudo da vida e da obra de senhorita Jane Austen. A Fraternidade Jane Austen passou o último ano trabalhando junto ao Fundo Memorial de Jane Austen, uma organização beneficente criada para o avanço da educação, sob a legislação aplicável às organizações beneficentes, com o objetivo de comprar a antiga casa de senhorita Austen em Chawton e transformá-la em um museu, e está grata em anunciar a recente aquisição do chalé de Chawton para tal propósito. Novos membros da fraternidade são bem-vindos em nossa primeira reunião anual, que acontecerá às 19h do domingo, 23 de março de 1947, no chalé de Chawton, Winchester Road, Chawton.

Além dos trinta e tantos membros novos da fraternidade, também participariam os oito membros originais, incluindo os cinco administradores do Fundo Memorial de Jane Austen.

Como primeiro tópico da reunião, os administradores anunciariam a decisão unânime de devolver à integrante Mimi Harrison a doação original de quarenta mil libras, que permitira a aquisição dos itens da biblioteca do Casarão de Chawton. No outono anterior, a venda dos itens havia arrecadado um valor recorde de quatrocentas mil libras, depois de uma licitação de cinquenta dias na Sotheby's, e isso permitira que o fundo comprasse o chalé de apoio da Alpha Investimentos Ltda. pelo razoável valor de quatro mil libras. Os administradores também haviam votado e decidido de forma unânime dar cinquenta mil libras da venda de presente para Frances Knight, antiga e merecedora herdeira do patrimônio dos Knight, em reconhecimento a seus esforços bem-sucedidos, que haviam permitido que conseguissem ficar com o conteúdo da biblioteca e com o chalé de Chawton.

Mimi Harrison estava em cartaz no New Theatre como Olivia na peça *Noite de Reis*, então domingo foi o dia escolhido para a reunião, pois não havia apresentação da peça nessa noite. Ela levaria consigo o novo noivo, um professor de literatura americana de Harvard que estava passando um ano sabático de estudos no Jesus College, em Cambridge. Também planejava anunciar uma doação à fraternidade durante a reunião: um anel de ouro e turquesa que um dia pertencera a Jane Austen e que era considerado inestimável, assim como dois crucifixos de topázio.

Doutor Benjamin Gray, presidente da Fraternidade Jane Austen e do Fundo Memorial de Jane Austen, faria a apresentação inicial. Sua esposa, Adeline Lewis Grover Gray, daria à luz o primeiro filho do casal em cerca de um mês, e a data da reunião também fora escolhida com esse importante compromisso em mente.

Senhor Andrew Henry Forrester, Escudeiro, e sua esposa haviam se mudado recentemente de Chawton para Alton, onde a firma de senhor Forrester expandira e contratara dois advogados júnior. Agora ele era capaz de destinar parte da atenção a outros negócios, sendo o mais importante deles o pequeno alojamento local que a esposa montara usando sua parte do dinheiro decorrente da venda da propriedade. O alojamento se

A FRATERNIDADE JANE AUSTEN

destinava a crianças judias refugiadas que haviam perdido a família no Holocausto e que não tinham para onde voltar depois da guerra. Naquele mesmo mês, a papelada da adoção foi finalizada, e o casal recebeu os dois filhos; com o total suporte do senhor Forrester, o último sobrenome deles foi oficializado como Knight.

Evie Stone acabara de completar o primeiro período na Universidade de Cambridge e estava trabalhando duro no lançamento, ainda em abril, da primeira edição de seu jornal estudantil, *Varsity*. A fraternidade sabia que havia grande risco de perderem Evie, já que ela conseguira, com suporte financeiro de senhor e senhora Forrester, enfim completar o ensino básico em 1946 com as aulas aceleradas da recém-nomeada senhora doutora Gray. Depois fora aprovada em Cambridge, aos dezoito anos, em janeiro de 1947, como parte do programa de admissão com bolsa integral de estudantes mulheres.

Jack Leonard não participaria da reunião. Fora recentemente indiciado pelo governo dos Estados Unidos por tráfico de armas durante a Segunda Guerra Mundial, violando várias leis locais e internacionais. Também estava, após uma denúncia anônima, sob investigação da Comissão de Títulos e Câmbio do país por uso de informações privilegiadas.

Yardley Sinclair fora promovido a diretor de serviços para museus na Sotheby's em reconhecimento à aquisição e venda da biblioteca do Casarão de Chawton, que culminara na licitação de arrecadamento recorde. O significativo aumento em sua comissão permitira que o cavalheiro aspirante a fazendeiro enfim começasse a procurar pelo tão sonhado refúgio campestre para passar os fins de semana fora da cidade.

Adam Berwick perdera o emprego depois da transformação do Casarão de Chawton na sede do campo de golfe, logo depois da inesperada morte da mãe. Felizmente, de algum modo ele pareceu herdar uma quantidade significativa de dinheiro, pois logo foi capaz de adquirir – em arrendamento conjunto com senhor Sinclair – uma encantadora fazendinha no perímetro de Chawton. Nas belas tardes de primavera, é possível observar tanto ele como Yardley sobre a velha carroça de feno, com o cão Dixon entre eles, andando pelos campos do vilarejo sob as réstias douradas da luz do sol.

Nota da autora sobre o viés histórico

As pessoas e eventos descritos neste livro são completamente ficcionais e imaginários; os lugares, não.

Como eu queria escrever sobre um grupo de pessoas traumatizadas em vários níveis que se unem por causa do amor em comum por livros, e por Jane Austen em particular, escolhi não basear meus personagens em pessoas reais, de modo a poder usufruir de total liberdade artística – inclusive consultei o censo histórico de Chawton, disponível on-line, para evitar usar sobrenomes de moradores reais do vilarejo. As únicas exceções são os sobrenomes Knight, Knatchbull e Hugessen – mas mesmo assim criei do zero os laços familiares, padrões de herança e nomes de descendentes que aparecem no livro, em benefício dos meus próprios propósitos dramáticos.

Ao reimaginar a criação da Fraternidade Jane Austen, usei como ponto de partida um incidente específico que realmente aconteceu: a descoberta de um monte de lixo jogado à beira da estrada que, em 1940, inspirou Dorothy Darnell, de Alton, a fundar a verdadeira *Jane Austen Society* e tentar adquirir o velho chalé de apoio para transformá-lo em um museu. Infelizmente, os fundos estavam escassos por causa da guerra, mas, em 1948, Thomas Edward Carpenter doou o chalé para a pátria em memória ao filho morto em ação na Segunda Guerra Mundial, um fundo memorial foi criado e o *Jane Austen's House Museum*, ou Museu Casa de Jane Austen, surgiu. Os objetos que podem ser vistos no museu, incluindo os crucifixos de topázio e o anel de turquesa, não foram adquiridos por uma estrela de Hollywood na década de 1940 em um leilão da Sotheby's – mas acabaram voltando para o local ao qual pertenciam sob circunstâncias igualmente fascinantes.

Por fim, a propriedade de Chawton continuou sob os cuidados e em posse da família Knight da vida real até o começo da década de 1990, quando, por conta dos exorbitantes impostos e altos custos de manutenção, foi compulsoriamente vendida a uma empresa de construção de campos de golfe. Quando esta não conseguiu arcar com os custos, a propriedade foi enfim repassada ao filantropo Sandy Lerner, cofundador da Cisco Systems, responsável por restaurar o Casarão e transformá-lo na biblioteca de primeira classe e local de resgate histórico que é hoje.

Se algum dia você tiver a sorte de visitar a propriedade de Chawton, verá que o Casarão, os campos, o jardim murado e até o chalezinho de caça são como descritos no livro. A única mudança mais significativa que tive de fazer foi o local da biblioteca da família Knight – que na vida real fica em uma extremidade mais afastada do piso térreo, mas que no livro fica próxima ao Grande Salão para permitir que meus personagens ficcionais esbarrassem uns com os outros durante o curso da história que criei.

Agradecimentos

Este livro não teria sido possível sem o gerenciamento de meu agente, Mitchell Waters, que desde o princípio acolheu minha história e meus personagens com seu grande coração e nunca mais os abandonou.

Como autora estreante, fui paparicada com a gentileza, o trabalho duro e a confiança no meu livro que minha editora, St. Martin's Press, demonstrou em cada passo do caminho. Devo especialmente a Keith Kahla, Alice Pfeifer e Lisa Senz, que em uma manhã de domingo, às 10h10, mudaram minha vida; a Marissa Sangiacomo, Dori Weintraub e Brant Janeway, que habilmente espalharam os resultados de meu trabalho por todos os cantos; e a Michael Storrings e seu time criativo, que trouxeram meus personagens e minha história à vida de forma tão linda.

Meu livro também se beneficiou grandemente do entusiasmo e da expertise de todo mundo na Curtis Brown Ltda., em especial Sarah Perillo e Steven Salpeter. Pagá-los com chocolates e chá nunca será o bastante.

Também serei eternamente grata às minhas leitoras beta, Jessica Watkins, Petra Rinas e Marlene Lachcik, cujos comentários sobre a história me motivaram a procurar agenciamento de novo, após uma pausa de dez anos na tentativa de ser publicada. E a Ian Cooper, esposo de Jessica e fantástico advogado especializado em mídia, por toda a orientação e pelos conselhos que me deu ao longo da jornada até a publicação.

Não há profissão mais afetada pelos esforços de quem a ensina do que a escrita, e sempre estarei em débito pelos anos de apoio e encorajamento que recebi quando estudante de Nick Brune, professor emérito Douglas

Chambers, Nigel Marshall, Peter Skilleter, doutora Margaret Swayze, Norma Stewart (falecida) e professor emérito Cameron Tolton.

Como nasceu em uma época muito difícil, este livro também não poderia ter sido escrito sem o apoio contínuo, orientação e cuidado piedoso dado à minha família pelos seguintes médicos especialistas: doutora Ayeshah Chaudhry, doutor Eugene Downar, doutor Nathan Hambly, doutor David Schwartz, doutor Benjamin Raby e doutor John Yates.

Laurel Ann Nattress, uma das maiores especialistas em Jane Austen e ela própria editora, escritora e blogueira, foi a salvadora essencial do meu livro desde a primeira leitura. De forma desapegada e entusiasmada, ela trabalhou para garantir que ele alcançasse a audiência mais ampla possível. Nunca serei capaz de agradecer o suficiente. Também sou grata a Phyllis Richardson por sua ajuda com a epígrafe deste livro, e aos seguintes autores, autoras e palestrantes cuja expertise no campo de pesquisa de Jane Austen acenderam a primeira chama desse projeto: professora Lynn Festa, Susannah Fullerton, professora Claire Harman, Caroline Knight, professor Stephen Tardiff, Whit Stillman, professora Juliette Wells e Deborah Yaffe.

Palavras nunca serão suficientes para descrever quão maravilhosa é minha filha, Phoebe Josephine, que salvou a mim e ao pai nos momentos mais obscuros, e cujo ânimo, humor e coração de ouro me inspiram e me motivam todos os dias.

Em vários níveis, este livro jamais teria sido escrito não fosse o apoio de meu esposo e primeiro leitor, Robert Nelson Leek. Não podia ter escolhido uma pessoa melhor, mais compreensiva e mais cheia de amor para dividir os altos e baixos da carreira de escrita, ou da vida em geral.

A FRATERNIDADE JANE AUSTEN

Enfim, dedico este livro a Jane Austen, por tudo o que fez por mim no passado, faz por mim no presente e fará por mim no futuro, pelos séculos de deleite que seus livros deram ao mundo e pelo exemplo que ela representa por ter feito arte mesmo diante da incerteza, da doença e do desespero.

Tipografia: losta masta e garamond premier pro